DIS-MOI OUI

www.hugopublishing.fr/hugo-quebec/

Collection New Romance® de Hugo Publishing créée par Hugues de Saint Vincent et dirigée par Arthur de Saint Vincent.

Auteure : Amélie Wojtkow

Édition : Sandrine Lazure
Révision : Christine Barozzi
Correction : Caroline Nantel
Design et illustration de la couverture : ©Kinos
Mise en pages : Mélodie Landry

ISBN : 9782925386643/ 001
Dépôt légal : avril 2025
Imprimé en Espagne par Liberdúplex en mars 2025
sur papier provenant de forêts gérées de manière durable.

Bibliothèque et Archives nationales du Québec
Bibliothèque et Archives Canada

Financé par le gouvernement du Canada
Funded by the Government of Canada
Canada

Nous reconnaissons l'aide financière du gouvernement du Canada par l'entremise du Fonds du livre du Canada (FLC) pour nos activités d'édition.

AMÉLIE WOJTKOW

DIS-MOI OUI

Hugo Poche

NEW ROMANCE®

À tous ceux qui hésitent…
Foncez, dites oui.

Chapitre 1

Un café et tout envoyer voler

Présent

J'écoute Sarah me parler d'une oreille distraite pendant que je joue avec la croûte de mon sandwich. La journée ne s'est pas passée comme je l'aurais voulu et je ressasse les mêmes pensées.

D'abord, j'attends encore la réponse à la candidature que j'ai déposée la semaine dernière pour un contrat d'illustration. Il s'agit seulement de remettre au goût du jour des affiches pour le club de lecture du quartier afin de les rendre plus attrayantes pour les enfants, rien de bien compliqué pour moi. Ensuite, le service au resto ce midi a été horrible, pour ne pas dire catastrophique. Les touristes sont partout, tout le temps, et ils sont particulièrement désagréables aujourd'hui. Nous sommes pourtant en septembre, le mois de la rentrée dans tous les pays du monde. Sauf à New York apparemment. Cette ville sera toujours une exception. Pour couronner le tout, Jayden, un de mes colocataires, m'a envoyée balader assez violemment quand je suis sortie de l'appartement tout à l'heure. La goutte de trop dans le raz-de-marée de cette journée. Alors, je rumine pour essayer de comprendre comment j'en suis arrivée là.

Il n'est que seize heures, mais je suis si fatiguée que j'ai juste envie d'aller me coucher avec Netflix et mes deux amis : Ben et Jerry. Or Sarah veut que je l'accompagne ce soir chez Bobby, son nouveau petit copain. J'exagère, il n'est pas si nouveau que ça puisque ça va bientôt faire un an qu'ils sont en couple. Depuis qu'ils se sont rencontrés à la soirée d'Halloween. Ils parlent même d'emménager ensemble. Au fond, c'est surtout *ça* qui me dérange. Savoir que ma meilleure amie et moi serons bientôt séparées, et qu'elle va me manquer terriblement.

Nous habitons toutes deux Brooklyn depuis un an maintenant, en colocation avec Jayden, qui m'en veut pour X raisons, et Miles, le cliché du colocataire qu'on rêverait tous d'avoir. Enfin, quand il n'est pas en train de nous faire des blagues douteuses. Jayden et Miles ont la fin de la vingtaine alors que Sarah et moi avons entamé notre trentaine. Sarah fêtera précisément ses trente et un ans la semaine prochaine.

Ses anniversaires sont toujours de grands moments, pleins d'aventures et de défis.

J'ai l'impression que c'était hier que nous sortions sans nous soucier des conséquences. Et il aura fallu deux petites années pour me transformer…

Sarah continue de me parler, mais je ne l'écoute pas. Pour tenter de changer le cours de mes pensées, je regarde dehors. Nous sommes assises près de la fenêtre dans ce café qu'elle adore au décor rustique, avec de la vieille vaisselle dépareillée, des tables en bois et des chaises dignes de notre école primaire. Mais c'est surtout pour les viennoiseries qu'elle aime venir ici.

Je me laisse emporter par les odeurs sucrées et le bruit de la machine à café qui masque par moments la musique d'ambiance et les conversations. Le ciel est bien bleu, mais les températures descendent doucement. C'est juste assez frais pour enfiler une veste. Enfin, pour moi. Les New-Yorkais ne semblent toutefois pas de cet avis, car la plupart sont encore en short et t-shirt actuellement.

L'agitation de fin de journée commence à se faire sentir. Les enfants ont quitté l'école, les ados sortent avec leurs amis, les parents et les gardiennes se dépêchent de rentrer pour préparer le souper. Les routes sont remplies de taxis jaunes, d'Uber et de grosses berlines, sans oublier les vélos et autres engins circulant à toute vitesse entre les voitures à défaut d'utiliser les pistes cyclables.

– Tu m'écoutes ?

L'intonation de Sarah me fait sursauter.

– Non, désolée. Cette journée m'a vidée. Heureusement que je suis *off* demain.

– Tu es sûre que tu ne veux pas venir avec moi ce soir ? Ça sera sympa, et puis il y aura des gars ! Ou on sort toutes les deux avant. Tu sais que je meurs d'envie d'aller dans ce nouveau bar. Enfin, il n'est plus si nouveau maintenant, puisque ça fait des semaines qu'il a ouvert ses portes !

Comme je m'en doutais, elle essaye de me motiver ou plutôt de m'apitoyer, avec sa moue dépitée et une tape sur ma main. Je ne flanche pas et lui réponds en souriant tendrement.

– Tu diras bonjour à Bobby pour moi. Je viendrai la prochaine fois.

– C'est ce que tu dis toujours…

– Je sais, pardon. Je te promets que je serai là la prochaine fois si je n'ai rien de prévu.

Je n'ai rien de prévu ce soir, elle le sait bien. Si elle finit par emménager avec Bobby, je devrai m'habituer à aller chez lui. À ce moment-là, je ferai un effort. Seulement, ce soir, je n'ai pas envie de me forcer. J'ai mon petit programme qui m'attend. Je n'ai pensé qu'à ça aujourd'hui. Rien, *rien* ne me fera changer d'avis.

Je reporte mon regard vers la rue. Quelqu'un promène son chien. Un papa marche avec sa petite fille agrippée à son cou. Émue par la scène, je détourne vite les yeux. J'aperçois un couple d'une quarantaine d'années qui se dispute avant de monter dans un taxi, un groupe d'amis qui rit en regardant le portable de l'un d'entre eux… Et je vois Scott passer.

Scott. *Oh, mon Dieu, est-ce que c'est lui ?* Pas de doute. Sa démarche, ses cheveux, ses bras… ce visage. J'ai soudain l'impression que c'était hier, même si je commençais à oublier ses traits. Je *sais* que c'est lui.

Mon cœur accélère à mesure que je prends conscience qu'il est là. Tout mon corps se réveille, comme s'il avait dormi ces deux dernières années. Un courant le traverse à toute vitesse, faisant pulser le sang dans mes veines. C'est violent et ça fait mal.

– Soph ? Ça va ? T'as pas l'air bien, tout à coup.

– Je…

Sans savoir à quel moment je me suis levée, je m'aperçois que j'ai reculé ma chaise et que je suis debout, la gorge sèche. Mon cœur me crie d'aller le retrouver, bien que je ne sache pas ce que je ferais si je le rattrapais. Mon cerveau, lui, ne comprend toujours pas ce qu'il se passe dans mon corps.

Sarah me regarde, je sens son inquiétude grandir à mesure que je ne cesse de fixer la fenêtre.

Il arrive à la fin de mon champ de vision. Dans deux secondes, il disparaîtra. Il faut que je le rattrape, il faut que je reste ici, il faut…

– Je… Ne bouge pas, je reviens.

Sans laisser à Sarah le temps de répliquer, je sors du café en courant, manquant de bousculer des clients. Dans la rue, je prends la direction dans laquelle il allait. Je crois le voir, mais ce n'est pas lui. Je cours jusqu'au coin où je m'arrête brusquement pour vérifier s'il n'a pas traversé ou tourné. Rien. *Rien.* L'air me manque, j'ai mal aux poumons et je sens qu'un point de côté se forme dans mon ventre. Mon cœur essaye de se calmer, mais mes émotions le laissent sens dessus dessous.

C'est trop tard.

J'ignore combien de temps je reste là, à gêner la circulation des piétons comme si je m'attendais à le voir apparaître de nouveau. J'ai envie de pleurer tellement je me sens ridicule et je m'en veux de ressentir autant de confusion. Il faut que je me calme avant de retourner au café. Je prends une profonde inspiration, je retiens mon souffle quatre secondes et j'expire longuement.

Sarah doit se demander ce qui m'a pris d'agir de la sorte. Comment vais-je pouvoir lui expliquer sans qu'elle s'inquiète pour moi ? Elle va me dire de lui téléphoner, ce que j'aurais dû faire il y a longtemps. Mais je n'y arriverais pas davantage maintenant. Pas après tout ce temps ni après tout ce qu'il s'est passé depuis.

– Sophie ?

Tout s'arrête autour de moi. Les voitures, les gens et New York disparaissent. Je n'entends plus rien à part cette voix. *Sa* voix. Abasourdie, je pivote lentement, comme je l'avais fait ce soir-là sur le trottoir après notre passage au *rooftop*, et il surgit dans mon champ de vision.

Il n'a pas changé. Ses cheveux sont peut-être un peu plus longs que dans mon souvenir, mais tout y est. Il a un gobelet du Starbucks dans la main ; Starbucks qui se trouve à côté de nous.

Je cherche mes mots, mais ils sont bloqués dans ma gorge qui est toute serrée, sans parler de l'oxygène qui a déserté mes poumons comme après un coup.

Il a l'air tout aussi choqué que moi, si ce n'est plus.

– Je ne pensais jamais te revoir, me dit-il calmement, sans une trace d'émotion dans la voix.

Mais son regard, à la fois heureux et triste, laisse paraître le mal que j'ai pu lui faire. D'autres auraient ri ou se seraient peut-être sentis humiliés, mais Scott a l'air d'avoir été blessé. Je m'en veux depuis que j'ai compris ce qu'a signifié pour moi la nuit que nous avons passée ensemble. Même si je ne l'ai jamais rappelé pour autant.

– Moi non plus. Mais je l'espérais.

Il a un petit rire amer en entendant ma réponse, comme s'il ne me croyait pas. Je peux le comprendre, mais je suis honnête.

– Pourtant tu ne m'as jamais appelé… ou écrit, relève-t-il. Tu pouvais facilement me trouver, contrairement à moi.

Il a raison. Mais c'était plus simple pour moi de tourner la page. Et d'imaginer que, si nous devions nous revoir un jour, la vie se chargerait de nous réunir. C'est d'ailleurs ce qu'elle a fait… deux ans plus tard, toujours à Manhattan, à quelques rues de notre premier point de rencontre.

– C'est vrai. Je suis désolée.

Je le sens perdu, tourmenté, un peu comme moi, finalement. Content de me voir, mais rattrapé par les sentiments engendrés par ma disparition. Ou plutôt ma fuite.

– Je dois filer.

Nouveau coup dans le ventre, comme un ballon qui explose. Ça résonne dans mon âme. Mais c'est mérité et surtout, ça ne devrait pas m'affecter autant. Pourquoi ça me fait si mal ?

Je pince mes lèvres pour éviter de dire quelque chose que je pourrais regretter.

– D'accord, finis-je par répondre simplement.

Mes yeux oscillent entre lui et le café où m'attend Sarah. Il faut que je le laisse partir, c'est la chose la plus raisonnable à faire maintenant. C'est peut-être pour cette raison que je le croise aujourd'hui, après tout. Pour mettre un point final à ce que j'ai vécu et me décider à avancer.

Comme il ne bouge pas, je me résous à le faire. Je fais un pas en direction du café, mais il pose sa main sur mon bras pour m'arrêter. Il la retire aussi vite, comme si je l'avais brûlé. Nous avons tous deux senti le courant électrique passer entre nous. Je regarde mon bras en tirant sur mon chandail, sa main, puis son visage. Il me fait toujours autant d'effet. Et vu sa réaction, j'ose imaginer que moi aussi.

– Est-ce que, hum, tu es libre, demain soir ?

J'ouvre la bouche, surprise, sans pour autant dire un mot. Je m'attendais à ce qu'il m'envoie balader, ce qui aurait été normal dans notre situation. Mais il faut croire que nous ne faisons rien comme les gens normaux. Il s'apprête à reprendre la parole, mais je le devance de peur qu'il ne se rétracte.

– Oui.

Vraiment ? Il y a deux secondes encore, j'essayais de me convaincre que je devais tourner la page, et là je lui dis oui !

– Oui ?

– Oui, répété-je.

Il sourit légèrement, tout comme moi, et j'imagine que c'est dû à ce mot. *Oui*.

– Tu as encore mon numéro ?

Ce petit papier qu'il avait glissé discrètement dans ma poche ne m'a jamais quittée. Je m'y suis accrochée comme à un vieux grigri.

– Oui.

Il hoche la tête puis reprend.

– C'est toujours le même, écris-moi et je te dirai où on se retrouve.

J'ai si souvent voulu composer son numéro, sans parvenir à aller jusqu'au bout. Car, à quoi bon ? Mais je crains qu'il me fasse attendre à son tour si je lui écris maintenant. Et je l'aurais bien mérité.

– OK.

– J'attends ton message. Bonne soirée, Sophie.

Il traverse la rue, puis tourne dans la suivante. Je me rends compte que ma main est dans ma poche, serrant mon téléphone portable où, sous la coque de protection bleue, se trouve le papier avec son numéro. Je le connais par cœur à force de l'avoir fixé. Je l'ai gardé comme une preuve de ce que j'ai vécu cette nuit-là, même si je n'ai pas besoin de ça pour m'en souvenir.

Je reste là à gêner les passants, mes émotions éparpillées aux quatre vents. Je réalise ce qu'il vient de se passer, et ce qui m'attend.

Vais-je lui écrire ? Bien sûr que oui, même si l'idée m'angoisse. Pourtant, ce n'est pas ce qui me terrifie le plus. Je redoute surtout ce qu'il nous arrivera *après*…

Chapitre 2

Un verre d'eau et tout va mieux

Deux ans plus tôt

Je m'assois sur un haut tabouret face au bar. Une multitude de bouteilles sont entourées de plantes qui ressemblent à des cissus dont les tiges partent sur des étagères. Je passe une main sur mon front et mes cheveux, et laisse ma tête tomber entre mes bras qui reposent sur le comptoir.

Ces filles ne vont jamais arrêter… et je suis crevée. La musique mêlée au bruit des conversations et les autres sons provenant du bar me montent à la tête, en plus de l'alcool. Mes escarpins me font un mal de chien, quelle idée stupide de mettre des talons au lieu de ballerines. Tout ça pour gagner huit malheureux centimètres et atteindre un mètre soixante-dix. Et je rêve de troquer ma petite robe noire contre mon pyjama.

Nous sommes sur un *rooftop* new-yorkais dont la vue donne sur plusieurs bâtiments que je ne connais pas, à l'exception de l'Empire State Building. Même si la verrière au-dessus de nous et les portes-fenêtres de la terrasse sont ouvertes, il n'y a pas un brin d'air qui circule.

C'est pour fêter ses vingt-neuf ans que Sarah a choisi cette destination. Un petit week-end entre amies avec celle que j'adore et celles que j'aime un peu moins. Mais ce n'est pas mon anniversaire, alors je suis le mouvement. Nous sommes arrivées avant-hier de Chicago et repartons demain matin : un épisode intense avec beaucoup trop d'alcool et pas assez de sommeil entre le moment où nous sommes sorties de l'avion et maintenant.

Il est vingt et une heures, et je ne pense qu'au lit de notre chambre d'hôtel avec sa montagne d'oreillers moelleux.

– Qu'est-ce que je te sers ?

Cette voix un peu rauque avec un brin de douceur enveloppe tout mon corps, comme une révélation. Je lève les yeux vers le barman le plus proche de moi qui doit s'attendre à ce que je lui donne ma commande, alors que je suis seulement là pour m'échapper cinq minutes. Si sa voix m'a chamboulée, son apparence me bouleverse. Il est canon, le genre « mauvais garçon » avec ses cheveux bruns décoiffés et son t-shirt noir près du corps qui dévoile quelques tatouages sur ses bras musclés. Mais c'est son regard qui me perturbe le plus. Comment des yeux bleus comme la nuit peuvent-ils paraître aussi clairs ? Je le regarde en souriant sans gêne, incapable de masquer qu'il ne me laisse pas indifférente. *Merci à l'alcool de me désinhiber.*

J'entends Kim crier et Joy rire alors qu'elles se trouvent deux tables derrière moi.

– Des shots !

Pitié…

– Tu as l'air de vouloir être partout sauf ici, me dit-il avec une pointe d'ironie dans la voix, en sortant des verres.

– J'ai parlé à voix haute, pas vrai ? Pardon, c'est juste que je ne peux plus boire une goutte d'alcool. Rien que d'y penser, j'ai envie de vomir.

Et c'est vraiment le cas. Mon estomac ne me pardonnerait pas la moindre gorgée. Et il est hors de question que mon séjour se termine sur cette note désastreuse. Encore moins devant lui.

– Je peux toujours te verser de l'eau dans un verre à shot. Elles n'y verront que du feu.

Il me fait un clin d'œil complice lorsque je lève les yeux vers lui, surprise de sa proposition.

– C'est une idée. Au moins je ne les entendrais pas râler parce que je ne veux plus boire. Pas que leurs avis m'intéressent, mais j'ai promis de dire oui à tout ce week-end – parce qu'apparemment, j'ai du mal à me laisser vivre – et je crois que j'ai atteint mon quota de bêtises pour les dix prochaines années. Tu connais les «Yes Day», où tu dis oui à tout ce que demandent des enfants pour leur faire vivre une journée spéciale? Dans ce scénario, je suis le parent, et la fille blonde là-bas derrière moi est l'enfant. J'ai dû manger tout un tas de choses que je suis maintenant certaine de détester, courir à Central Park où j'ai failli perdre un poumon, danser sur Times Square avec un inconnu, laisser Sarah choisir une tenue qui ne me ressemble pas et mon maquillage avant d'aller en boîte, et j'en passe. *Dire oui à tout et à tout le monde comme si on n'existait pas!* Une citation que Sarah – ici présente – a trouvée dans *L'auberge des pauvres,* un livre de Tahar Ben Jelloun, tu connais?

Mon Dieu, faites-moi taire!

Il rit à la suite de ma longue tirade et je ne peux m'empêcher de sourire à mon tour. Depuis quand suis-je aussi bavarde?

Depuis que tu t'enfiles l'équivalent d'une bouteille de whisky en intraveineuse!

– Pardon, je te raconte ma vie. Ça doit être tout l'alcool dans mon sang qui me fait parler ainsi. Mais tu as dû en entendre beaucoup d'autres!

– Pas de soucis, c'est un plaisir de t'écouter.

Je ne saisis pas s'il est sarcastique ou sérieux, et je n'ai pas la force d'y penser plus que ça. Mes idées sont trop floues.

– Sophie, reviens!

Je lève les yeux au ciel en entendant Sarah. Je passe mes mains sur mon visage, puis dans mes longs cheveux bruns emmêlés à cause de l'humidité, avant de me cacher les yeux.

– Eh bien, *Sophie*, on dirait que tu es attendue.

– Moi, j'attends avec impatience ce verre d'eau. Tu es libre de m'en servir à volonté, d'ailleurs. Ne te gêne surtout pas !

Je me relève enfin pour rejoindre la table où sont les filles, mais je me retourne une fois pour voir s'il me regarde m'éloigner... Et oui ! *Piouf, ses yeux ! J'ai chaud !*

– Dis donc, Soph, on drague le beau barman ?

Sarah repousse d'une main sa frange qui commence à lui tomber devant les yeux et ramène ses longs cheveux blonds sur son épaule en levant les sourcils, ce qui me fait rire. Même si elle a l'esprit embrumé par l'alcool, elle s'est manifestement rendu compte que nous discutions tous les deux. Elle adore les potins et rien ne lui échappe.

Alors que je m'apprête à lui répondre, le beau barman en question arrive en remplacement de notre serveuse, avec un plateau contenant nos shooters ainsi qu'un autre verre dans sa main droite. Il pose le plateau sur la table et garde le verre en main quelques secondes avant de me le tendre, ses yeux dans les miens. Je l'accepte en voyant les filles pivoter dans ma direction. Nos doigts se touchent quelques secondes, et je sens un coup d'électricité dans mon cœur, puis une chaleur se répandre dans mon corps, comme si j'avais finalement pris un shot. Je ne sais pas s'il ressent aussi quelque chose, mais il me voit forcément rougir.

– Merci, dis-je, un peu perdue à la suite de ce contact.

Je ne détourne pas les yeux malgré le fait que je veuille disparaître sous la table.

Sarah, qui n'en a pas perdu une miette, saute sur l'occasion, le sourire aux lèvres.

– On peut savoir ton prénom ?

Je la fusille du regard, mais elle semble déjà imperméable à tout ce que je pourrais dire ou faire.

– Scott, lui répond-il en lui rendant son sourire.

Il n'a pas l'air troublé par l'attention qu'il reçoit, comme si c'était chose courante pour lui. Ce qui doit être le cas quand on travaille ici. Et avec un physique comme le sien.

– Eh bien, Scott, reprend-elle, c'est mon anniversaire aujourd'hui, et j'aimerais que tu boives un verre avec nous, à ma santé !

Il rit et secoue la tête.

– Non, désolé, je ne bois pas pendant mon service.

– Plus tard ? demande-t-elle encore en faisant un clin d'œil.

Sarah n'abandonne jamais, et il vaut mieux se méfier quand elle a quelque chose en tête.

Scott rit de nouveau, puis il sourit en tournant son regard vers moi. *Moi.* Il a trois filles plus canon les unes que les autres pendues à ses lèvres et c'est à moi qu'il sourit. Soyons honnête, Sarah a le physique d'une Barbie des années 90 moulée dans son tailleur pantalon rouge à la fois classe et sexy. Kim, une brune au visage d'ange, est la sportive du groupe avec un corps parfaitement dessiné sous sa robe bleue. Selon moi, elle paraît trop sûre d'elle et nous prend parfois de haut. Sarah m'a expliqué que c'est une carapace qu'elle se forge, car au fond, elle est de nature inquiète, mais je n'ai pas eu l'occasion de voir cette facette de sa personnalité. À l'inverse, Joy est toujours souriante, une vraie pipelette qui veut tout savoir sur tout le monde. Elle a de magnifiques cheveux bouclés roux qui lui tombent sur les épaules, des formes là où il faut. Elle est étincelante avec sa robe à strass verte. Vraiment, j'ai l'impression de faire tache dans le lot avec ma robe noire courte et décolletée que j'appelle « simple, mais efficace ». Mais je vois bien comment les hommes me regardent. Il faut dire aussi qu'il est difficile de nous rater avec le bruit que nous faisons.

– Plus tard, alors.

Et il s'éloigne vers le bar en se faufilant à travers la masse, faisant tourner quelques têtes sur son passage. Sarah me dévisage, la bouche grande ouverte, alors que les mots résonnent encore en moi. *Plus tard, alors.*

– Non, lui dis-je simplement en levant une main avant qu'elle ne se mette à parler.

Je ne sais pas ce qu'elle a en tête, mais elle a le cerveau dysfonctionnel, et je préfère ne pas le savoir.

– Tu as promis de dire oui à *tout* !

– Pas au détriment de mon couple. On boit ce verre ou pas ?

Ma diversion ne prend pas. Au contraire, Sarah explose de rire. Mince !

– On sait toutes comment est ton couple en ce moment. Il n'y a *pas* de couple. Et tu le sais aussi.

Les filles hochent la tête comme si c'était la seule chose à faire. Et comme si elles étaient au courant de tout. Effectivement, mon couple est de l'histoire ancienne. Je ne m'en plains pas. Après des mois à sortir ensemble sans pour autant s'engager, on était devenus plutôt *Friends with benefits* qu'autre chose. C'est moi qui ai tout arrêté récemment, même si Justin aimerait qu'on en discute après mon retour. Mais ça ne m'a fait ni chaud ni froid, contrairement à ces quelques secondes ici avec mon beau barman. Enfin, *le* barman.

– Justement. Tu ne vas pas venir mettre ton grain de sel partout.

– On va faire ça autrement. Si *lui* vient t'inviter à sortir, tu dois dire *oui*.

Je soupire et fais la moue. Au moins, je n'ai pas à aller lui parler de nouveau, ce qui serait vraiment gênant. La sensation de ses doigts contre les miens me revient et me fait frissonner. Je ne serais pas contre l'idée de passer un moment en sa compagnie, mais il doit probablement voir du monde, retrouver sa copine, ou rentrer chez lui. Comme je suis pratiquement sûre qu'il ne m'invitera pas, j'accepte le défi.

– Très bien.

Sarah applaudit et veut porter un toast.

– À mon anniversaire, et à cette soirée qui restera dans les mémoires !

Nous entrechoquons nos verres avant de les porter à nos lèvres. Quand je repose mon mini verre d'eau secret, je lève les yeux vers le bar et vois Scott qui nous observe. Ou plutôt qui *m'observe*. Il esquisse un sourire en coin bien trop sexy pour être vrai, avant de secouer la tête comme pour sortir de ses pensées. J'aurais peut-être dû accepter la vodka pour me calmer un peu.

J'ai chaud. L'alcool, la fatigue et son sourire charmeur, c'est un mélange trop fort pour moi.

Chapitre 3

Et maintenant ?

Présent

Je me rassois en face de Sarah qui, sans surprise, attend une explication. Mais j'ai l'impression qu'elle sait déjà qu'une seule personne peut me faire perdre la raison. Elle fait plus ou moins la même tête que lorsque j'étais revenue à l'hôtel juste avant de quitter New York deux ans plus tôt. Ses yeux sont grands ouverts et posent mille et une questions alors que sa bouche est pincée en une fine ligne. Je me rappelle qu'elle m'avait jeté des regards inquiets tout au long du trajet en avion, avant que je trouve la force de lui raconter ce qui s'était passé cette nuit-là. Elle m'avait écoutée sans m'interrompre, sa main serrant la mienne comme pour me donner le courage de revenir dans le présent.

– Est-ce que… est-ce que c'était lui ? me demande-t-elle en douceur de peur de me brusquer.

– Oui… avoué-je, confirmant ce qu'elle a deviné.

– J'en étais sûre. Il ne pouvait y avoir qu'une raison pour que tu partes comme ça, affirme-t-elle en pointant la rue du doigt. Je n'en reviens pas. Après tout ce temps… Jamais je n'aurais cru… Tu vas bien ?

Je soupire. Est-ce que je vais bien ? J'ai l'impression que c'est une éternelle question sans réponse.

Il y a tant de souvenirs que j'essaye de garder au plus profond de moi pour me protéger depuis deux ans… Je pensais maîtriser mes sentiments en me persuadant que je ne reverrais jamais Scott de toute façon. Et voilà que nous nous croisons de nouveau. Il n'a pas changé, et il ne m'a pas oubliée. Tout est encore là, intact. C'est ce qui me trouble au plus haut point.

– Pfff… dis-moi ce que tu penses, je sais que ça fait longtemps que tu prends sur toi pour ne pas me faire de la peine. Tu as forcément un avis sur la situation, dis-je gentiment à Sarah, car je voudrais son opinion maintenant que je suis perdue.

– Ce que j'en pense ? Soph… Je m'en veux tellement, tout est ma faute…

Je suis étonnée. *De sa faute ?*

– Quoi ? Mais de quoi parles-tu ?

– Lui, vous, toi ! Rien ne serait jamais arrivé si je ne m'en étais pas mêlée. C'est moi qui lui avais dit de nous attendre en bas de l'immeuble, donc c'est à cause de moi si…

Je me lève brusquement et fais le tour de la table pour venir m'asseoir sur une chaise près d'elle.

– Sarah, non. Je t'arrête tout de suite. *Rien* n'est ta faute, et je n'ai pas de regret. Ce que j'ai vécu… oui c'était horrible, mais lui… était incroyable. Je ne saurais pas exprimer tout ce que j'ai ressenti le jour où je l'ai rencontré tant ça paraît irréel.

Je m'arrête pour prendre ses mains. J'ai les larmes aux yeux, et elle aussi. Un trop-plein d'émotions. Je n'arrive pas à croire qu'elle se sente responsable depuis tout ce temps, sans jamais m'en avoir parlé. Ça explique pourquoi elle m'a maternée ainsi ces derniers mois, et surtout pourquoi elle n'a toujours pas déménagé.

Mais la vérité c'est qu'avec ou sans elle, l'histoire aurait été la même.

– Je t'aime, Sarah. Tu es ma meilleure amie, ma sœur. Jamais, au grand jamais, je ne voudrais que tu imagines une chose pareille ! Est-ce que c'est compris ?

– Oui… Je t'aime aussi, Soph.

Elle me prend dans ses bras, et nous nous mettons à pleurer. Des larmes pour les non-dits et les malheurs. Et aussi pour tous les instants de bonheur que nous avons vécus ensemble.

Sarah est le Yang de mon Yin, depuis ce jour en première année de primaire où elle m'a donné le courage de dire non. C'est ironique en un sens.

Chaque fois que j'allais en cours de musique, le petit Carl à côté de moi n'arrêtait pas de m'embêter. Ça m'irritait même si je n'osais rien dire. Ce jour-là, elle m'avait fait travailler mon regard assassin, qui voulait dire « ne touche pas à mes affaires ». Une fois en classe, Carl m'a suivie. Alors que j'ouvrais mon sac, j'ai regardé Sarah pour qu'elle me donne du courage. Elle a hoché la tête pour me dire « vas-y ». Au moment où ma trousse touchait la table, Carl a tendu la main pour la saisir et je lui ai lancé ce fameux regard, terrifiée à l'idée qu'il se mette à rire. Mais il n'a pas ri.

Il ne m'a plus embêtée du reste de l'année.

Plus tard, j'ai appris que Sarah avait dit deux mots à Carl, et que c'était en partie pour cela qu'il avait mis fin à son intimidation. Depuis, elle me pousse toujours à avoir confiance en moi tout en restant à mes côtés en cas de chute. À chaque moment difficile, doux, important, traumatisant, Sarah est là pour moi.

Je ne peux m'empêcher de m'en vouloir à présent. Jamais elle n'aurait dû se sentir coupable pour mes propres choix. Il est grand temps qu'elle pense à elle et arrête de me faire passer en premier.

C'est *là* que quelque chose change. J'ai le sentiment que, quoi qu'il arrive, tout ira pour le mieux. Même si ça doit faire mal.

Chapitre 4

Dis oui

Passé

Il n'est plus là.

Depuis cinq minutes, je ne lui prêtais plus attention, curieuse de voir combien de temps je pouvais tenir. Un petit défi personnel, car j'avais perdu les cinq minutes précédentes, et celles d'avant aussi, à le contempler derrière le bar. C'était plus fort que moi, ses yeux m'attiraient comme un phare en pleine tempête. Puis, alors que nous nous apprêtons à partir, je remarque son absence.

Suis-je… déçue ? Je secoue la tête à cette pensée. Je ne le connais pas et je lui ai parlé seulement quelques minutes. OK, je me mens à moi-même. Il ne m'a pas laissée indifférente. Je repense à son regard, à ses doigts, à ce que j'ai éprouvé…

Dans la vie, nous faisons chaque jour des rencontres qui pourraient modifier nos projets, sans que cela se concrétise nécessairement. C'était donc juste ça, un moment aussi court qu'intense, et sans répercussion.

Tandis que nous marchons vers l'ascenseur, je pense au lit qui m'attend. Ma tête sur l'oreiller, la couette remontée jusqu'à mon cou et le sommeil qui viendra doucement me chercher. Les filles veulent aller danser, mais ça sera sans moi. Il est presque vingt-deux heures, notre avion pour Chicago décolle à sept heures du matin. Il faudra donc arriver à l'aéroport bien plus tôt encore. Soit après trop peu d'heures de sommeil.

Sans compter que demain, nous serons lundi. Je devrai donc récupérer des dossiers au bureau si je veux travailler de chez moi l'après-midi, ou encore mieux, le reste de la semaine ! Je peux rêver. En plus, comme Sarah doit superviser un salon, je serai seule à notre appartement durant la journée.

Je déteste mon boulot, mais je m'accroche. Après tout, c'est temporaire. J'ai d'autres rêves qui m'attendent. Sarah m'a recommandée pour ce travail dans son agence de marketing événementiel. Contrairement à moi, elle est passionnée par son poste de responsable, surtout quand il faut suivre l'exécution des différentes campagnes après les avoir conçues. Moi, je me contente de remplacer une assistante qui est en congé maternité, et je sais déjà que je ne suis pas faite pour ce métier. Mais le groupe est sympa, il y a Sarah, et une bonne paye.

Bref, j'ai rendez-vous avec mon lit. Sarah doit bien se douter que je vais les abandonner. J'attends seulement que nous soyons dehors pour leur souhaiter une bonne soirée.

Je regarde défiler les numéros des étages à mesure que nous descendons en ascenseur. J'adore faire ça, c'est comme si nous étions hors du temps. Nous ne sommes plus en haut à faire la fête, mais pas encore en bas pour la suite des choses. Seulement là, à attendre que le temps reprenne son cours. Comme une enfant, je compte les paliers dans ma tête.

Onze, dix, neuf, huit… Dans quinze minutes, je serai couchée.

Nous sortons de l'ascenseur très bruyamment. Les filles crient au lieu de parler à un niveau raisonnable, comme si elles étaient déjà dans l'ambiance de la boîte de nuit. Mais il faut dire que le volume de la musique avait aussi monté d'un cran au bar.

Une fois à l'extérieur, je prends une profonde inspiration et ferme les yeux. Après des heures sur le *rooftop*, le fait de retrouver la terre ferme me rassure, et je me sens déjà mieux. L'effet de l'alcool commence à s'estomper. Enfin, je crois.

Je jette un œil à Sarah en enfilant ma veste et je trouve son attitude bizarre. Elle est comme… fière d'elle ? Je ne comprends pas pourquoi, mais son petit sourire machiavélique ne me dit rien qui vaille. Lorsqu'elle regarde derrière moi, je pivote légèrement pour voir ce qui attire son attention. Puis je comprends.

Scott est là. Adossé contre le mur, à quelques mètres de nous. Il termine sa cigarette et ses yeux croisent les miens, envoyant une secousse à mon cœur au passage. Même de loin, j'arrive à voir à quel point ils sont bleus.

Je reviens vite vers Sarah et parle avant qu'elle n'ait le temps d'ouvrir la bouche.

– *Non.*

– Je crois bien que *si* !

Elle est très fière d'elle. Ça sent mauvais pour moi. Mais il ne va quand même pas venir me parler ?

– Sophie.

On dirait que oui ! Il est dans mon dos. Tout mon corps le sait. J'ai chaud.

Qu'est-ce qu'il m'arrive !

Je me décide à lui faire face, non sans avoir lancé mon regard assassin à Sarah.

– Scott.

J'entends les filles glousser, de vraies gamines. Si la situation n'était pas déjà gênante, il n'y a aucun doute qu'elle le devient.

– On vous laisse, hein ! On va danser, nous !

Je vois Sarah et les autres s'éloigner, bouche bée. Elles me laissent vraiment là, comme ça. Je n'en reviens pas. Sarah me jette un dernier regard, en articulant un *oui* silencieux avec sa bouche.

– Tu ne vas pas avec elles ? me demande Scott.

Ces tours sur moi-même me donnent le vertige, à moins que ce soit la situation ? Ou les deux.

– Euh, non. Comme je t'ai dit tout à l'heure, j'aspire à une soirée plus calme.

Il me sourit et porte sa main à son menton, frottant son index sous ses lèvres, contre sa barbe de quelques jours. *Pourquoi je regarde ses lèvres ?*

Il remarque que je m'attarde sur son visage, ce qui n'a pas l'air de lui déplaire.

– Est-ce que tu voudrais venir prendre un dernier verre ? Ça peut très bien être un café, ou même un verre d'eau.

Je souris contre ma volonté.

Même si j'ai promis à Sarah de dire oui, je pourrais lui dire non, et elle ne le saurait jamais.

Faux : elle me connaît trop bien.

De toute façon, j'ai très envie d'accepter parce qu'il me plaît et que je sens… quelque chose. Ça n'engage à rien. Un café, c'est chaleureux. Et l'eau, ça hydrate ! Dieu sait que j'ai besoin d'eau maintenant que j'ai de nouveau chaud. Sans oublier que j'ai peu de chance de le revoir ensuite. Et si c'est horrible, je peux toujours partir.

– Tu ne travailles plus ?

– J'ai fini mon service il y a quinze minutes.

Il m'a attendue ?

Il faut que j'arrête de réfléchir.

– OK.

– OK ?

– Oui.

Son sourire revient. Je n'avais pas pris conscience qu'il avait disparu avant de le voir réapparaître. C'est le genre de sourire qui me fait un peu trop d'effet.

Il devait s'imaginer que j'allais refuser puisque j'ai bien insisté sur le fait que j'en avais assez pendant mon monologue de tout à l'heure.

Il fait deux pas.

– On va où ? demandé-je.

Un air espiègle pour seule réponse, il me tend son bras, que je prends. Ce geste me paraît si naturel, et je devine qu'il pense la même chose.

Et c'est tout aussi naturellement que nous partons vers notre destination.

Chapitre 5

Le message

Présent

Je fais tourner mon iPhone dans ma main depuis plusieurs minutes. J'ouvre mon application de message, je la referme, je commence à écrire, j'efface et je recommence. Incapable de me décider.

Il est dix-neuf heures, et Sarah va bientôt rentrer, Miles aussi. Ce message doit être envoyé avant que nous partions, avant que je ne sois plus seule, mais je ne sais pas comment le commencer, car je suis sous le choc de ces dernières heures.

Combien de fois ai-je souhaité apercevoir Scott au détour d'une rue depuis que je suis ici, à New York ? Cette ville est une telle fourmilière ; je croyais que les chances que ça se produise étaient nulles… jusqu'à aujourd'hui.

Je regarde à nouveau mon portable et tape l'écran avec l'ongle de mon pouce, toujours à la recherche de ce que je pourrais écrire.

Salut ? Coucou ? C'est moi, Sophie. Avec deux ans de retard, voilà mon numéro ? *Argh !*

Je jette mon téléphone sur le canapé et respire un bon coup. Je dois me calmer. Ce n'est quand même pas bien compliqué, j'écris et je l'envoie. Ça *doit* être aussi simple que ça.

Nouvelle inspiration, je rattrape mon téléphone, je me lance.

Moi

J'espère que tu ne me feras pas attendre aussi longtemps.

Sophie

Envoyé. Là, je lâche mon appareil. Enfin, il le faudrait. C'est ce que toute personne saine d'esprit ferait. Mais je suis hypnotisée par l'écran, incapable de m'en détacher. *Tu te fais du mal…* Je continue malgré tout de le regarder en attendant un signe que le message a bien été livré, une réponse, les trois petits points qui montreraient qu'il m'écrit…

Rien. Il ne se passe rien. *Nada.* R-I-E-N.

– Pfff…

Je souffle ma frustration. Et s'il ne me répondait pas, pour me faire languir, pour se venger ? Non, il n'est pas comme ça, ou du moins il ne l'était pas quand je l'ai rencontré. Et ça serait un brin mesquin. Il doit simplement être occupé.

Je me demande ce qu'il fait dans la vie, s'il a réalisé son rêve contrairement à moi qui galère toujours autant, et s'il pense encore à moi comme je pense à lui. Mais sur ce dernier point, je suis plutôt sceptique.

Je m'affale sur le canapé, avec mon téléphone et mes espoirs envolés. Une bonne séance de méditation ne serait pas de refus pour évacuer tout le stress qui m'envahit et que je finirai par payer plus tard.

La porte d'entrée s'ouvre brusquement et Sarah arrive comme un courant d'air.

– Je suis là, je me change et on sort !

Elle s'arrête net quand elle me voit allongée de tout mon long dans le canapé.

– Tu n'es pas prête ? Qu'est-ce qui s'est passé ? Nooooon ! débite-t-elle à toute vitesse.

Le temps que l'information arrive dans son cerveau, elle a compris.

– Si, marmonné-je contre les coussins.

– Tu lui as envoyé quoi ? Montre, m'ordonne-t-elle en tendant la main.

Sans me relever, je lui donne l'objet du crime. Elle lit.

– C'est bien, mais…

– Mais *quoi* ?

– Je ne sais pas, je l'aurais joué plus détachée, du genre « voilà mon numéro » et basta !

Mouais, ça me paraît plus froid que *détaché*, mais je garde mon commentaire pour moi et me contente de grogner à nouveau.

– Viens mettre une jolie robe et on y va, ça te changera les idées.

Dans mon état d'indécision actuel, autant ne pas argumenter. J'ai finalement accepté d'aller boire un verre avant qu'elle ne parte retrouver Bobby. Un seul. Il me faut au moins ça pour affronter les prochaines heures de ma vie où je serai suspendue à mon portable comme une ado.

Dans ma chambre, j'ouvre mon placard pour choisir une robe. La première que je trouve c'est ma petite robe noire. Non, non, non. Je passe à la suivante, ma robe en jean. J'attrape un chandail pour mettre par-dessus et c'est parfait.

Sarah entre dans la pièce alors que je finis de m'habiller.

– Un chandail ?

Je soupire bruyamment.

– OK, j'ai compris ! capitule-t-elle en levant les mains.

Elle aussi reconnaît les batailles qu'elle ne peut pas gagner, et celle-là en fait partie.

– Mais tu te maquilles un peu, au moins !

C'est reparti ! Elle me tire par la main jusque dans la salle de bain pour me refaire le portrait. Je m'assois sur le bord de la baignoire et la laisse s'activer. Ça fait plusieurs mois que j'ai perdu l'intérêt de me maquiller, mais Sarah adore tester de nouvelles couleurs sur moi en me disant à quel point elle me trouve belle. C'est son petit plaisir.

Nous entendons la porte d'entrée s'ouvrir et se refermer, tandis qu'un pinceau passe sur mes yeux. Les gars sont de retour ! Je distingue leurs voix. Pourtant, je pensais que Jayden travaillait ce soir. Après cette éprouvante journée, j'aurais aimé une nuit de sommeil avant de le revoir.

Ils entrent dans la salle de bain sans frapper et sans un mot, une habitude chez eux ! Sachant cela, je ne comprends pas pourquoi je n'ai toujours pas fait installer de verrou à cette porte.

– Vous pourriez au moins faire semblant de frapper ! leur lance Sarah.

– Et rater le spectacle ? lui répond Jayden.

Miles se retient de rire en me voyant, et je me tourne aussitôt vers Sarah. Comme je n'ai plus l'habitude de porter du maquillage, dès qu'elle en fait un peu trop, j'ai tout de suite l'impression de ressembler à un clown.

– Pourquoi il rit ? Qu'est-ce que tu es en train de me faire ?

– Ils cherchent juste à te faire peur, rien d'autre. Ne t'occupe pas d'eux !

Je leur lance mon fameux regard assassin et ils ressortent sans pour autant refermer la porte derrière eux. Voilà ce que c'est que de vivre avec le sexe opposé : zéro intimité.

Jayden travaille avec moi au restaurant. Il a plus souvent les *shifts* du soir, alors que j'essaye de prendre ceux du midi en priorité. C'est grâce à lui si nous avons réussi à trouver cet appartement ; il nous a littéralement sauvées de la rue, Sarah et moi. On a quand même eu une semaine de battement avant d'emménager ici puisqu'on devait rendre les clés du studio de fonction que Sarah s'était fait attribuer quand elle a été mutée à New York. Nous avons alors déniché un Airbnb à un prix correct et proche de là où nous étions déjà. C'est ainsi que nous avons passé la semaine chez une femme d'une quarantaine d'années, occupant une chambre pour la modique somme de soixante dollars par nuit. Noralia nous a chouchoutées, et chaque dollar qu'on lui a versé en valait la peine ! Puis Jayden nous a remis la clé de son logement après le départ de deux de ses colocs. Le loyer est raisonnable, car l'appartement appartient à l'oncle de Miles. Nous avons rencontré ce dernier juste après. Miles travaille dans un cabinet d'architecture et connaît Jayden depuis toujours. Tous deux sont originaires du Massachusetts et rêvent de partir faire le tour du pays avec un sac à dos, mettant de côté le moindre cent. J'espère qu'ils se lanceront un jour et qu'on pourra les rejoindre ici et là.

Vivre en groupe, ça rapproche, chacun jouant un rôle dans une hiérarchie informelle. Quand Miles nous fait un reproche, nous avons l'impression de nous faire disputer par notre père, et il en profite un peu trop. Ce qui ne l'empêche pas de se comporter comme un vrai gamin par moments. Sarah, elle, nous motive à faire plein de choses, c'est son côté hyperactif. Pourtant, elle nous rassemble dans le calme quand il y a des débordements, nous apprenant à mieux communiquer. Moi, j'essaye de me faire discrète. Et Jayden… c'est certainement le plus mature et doux d'entre nous.

Je laisse Sarah terminer son œuvre avant de me relever pour voir mon visage dans le miroir. Un peu de bleu sur les yeux pour aller avec ma robe, et une touche de rose mat sur mes lèvres. Rien pour le teint, car Sarah sait que je déteste ça. Elle l'a compris le jour où elle m'avait apporté une panoplie de fonds de teint pour tester les conseils d'une youtubeuse sur moi. Elle adore les tutos de maquillage et peut passer des heures à les regarder. Évidemment, ce jour-là, les gars étaient aux premières loges pour en rire. J'avais l'air d'avoir passé de nombreuses heures dans une cabine UV. J'étais orange. Mais là, tout est beau.

– Tu vois qu'ils voulaient te faire peur, je te connais quand même, me dit Sarah en rangeant son matériel.

Elle a raison. Je vais pouvoir penser à une petite vengeance pour la prochaine fois où l'un d'eux amènera une fille à la maison. J'ai déjà des idées d'objets que je pourrais « oublier » dans leur chambre.

– Qui a laissé sa vaisselle sur la table ? crie Miles depuis la cuisine.

Sarah tourne sa tête vers moi, ses yeux grands ouverts. Aucun doute, c'est elle. Encore.

– Moi ! crié-je à mon tour pour sauver Sarah d'une nouvelle remontrance.

Ces derniers temps, Sarah se laisse un peu aller question rangement. Miles lui a déjà fait la remarque à plusieurs reprises, si bien qu'il s'est mis à compter. S'il arrive à dix fois avant la fin octobre, Sarah devra payer le restaurant lors de sa prochaine *date*. Et Miles prévoit de choisir un *très* bon restaurant. Après avoir fait gaffe pendant vingt-quatre heures, Sarah a vite relâché son attention. Bref, me voilà en train de sauver son portefeuille et sa dignité, car Miles m'adore et me pardonnera cet oubli, bien que ça ne serve qu'à retarder l'inévitable.

Je vais chercher mon sac sur mon lit et me heurte à Jayden en sortant de ma chambre.

– Décidément, c'est une habitude chez toi !

Il ne me répond pas, mais son visage est beaucoup plus sérieux que tout à l'heure. Sans parler des muscles de sa mâchoire qui se contractent.

– Quoi ?

– Tu vas vraiment sortir comme ça ? me demande-t-il.

– J'ai compris que je ne suis pas à mon avantage, mais ça fait plaisir à Sarah, donc ça me convient. Et qu'est-ce que ça peut te faire, d'ailleurs ? Tu ne me fais plus la tête ?

Son regard remonte le long de mon corps avant de revenir vers mes yeux. Je lui donne une tape sur l'épaule puis croise les bras. *Non, mais, je rêve !* Depuis quand il se permet de me mater de cette façon ?

– En fait, tu es un peu *trop* à ton avantage, lâche-t-il avant de partir vers sa chambre qui est située à côté de la mienne, me laissant sans voix.

Sarah m'a déjà fait remarquer que je ne laissais pas Jayden indifférent. C'est vrai qu'il est plus qu'un colocataire. Jay est mon ami. Et il ne m'a jamais parlé de cette façon. C'est un garçon gentil, attachant et drôle. Il affiche souvent une certaine retenue en ma présence, peut-être parce qu'il a deux ans de moins que moi. Il est plutôt bel homme, frôlant le mètre quatre-vingt-cinq avec un corps fin et musclé, des cheveux blonds ondulés et des yeux verts bordés de longs cils. En d'autres circonstances, il pourrait me plaire. Mais mon esprit est occupé par un souvenir qui m'a longtemps hantée avant de reprendre vie.

Miles me fait un clin d'œil depuis la cuisine ouverte comme pour me rassurer. Il est plus chétif que Jay, mais tout aussi grand. Avec ses cheveux noirs et ses yeux foncés, il me fait penser à l'acteur Nicholas Gonzalez, la moustache en moins. Son côté latin attire plus d'une fille chez nous, et je suis bien heureuse que sa chambre soit à l'opposé de la mienne, contrairement à celle de Sarah. Celle-ci tente bien de me raconter ce qu'elle entend parfois, mais j'arrive toujours à me boucher les oreilles juste avant. Il y a des choses que je refuse de savoir.

– Tu viens avec nous ? lui proposé-je, sachant que Sarah a certainement envie de m'étrangler.

– Désolé, Pancake, je vois Simone après.

Pancake… C'est vraiment nul comme surnom, surtout qu'il l'utilise juste pour me rappeler que j'ai fait brûler la moitié des crêpes lors de notre dernier brunch.

– Oh, j'aime tellement Simone, tu as intérêt à la garder, celle-là. Et la prochaine fois, dis-lui de venir ! lance Sarah dans mon dos, faisant écho à mes pensées.

Miles dépasse rarement un mois dans une relation, si on peut appeler ça une « relation ». Et là, on approche dangereusement de l'échéance. À l'inverse, Jayden ne fréquente plus personne depuis plusieurs mois, ou alors, il ne nous en parle pas. Avant, on avait le droit de commenter les photos de ses conquêtes lorsqu'il nous les montrait. Toujours des blondes à l'air extraverti.

– On y va ? demande Sarah.

Elle voit que je fixe la porte de Jayden, mais ne pose pas de questions. Elle sait, comme toujours.

Chapitre 6

La promesse

Passé

Nous sommes de nouveau dans un bar, assis sur de hauts tabourets devant le comptoir. Je n'arrive pas à savoir si nous sommes loin du point de départ, mais nous avons peut-être marché une vingtaine de minutes, qui m'ont paru passer bien trop vite en sa présence.

L'endroit est sympa et surtout beaucoup plus calme que celui que nous avons quitté. Il y a des murs en briques, de vieilles lampes industrielles à suspension et une ambiance chaleureuse. Mais il manque un petit quelque chose pour en faire un coin où l'on voudrait venir se poser entre amis ou en couple, si bien que c'est presque vide.

– Je compte l'acheter.

Je lui lance un regard interrogateur en prenant une gorgée de mon infusion bien chaude.

– Ça, me répond-il simplement comme si c'était évident.

– Le bar ?

– Oui. Je voudrais avoir mon propre espace. Même si ce n'est pas un *rooftop,* ça a du potentiel.

Je réfléchis. Effectivement, le quartier est attrayant, idéalement situé dans Greenwich Village, à moins qu'on soit dans Soho ? La salle est assez vaste pour accueillir un billard, de grandes tables, voire un espace pour danser. Et j'adore les murs de briques et les arches qui mènent à une petite pièce au fond.

– Pourquoi celui-là et pas un autre ?

Ma question a l'air de lui plaire. Il sourit en regardant autour de lui, comme s'il replongeait dans un souvenir.

– Je connais le propriétaire. Quand j'étais petit, mon grand-père m'emmenait ici après l'école. On y retrouvait des amis à lui. Ils jouaient aux cartes en prenant un café pendant que je faisais mes devoirs, puis je jouais avec eux avant qu'il me ramène chez moi. Avec lui, j'ai appris tous les jeux de cartes, et je le battais toujours. Je sais aujourd'hui qu'il m'a souvent laissé gagner.

– Cet attachement… c'est donc sentimental.

– Oui, je voudrais le faire pour lui en souvenir de ce que nous avons vécu ensemble. Ce serait un espace où les gens pourraient se retrouver pour vivre ce genre de moments.

Sous cette apparence rugueuse se cache donc quelqu'un de tendre, ce qui m'attire encore plus.

Il boit une gorgée de son café pendant que je cogite.

– Il faudra des guirlandes lumineuses, commencé-je. Tout le monde aime les guirlandes lumineuses. C'est accueillant et ça crée une ambiance estivale toute l'année. Oh, et puis quelques plantes vertes permettraient d'égayer plus la pièce sans parler des effets positifs sur le stress. Et… pourquoi ne pas ajouter un billard ?

– Tu as l'air emballée ! lâche-t-il avec un petit rire sincère.

– Pardon, c'est ton bar.

Scott me fixe intensément, et j'ai de nouveau un peu trop chaud. Je serais curieuse de pouvoir lire dans ses pensées à cet instant précis.

– Continue.

– Vraiment ? OK. Alors, je mettrais de la bonne musique, des chansons que tout le monde connaît et sur lesquelles on a envie de danser. Tu pourrais faire le petit coin dansant par là, dis-je en pointant du doigt vers la droite. Et pourquoi pas de la musique *live* certains soirs avec des groupes locaux qui viendraient jouer ? Là, il pourrait y avoir quelques jeux de société sur des étagères, à la mémoire de ton grand-père. Je verrais bien un espace sur un des murs où les gens seraient invités à laisser un souvenir comme un mot ou une photo Polaroïd. Et il faut prévoir de bonnes choses à manger. Évidemment, pas juste des Goldfish et… Oh, j'imagine bien le nom du bar en néon juste au-dessus du comptoir!

En voyant son large sourire, je me rends compte que je me suis *un peu* emportée.

– D'ailleurs, tu voudrais l'appeler comment, le bar? demandé-je en posant ma tête dans mes mains.

– C'est une très bonne question. Je cherche encore, mais quelque chose me dit que je vais trouver ce soir.

– Ah oui?

Je lève un sourcil et il approuve d'un geste sans en dire plus, me laissant sur ma faim. Je me racle la gorge pour essayer de revenir à la conversation d'origine.

– Et pourquoi un bar? Je veux dire, pourquoi pas un café, un salon de thé ou même une salle de yoga?

– Une salle de yoga! répète-t-il en riant.

– C'est la première chose qui m'est venue à l'esprit, mais ça pourrait tout aussi bien être une salle de muscu, si tu préfères.

– Non, un bar me convient mieux, j'aime y travailler. Je veux un endroit rassembleur, dans lequel on se sent bien avec des amis, de la famille, des collègues ou même des inconnus. Où on apprécie se retrouver lors des bons et mauvais moments. Si je peux donner un peu de réconfort avec un verre et un burger, alors j'aurai réussi.

Je comprends que ce lieu compte beaucoup pour lui et j'aimerais y revenir le jour où son rêve sera concrétisé. Je m'apprête à poursuivre sur le sujet, mais il prend les devants.

– Et toi, quel est ton rêve ?

Je prends une profonde inspiration. J'en ai plusieurs. Mais peu sont réalisables.

– J'ai des projets… mais je ne suis pas assez sûre de moi pour oser me lancer.

– Ah, Sophie, il faut m'en dire plus, maintenant !

Je ris nerveusement. Il s'est bien confié à moi, alors autant faire de même.

– Je voudrais faire des illustrations pour des livres jeunesse. En fait, je dessine depuis toujours. Ma mère est une artiste peintre plutôt réputée dans le milieu, et quand j'étais petite, elle emportait des carnets de croquis et du fusain partout où on allait. Que ce soit dans un lieu spécial ou juste dehors sur le trottoir avec des craies, on passait des heures à dessiner ce qu'on voyait, et je rajoutais des personnages pour raconter une histoire. Donc, contre l'avis de mes parents, mais avec leur soutien, j'ai passé un baccalauréat en Studio Art. Depuis, je fais de petites missions à mon compte, mais… je ne suis pas prête à aller plus loin. Au fond, je crains surtout d'échouer, tu vois ? Et c'est peut-être juste ça : un rêve.

Il attrape une facture restée sur le comptoir et sort un stylo de sa veste pour me tendre le tout. Je suis intriguée. *Qu'est-ce qu'il veut que je fasse avec ça ?*

– Allez, dessine-moi un truc, ce que tu veux.

Je plisse le nez, je ne m'attendais pas à ce qu'il me propose de dessiner quelque chose. Mais pour lui, j'accepte le défi. Je saisis son stylo ainsi que le long papier.

– Ne regarde pas, lui ordonné-je.

Pour jouer le jeu, il ferme les yeux.

J'en profite pour le contempler un peu. *Qu'il est beau, quand même !* Je me demande où est le drapeau rouge – de quoi devrais-je me méfier ? Et que peut-il me trouver ?

Je tracerais bien le contour de sa mâchoire...

– Tu dessines ou tu me regardes ? me demande-t-il.

Grillée. Je me mords les lèvres pour ne pas rire, et sans lui répondre, je commence à dessiner. Je demande même au serveur s'il n'a pas d'autres stylos ou crayons de couleur, et il me rapporte des feutres pour enfants. Scott hoche la tête en m'entendant ; il attend patiemment, les yeux clos. En utilisant différents bleus et une touche de rose, je reproduis de larges ailes, des antennes et une trompe. J'ajoute de fines pattes à mon papillon et lui donne un regard attendrissant. Le résultat est assez joli pour quelque chose de rapide.

Je pose le crayon qui est encore dans ma main, et j'hésite à toucher le bras de Scott.

– Tu peux regarder, lui dis-je finalement avant de pincer les lèvres en attendant sa réaction.

Il reste silencieux, mais son visage est très expressif. Je crois qu'il adore.

– Je vais le garder, tu sais. Merci, c'est parfait.

Il est sincère et ça me fait chaud au cœur.

– Promets-moi que tu le feras, me dit-il soudain.

Je le dévisage.

– Quoi ?

– Devenir illustratrice. Promets-le. Comme ça, tu seras obligée de le faire.

Il est mignon de vouloir me motiver. J'acquiesce pour lui faire plaisir, et parce que j'aime les défis.

– D'accord, je te le promets.

Quand je serai prête, je le ferai.

– Super, alors. Je te laisse un an.

Je ris, mais il est si sérieux !

– Comment ça, *tu* me laisses un an ?

– Oui, dans un an, je te demanderai où tu en es. Et je me jette à l'eau aussi. Toi et moi, on a un an pour réaliser notre rêve, ou le commencer.

– Tu veux dire qu'on se retrouvera ici dans un an pour faire le point ?

– Hum… En fait, je ne suis pas certain de pouvoir tenir un an sans te parler.

Scott ne me donne pas le temps de réfléchir davantage. Il lève sa tasse, attendant que je fasse de même. Amusée par la tournure des événements, même si tout cela me paraît irréaliste, je lève ma tasse à mon tour pour la cogner doucement contre la sienne.

– À mes dessins et à ton bar !

Il répète après moi.

– À tes dessins et à mon bar.

Chapitre 7

Le bar du rêve

Présent

Je suis Sarah qui marche d'un pas rapide depuis plusieurs minutes. Je me demande si elle sait où elle va.

– On y est presque ? lui demandé-je en évitant de justesse un passant.

– Encore deux rues à droite et une à gauche.

Nous passons par des rues étroites et pavées de Manhattan, rien à voir avec les grands axes.

– Je vais enfin pouvoir dire à mon assistante que j'y suis allée !

L'assistante de Sarah est sans arrêt en train de lui recommander les derniers endroits à la mode, ou ceux qui pourraient le devenir. C'est elle qui lui a parlé du bar où nous nous rendons. Elle lui a vendu le style du lieu, les cocktails, et surtout… les barmans. Non pas que ce dernier point m'intéresse. J'ai accepté d'accompagner Sarah parce qu'elle insiste depuis des semaines, mais personnellement, je préfère les lieux plus tranquilles.

– On y est ! s'exclame-t-elle en s'arrêtant brusquement devant moi.

Je n'ai pas le temps de m'attarder sur la façade que Sarah ouvre le chemin dans le bar, et je marche derrière elle. Maintenant que nous y sommes, je comprends pourquoi ce lieu attire autant de monde ! Apparemment, il a ouvert il y a un peu plus de six mois et ce serait *le* bar à la mode. La déco est de type industriel et un brin années 80 avec ses murs de briques, ses petites guirlandes, les plantes et des *stickers* vintage sur les murs. *I Gotta Feeling* des Black Eyed Peas résonne dans les enceintes, juste assez fort pour qu'on réussisse à parler sans crier. Tout donne envie de danser sur la piste improvisée entre deux tables au centre. Ça va être une bonne soirée et je ne regrette pas d'avoir laissé Sarah me traîner ici pour me changer les idées.

Bien que la salle soit presque pleine, Sarah arrive à nous trouver une table au fond près d'un mur. J'ai la vue sur un billard quelques tables plus loin, un peu sur ma gauche, et Sarah sur le comptoir du bar.

Je ne suis jamais venue ici, mais j'ai une étrange impression de déjà-vu. Je commence à regarder la carte sur la table, puis je remarque que Sarah s'est figée. On dirait qu'elle a vu un fantôme.

– Ne te retourne pas.

Je n'ai pas le choix, je me retourne ! Et je le vois. Au comptoir. Son regard sur moi. Scott. Mon cœur manque un battement.

Je pivote vers Sarah en lui lançant un air abasourdi tout en tirant sur la manche de mon chandail vert. Comment est-ce possible que je voie Scott deux fois le même jour alors que je ne l'ai jamais croisé depuis que j'ai emménagé à New York ? Je prie pour qu'il ne vienne pas à notre table, mais je sens qu'il se rapproche. En effet, il est là, car j'entends sa voix sur ma gauche.

– Sarah, tu n'as pas changé. Sophie… qu'est-ce que vous voulez boire ?

J'évite de le regarder et me concentre sur le menu sans pour autant le lire. Je laisse Sarah parler pour nous deux.

– Ça alors, Scott ! Tu es toujours un aussi beau barman ! On va prendre deux cocktails bleus, s'il te plaît, lui dit-elle comme s'il était un vieil ami.

– Quelle taille ?

– Oh, *grand*, lui répond-elle en faisant un geste avec ses mains pour appuyer ses mots.

Scott se penche légèrement vers moi, alors que je fixe toujours la carte qu'il fait glisser entre mes doigts pour s'en emparer.

– Dehors, dans deux minutes, me souffle-t-il à l'oreille avant de s'éloigner.

Je me remets à respirer. Enfin, je crois, car la surprise a totalement embrumé mon esprit.

– Tu vas y aller ? me questionne Sarah qui a tout entendu, bien sûr.

Je prends quelques secondes pour me calmer et je lui réponds d'un hochement de tête avant de me lever.

– OK. Fais attention, me dit-elle en me souriant gentiment.

Avec l'heure de la sortie des bureaux qui s'étire, il y a plus de monde encore qu'il y a quelques minutes. Toutes les tables sont occupées, ce qui n'empêche pas les gens de continuer à rentrer et de prendre un verre debout au comptoir dans l'attente qu'une place se libère.

Je me faufile parmi la foule pour me rendre à l'extérieur. Quand je passe la porte, il est déjà là. Je m'arrête à ses côtés, m'attardant sur la frénésie de la ville, comme lui.

– Je n'avais pas reconnu le lieu jusqu'à maintenant… C'est merveilleux, bravo, Scott.

– Merci.

Je repense au café que nous avons partagé, à son rêve, au mien, au papillon, à sa main…

– Tu ne m'as pas répondu, enchaîné-je en faisant allusion au message que je lui ai envoyé plus tôt.

– J'avais prévu le faire ce soir après le service.

Donc, plutôt cette nuit, en fait. Je ne dis rien, j'attends la suite.

Il s'écoule une bonne minute de silence pendant laquelle nous continuons de fixer les gens qui passent dans la rue, alors que la musique résonne dans notre dos. Puis je sens qu'il se tourne vers moi, qui garde mon regard droit devant, sur l'animation de la ville.

– J'ai une copine avec qui ça se passe bien. Enfin, c'est ce que je croyais jusqu'à ce soir. Parce que ça m'a secoué de te revoir tout à l'heure.

Mon cœur accélère. J'ai la gorge sèche.

Il est en couple ? *Bien sûr qu'il est en couple !* Pourquoi serait-il toujours célibataire ? Il est beau, et certainement encore attentionné, attentif, respectueux… et il a réussi. Il a tout pour rendre une femme heureuse. Mais ses mots… Nous en serions donc au même point, lui et moi ? Tourmentés de nous être retrouvés ?

Je tourne la tête pour plonger mes yeux dans les siens, incertaine de vouloir prendre la parole. Le silence s'installe de nouveau, mais nos yeux en disent long.

Il est encore plus beau que dans mon souvenir. Ses cheveux noirs un peu longs sur le haut, ses grands cils, sa barbe de quelques jours taillée sur sa mâchoire carrée et ses joues qui se creusent légèrement quand il serre les dents, tous ces détails me séduisent toujours autant.

Il semble toutefois avoir mûri durant ces deux années. Je crois lire dans ses yeux le mal que je lui ai fait en le laissant sans nouvelles. En réalité, je sens bien qu'il m'en veut. J'ai envie de lui dire que ça n'aurait pas marché entre nous à cause de la distance qui nous séparait, mais il me répondrait sans doute qu'il aurait fallu essayer. S'il savait…

– Je suis désolée, dis-je enfin en tirant sur la manche de mon chandail.

Je le pense vraiment. Je suis désolée pour avant, pour aujourd'hui, pour tout ce qu'il sait et tout ce qu'il n'imagine pas. Je ne veux pas bouleverser sa vie, loin de là. Je préfère le voir sourire comme lors de notre rencontre, qu'il soit heureux.

Je voudrais par-dessus tout que ce soit avec moi, mais il mérite bien mieux que la coquille vide que je suis.

– Je vais retourner voir Sarah, sinon elle va s'inquiéter et rappliquer, lui dis-je en faisant un pas sur le côté.

– OK. Demain, dix-huit heures, à l'endroit où tout a commencé ?

Comme cette phrase est belle et comme elle semble nostalgique dans sa bouche ! Mais contrairement à moi, il ne laisse rien paraître de ce qu'il ressent. « Ça m'a secoué. » Qu'est-ce qu'il pouvait bien vouloir dire par là ? Pour le savoir, je devrai attendre demain.

J'acquiesce avec un sourire timide, mais sincère, puis je rentre dans le bar le cœur rempli d'espoir.

Chapitre 8

Questions-réponses

Passé

– Quel sport aimes-tu pratiquer ? lui demandé-je.

Voilà plusieurs minutes que nous enchaînons toutes sortes de questions pour mieux nous connaître. Je cherche à alléger l'atmosphère en parlant de sport, car on se confie aussi sur des sujets plus profonds, comme nos fantasmes et nos secrets. Je trouve très agréable de pouvoir échanger ainsi avec un inconnu sans me sentir jugée. Et même si c'était le cas, qu'importe puisque je ne le reverrai plus jamais ensuite.

Je lui ai parlé de ma désastreuse famille, avec mon père absent qui vit sa seconde jeunesse sur une plage en Floride, et ma mère l'artiste qui fait de même à l'autre bout du pays. Du manque d'amour que j'ai ressenti, et de Sarah qui comble ce vide depuis tant d'années. Il m'a raconté qu'il avait perdu sa mère il y a cinq ans, d'un cancer du sein qui a été long et éprouvant pour lui aussi. Que le fait de connaître l'issue de la maladie ne l'a pas particulièrement aidé quand celle-ci est finalement arrivée. Sa mère a tout donné pour qu'il ait une enfance heureuse, pleine d'amour, et pour combler l'absence d'un père qui n'a jamais assumé ce rôle. Comme elle n'a pas voulu refaire sa vie, ça a toujours été Scott et elle contre le reste du monde. Il n'a donc jamais ressenti le besoin d'en savoir plus sur ses origines, bien qu'il ait compris avec le recul que son adolescence a été un moyen d'exprimer les effets sournois du manque de figure paternelle. Lorsqu'il était enfant, il y avait bien son grand-père, mais après… Longtemps, Scott a joué au petit délinquant en ne respectant pas l'autorité des adultes, tagué des bâtiments, et fumé autre chose que la cigarette avec des gars plus vieux que lui. Jusqu'au jour où sa mère lui a demandé ce qu'aurait pensé son grand-père de tout ça. Il s'est alors repris en main, il a suivi des formations et obtenu des diplômes pour atteindre ses objectifs.

Si j'espère un jour avoir une famille à moi, lui souhaite seulement être aussi bienveillant que sa mère l'a été avec lui.

Je dois dire que je passe un bon moment et je m'étonne de voir à quel point tout est facile entre nous, comme si on se connaissait déjà. Alors que je me fais cette réflexion, il répond à ma question sur son sport préféré.

– Je ne vais pas être très original, et je sais déjà que tu détestes ça : la course à pied.

Effectivement, je me suis ouverte sur ce sujet un peu plus tôt.

– Mais contrairement à toi, je ne vais pas souvent à Central Park. Je préfère le bord de l'East River du côté de Brooklyn. Faut juste traverser le pont suffisamment tôt pour éviter les touristes. Ça me permet de faire le vide, je me sens toujours mieux après. Les problèmes du quotidien paraissent moins insurmontables.

– Je comprends ce sentiment de pouvoir tout affronter ensuite. C'est ce que je ressens quand je fais du patin à glace. L'hiver, on allait souvent sur les lacs gelés avec mon père. On poussait la neige avec nos pelles, ça nous permettait de bien nous réchauffer, puis on passait des heures à glisser, faire des figures, danser. Une année, je me suis foulé la cheville. Ç'a été l'hiver le plus long de ma vie.

J'étais une enfant sage, mais cet hiver-là, j'ai été détestable. La colère et la tristesse me rongeaient. Je déprimais pour la première fois de mon existence. Au printemps, j'étais si heureuse de retourner sur la glace que je passais le moindre de mes moments libres à l'aréna du quartier. Sarah, que je délaissais pour m'entraîner, a fini par me suivre. Je me souviens d'elle, tenant le phoque qui servait aux petits pour se garder en équilibre. Elle me faisait tellement rire ! C'était avant que l'ambiance change à la maison. Quand mes parents tenaient encore leur rôle.

– Tu es partie, là…

Je laisse mon souvenir pour retrouver ses beaux yeux.

– Oui, pardon. Tu patines un peu ?

– Hum, non. Petit, je n'ai pas eu l'occasion d'essayer, et en grandissant ça ne m'a jamais attiré.

– Pourtant, ça doit être agréable de pouvoir faire du patin sur les différentes patinoires de Manhattan.

Il rit, je crois même qu'il se moque un peu de moi !

– OK, j'ai compris, je fais ma touriste ! Mais il faudra que je revienne en hiver pour le faire. Et puis… qui sait, tu pourrais peut-être venir avec moi…

Je laisse ma phrase s'éteindre dans un chuchotement. Mais il a bien entendu.

Pourquoi j'ai dit une chose pareille ? Je flirte, là ! Je flirte avec lui ! Je vais repartir dans quelques heures, mais je ne peux m'empêcher d'imaginer qu'il y aura une prochaine fois.

– Faudra me tenir la main, je risque de tomber.

Je retiens difficilement un sourire. Bien sûr que je le ferai, et si on doit tomber, on tombera à deux.

– Donc l'Illinois, c'est bien ça ?

– Oui.

J'y ai fait allusion pendant qu'on marchait, mais il n'a pas posé de questions. Là, je sais quelle sera sa prochaine...

– Et tu rentres quand?...

– Demain.

Voilà, c'est dit. Scott reste muet durant quelques secondes qui me paraissent interminables. Son expression est fermée et je n'arrive pas à deviner ce qu'il peut penser.

Puis il se racle la gorge et passe à autre chose, comme s'il n'y avait pas eu de tension entre nous.

– Sinon, tu aspires à quoi, aussi? À part dessiner, je veux dire. Quand tu seras grande?

J'échappe un rire...

Il ne croirait pas si bien dire. J'ai vingt-neuf ans, mais dans ma tête j'en ai toujours dix par moments. Je suis un peu plus mature que cela, certes, mais je me cherche encore.

Je prends une inspiration et relève la tête pour lui répondre.

– Je ne souhaite rien d'extravagant. Ça va peut-être te paraître banal, mais j'aimerais avoir une maison. Par là, j'entends un endroit où on se sent bien, en sécurité, et aimé. Je ne rêve pas de voyages au bout du monde.

Sarah dirait que ça a sûrement un rapport avec mon sentiment d'avoir été délaissée en devenant adulte, et elle aurait raison. J'ai un trop-plein d'amour à donner et j'attends avec impatience le moment où je pourrai dire que ma famille est ma maison.

– Est-ce que ça a du sens ?

Scott hoche la tête en me regardant comme s'il comprenait le sentiment qui m'habite. Je devine une pointe de tristesse dans ses beaux yeux et je suis tentée de poser ma main sur sa joue pour la faire disparaître. Mais comme la fois précédente, il reprend la parole avant que je ne puisse faire quoi que ce soit.

– Alors, pourquoi venir à New York ?

– Parce que je n'ai pas trouvé mon bonheur chez moi ? plaisanté-je. Non, Sarah souhaitait fêter son anniversaire à New York, un cliché, je le sais bien ! C'est une ville qui nous a toujours fait rêver, elle et moi : l'excitation, la démesure et le calme à la fois. On a le sentiment qu'ici tout est possible. Je me doute que ça ne doit pas être si simple, mais après tout, ce n'est pas pour rien qu'il y a autant de touristes. On y croit tous un peu. Et toi, pourquoi rester à New York ? Il n'y a pas une autre ville qui t'intéresse ?

– Franchement ? Non. C'est ici que j'ai grandi, j'y suis bien, alors je ne ressens pas le besoin d'aller voir plus loin. Ça viendra peut-être un jour, qui sait ?

– Oui, qui sait, répété-je.

L'alcool a progressivement quitté mon corps, mais je reste plus bavarde qu'à l'habitude. En général, je n'aime pas me mettre en avant. Je préfère écouter ceux qui m'entourent. Mais ce soir, j'ai l'impression que je peux être moi-même. La vraie Sophie. Il n'arrête pas de me faire rire, de me titiller. C'est un flirt léger qui fait du bien au moral.

– Question suivante : tu préfères faire un câlin ou embrasser ?

Je me mordille l'intérieur des joues pour ne pas rire, mais je ne détourne pas les yeux. Je tarde à répondre, le faisant patienter un peu. Ses lèvres sont entrouvertes comme s'il voulait parler, mais il attend sagement.

– Je dirais un câlin…

– Pourquoi ?

Nous sommes plus proches que lorsque nous sommes arrivés. Je sens sa cuisse près de la mienne, son bras qui effleure le mien – *volontairement ?* – alors qu'il joue avec sa tasse vide.

– Pour sentir la chaleur de l'autre, ce contact sous les mains et dans le reste du corps. Toucher la peau, réveiller l'épiderme, ça rassure, ça soulage. Pour moi, ça peut vouloir dire « je t'aime », « je suis désolée », « tu m'as manqué », ou d'autres choses encore.

Scott me fixe avec attention. Il ne sourit plus vraiment. Ses grands yeux bleus sont en train de me dévisager, c'est comme s'il cherchait à savoir ce qu'il pourrait ressentir dans mes bras. Et je me demande ce que ça me ferait de le toucher pour de vrai, de sentir sa peau sous mes doigts, les plis de ses mains, la courbe de son cou, les battements de son cœur, et de respirer enfin son odeur.

Ouf, reviens sur terre !

Je baisse finalement les yeux, gênée par mes pensées. Il prend alors délicatement mon visage de sa main libre, pour m'obliger à le regarder de nouveau. Ses doigts s'attardent sur mon menton et ma joue.

– Moi, j'aime embrasser. Chaque parcelle de peau. Savoir son goût, son parfum, son histoire aussi. Chaque baiser procure une sensation différente.

J'avale ma salive difficilement, car ma gorge est sèche. Ses mots dans sa bouche sont si attirants. Je suis très tentée de l'embrasser. Quand son regard dévie une seconde sur mes lèvres, je les pince comme si ça pouvait m'empêcher de rougir.

Scott se révèle charmeur, il parle bien et il est ambitieux. Il sait ce qu'il veut et comment l'obtenir. Ce qui peut être un danger aussi. Est-il honnête ? Suis-je pour lui un coup de cœur ou un coup d'un soir ? Au fond, l'un n'empêche pas l'autre.

Je voudrais ne pas succomber, mais chaque seconde qui passe, ma carapace se fissure un peu plus. Et n'ai-je pas promis à Sarah de dire oui ? Ce soir, je veux me laisser porter par le courant. Vivre.

– Je t'embrasserai seulement si tu me le demandes, me dit-il comme s'il avait deviné le fond de mes pensées.

– Tu es sûr de pouvoir attendre jusque-là ?

Je souhaite continuer notre petit jeu. J'aime la chimie entre nous et je ne veux pas que ça se termine tout de suite.

Il sourit en glissant sa main sur mon bras.

Il est fort. Il le sait.

– On verra qui tiendra le plus longtemps, alors.

J'aime les défis, mais je ne suis pas sûre de vouloir réussir celui-là.

Chapitre 9

Là où tout a commencé

Présent

Je vais arriver en avance, de cinq minutes peut-être. Je suis si stressée à l'idée qu'on puisse se parler que j'ai préféré partir plus tôt. Au cas où j'aurais un problème de métro ou autre. Je ne sais pas trop à quoi m'attendre et c'est surtout ça qui me tracasse, même si je suis heureuse de pouvoir passer du temps avec lui. Cette fois, je ne serai pas là à compter les minutes avant de devoir partir, telle Cendrillon, ni tendue au coin d'une rue entre deux feux rouges.

Ce sera une soirée comme celle qu'on a connue.

J'ai ruminé une bonne partie de la nuit hier, alors que Sarah était chez Bobby. Au bar, le dos tourné au comptoir pour éviter de l'observer, je sentais le regard de Scott sur moi. Mais quand nous avons quitté les lieux, il n'était plus là. Inquiète, Sarah voulait savoir comment je me sentais. J'ai essayé de la rassurer en improvisant, mais c'était peu convaincant. Elle a ensuite voulu me raccompagner de peur que je fasse une crise d'angoisse dans le métro. J'ai protesté, plaidant que j'attendrais d'être rentrée pour ça. Je plaisantais pour dédramatiser.

Le mal était déjà fait après tout, non ?

Mais pourquoi m'a-t-il dit qu'il était en couple ? Et pourquoi rajouter que me revoir après autant de temps l'avait retourné ? Je ne veux pas bousculer ce qu'il a construit ces dernières années. Il a l'air bien et il a même réalisé son rêve.

On peut sûrement être amis, après tout.

Je ne travaillais pas aujourd'hui et j'aurais dû en profiter pour me reposer un peu, au lieu de m'étourdir en attendant de partir. C'était une journée interminable ! Entre deux lessives, j'ai appris que ma candidature pour un contrat d'illustration n'avait pas été retenue. Puis il y avait toujours cette tension entre Jay et moi. Il m'a évitée le midi en se rendant je ne sais où, et j'ai profité de son absence pour manger mes émotions en finissant les biscuits. Quand il est réapparu, il a pris ses affaires pour repartir au resto, même s'il était encore bien tôt. Après quoi, j'ai envoyé plusieurs messages à Sarah afin de savoir comment je devrais m'habiller et j'ai changé au moins cinq fois de tenue. Je voulais être belle tout en étant à l'aise. J'ai donc fini par mettre un jean fuseau et ma veste par-dessus un chandail couleur crème avec un col en V. Un maquillage léger, les cheveux libres, un élastique au poignet au cas où ; j'étais prête.

J'arrive dans la rue, un brin paniquée. Il est déjà là et j'espère seulement que c'est bon signe.

Je m'approche en ralentissant le pas pour prendre le temps de l'observer. Il porte une veste en jean foncée par-dessus un t-shirt blanc, un jean noir et des sneakers. Simple, mais efficace. Comme dans mon souvenir. Il finit par lever les yeux ; il m'a sentie arriver et semble soulagé de me voir. Ça me rassure qu'il ait l'air dans le même état psychologique que moi.

Je suis encore à une dizaine de mètres de lui et son sourire s'agrandit à chacun de mes pas. Mon cœur fond, et je lui souris en retour. Je suis propulsée deux ans en arrière, sur ce trottoir, avec lui. Oui, c'était bien ici.

– Tu m'attends depuis longtemps ?

– Non, je viens d'arriver.

On s'observe encore quelques secondes, un peu gênés, puis je lui tends ma main droite qu'il regarde d'un œil intrigué.

– Sophie Sandoval, dis-je pour me présenter officiellement en espérant que ça détende l'atmosphère.

Un petit rire s'échappe de ses lèvres et il glisse sa main dans la mienne.

– Mademoiselle Sandoval, je suis ravi de mettre un nom sur ce visage. Je suis Scott McKenzie.

Le contact de sa main me donne la chair de poule, si bien que je regrette presque mon initiative.

– On va où ? lui demandé-je pour cacher mon anxiété.

Mon attitude ne semble pas le perturber. En guise de réponse, il lève le doigt, pointant le *rooftop* de l'immeuble où nous nous sommes rencontrés.

Je suis étonnée, car Sarah s'y était prise des semaines à l'avance pour avoir une réservation à son anniversaire, et je doute que ça se soit amélioré depuis.

– Tu as réussi à avoir une table ?

– J'ai mes entrées, me répond-il en faisant un clin d'œil.

Je le suis. Dans l'ascenseur, tout me revient : les odeurs, les sensations… Une fois assise, je le laisse commander à boire, car je lui fais confiance à ce sujet, et j'avoue être curieuse de savoir s'il se souvient de ce que j'aime.

Je ne sais pas trop par quoi commencer. Est-ce que je dois m'excuser, *encore*, ou est-ce qu'on fait comme s'il ne s'était rien passé ? Soudain, j'opte pour *la* question directe qui me travaille depuis la veille.

– Comment elle s'appelle ?

Voilà, c'est demandé.

Il lève un sourcil, mais il a très bien compris de qui je voulais parler. Je ne peux pas me résoudre à dire *ta copine* ou encore *ta petite amie,* et je n'ose même pas imaginer qu'elle soit plus que ça. Mais je serai heureuse s'il est heureux. C'est bien ça la règle, non ? Même si au fond, ça me ronge. *Non, je n'y arriverai pas.*

En vérité, je peux être triste et heureuse en même temps.

– Esther.

Esther. Je ne sais pas comment est Esther, mais je la déteste. Elle est forcément belle et intelligente. Elle le fait rire, le touche, dort avec lui… Tout cela et beaucoup plus encore. Je suis jalouse, je ne devrais pas, il mérite d'être comblé. Mais que fait-il là ce soir ?

– Ça fait longtemps ?

Je n'ai aucun droit de le questionner comme ça, sans préambule et surtout sans raison, mais c'est plus fort que moi. Apparemment, j'aime me faire mal.

– Quelques mois…

Quelques mois comme *c'est du sérieux entre nous*, ou quelques mois comme *notre relation vient de débuter* ?

Le serveur vient poser les verres devant nous, l'empêchant de poursuivre. Une bière pour Scott, et un cocktail bleu pour moi. Il prend la suite de nos commandes et dès qu'il s'éloigne, Scott saute sur l'occasion et me questionne à son tour.

– Et toi ?

– Quoi moi ? Non, je ne fréquente personne.

– Personne depuis ?

– Personne depuis deux ans, lui réponds-je en baissant les yeux sur ma boisson, faisant mine d'être très intéressée par ma paille en acier.

Personne depuis lui, personne depuis cette nuit-là, personne depuis que mon cœur a volé en éclats.

J'ai bien eu quelques flirts en arrivant à New York, mais rien de sérieux. Les deux seules malheureuses *dates* que j'ai eues ont même été une catastrophe. J'étais très mal à l'aise. Pas à cause de ces deux pauvres hommes qui étaient trop bien pour moi, mais plutôt parce que je n'arrivais pas à être moi-même. Et comme une lâche, je les ai *ghostés* ensuite. J'en ai honte. Mais je suis trop abîmée pour laisser un étranger m'approcher. Pour faire confiance.

Je ne veux pas avoir à raconter mon histoire, qu'on me prenne en pitié. Je crois que je n'arriverai plus à me laisser aller complètement avec un homme jusqu'à en perdre la tête, à me laisser submerger. Recommencer, m'engager.

Tout ça m'a cassée et je suis irréparable.

Scott prend une gorgée de sa bière, comme pour réfléchir à ce que je viens de dire, ou à ce qu'il pourrait en déduire. Le moment n'est pas vraiment gênant, mais il est pesant. Il y a trop de non-dits entre nous.

Je repense à nos questions-réponses dans le bar quand on a appris à se connaître. On s'est confié tant de choses spontanément. Si seulement tout pouvait être aussi léger maintenant.

– Je ne voudrais pas que tu interprètes mal…

– Quoi donc ? demandé-je en relevant la tête.

– … ce que je vais te dire.

Son regard retrouve le mien, il est intense, plein de promesses et un peu triste. Ça me serre le cœur. Je prends une grande inspiration et hoche simplement la tête. J'attends qu'il poursuive en me promettant de ne pas imaginer tout un tas de choses.

– Elle n'est pas toi, me dit-il doucement.

Je reste sans voix, mon cerveau partant au quart de tour, propulsé par des milliers de questions. Comment ne pas tenter d'interpréter ça ?! Est-elle mieux que moi ? Elle, elle ne l'abandonne pas. Elle connaît tout de lui. Ils habitent sûrement ensemble dans son merveilleux appartement avec sa chambre confortable que j'ai si souvent imaginée. Une relation sérieuse, avec des bases solides, un avenir tout tracé. Il faut que je m'arrête, car je vais finir par imaginer leurs enfants à ce rythme-là.

Ma frustration doit paraître sur mon visage, puisqu'il sent le besoin de clarifier.

– C'est un compliment.

Il a un petit sourire au coin des lèvres, discret, mais bien présent. Je prends une bonne gorgée de ma boisson en essayant de comprendre ce qu'il veut dire. Que ressent-il réellement pour moi ?

Je ne croyais pas revoir Scott un jour. Je n'avais donc jamais songé qu'il pourrait y avoir une suite à notre brève histoire. Pourtant, il a été ma plus belle rencontre.

Comment une personne peut-elle avoir autant d'impact sur une autre en si peu de temps ? Si tout avait été différent, le *timing*, moi… Aucun doute qu'il y aurait eu un *nous*. Mais je l'ai blessé – je nous ai blessés ? –, et là, il est en couple. Il faut que j'arrête de revenir sur ce qu'il s'est passé. Aujourd'hui, je sais qu'il va bien. Je vais peut-être enfin réussir à me pardonner, à tourner la page et à avancer à mon tour.

– Je ne voudrais pas être un problème pour vous deux, je suis…

Il prend ma main sur la table et je me tais. Il est toujours là. Ce courant entre nous. Une étincelle traverse mon corps. Mon cœur bat à tout rompre. Je voudrais qu'il me touche, qu'il me serre contre lui. C'est un besoin presque aussi vital que respirer, et c'est douloureux, car je sais qu'il ne se passera rien.

Mes yeux passent de sa main à son visage. Nous sommes connectés. Au fond, on ne s'est jamais réellement quittés. Nous ne disons rien. De nouveau propulsés dans notre propre espace-temps. J'ose bouger mon pouce pour sentir un peu plus son contact, mais m'arrête aussitôt. C'est une terrible idée.

– Je…

– Arrête de t'excuser.

Je hoche la tête, mais je devrais faire plus encore.

– Soph…

– Je sais.

C'est faux, je n'ai pas la moindre idée de ce qu'il va dire. Mais je ne peux me résoudre à le laisser finir sa phrase. La raison doit reprendre le dessus : il est en couple avec Esther et je ne ferai rien qui puisse troubler leur relation.

Chapitre 10

Là où tout a continué

Passé

– Où est ton hôtel ?

– Où est-ce que tu habites ?

On s'est exprimés en même temps. Il rit en secouant la tête. Je me sens si bien avec lui que je n'ai pas envie de le quitter, même s'il est minuit passé. Nous sommes face à face, nos jambes sont entrelacées. Je sens la chaleur de son corps et je rêve de m'approcher un peu plus. Je lutte contre mon instinct, tout comme lui, je crois. À plusieurs reprises, je l'ai senti hésiter à poser sa main sur ma cuisse dénudée.

– Au-dessus, répond-il, rompant le fil de mes pensées.

– Quoi ?

Il lève son index pour montrer le plafond et répète.

– J'habite juste *au-dessus.*

– Pourquoi tu m'as emmenée ici ? soufflé-je, un peu surprise par sa révélation.

Sa main se pose finalement au-dessus de mon genou. Ses doigts font des petits allers-retours sur ma peau. C'est très agréable et je dois me retenir de sourire à ce contact qui me fait frissonner.

– Pour te montrer ma vie. C'était là que mon grand-père habitait avant, ce qui explique pourquoi il avait ses habitudes ici… et pourquoi je veux racheter ce bar.

Après ces confidences, je crois avoir une bonne idée de la personne qui se tient en face de moi. C'est quelqu'un d'audacieux, de franc, qui aime la vie, qui aime prendre soin des gens qui comptent pour lui, préférant avoir quelques vraies relations significatives plutôt que plusieurs superficielles.

J'espère seulement qu'il ne joue pas là un rôle.

– Veux-tu me dire combien de filles tu as emmenées ici avant moi ?

Je regrette déjà ma question. Je ne peux tout de même pas être la première, *n'est-ce pas* ?

– Sophie, non… Aucune.

Il secoue la tête et il a l'air sincère.

– Tu ne vas pas me faire croire qu'un beau barman comme toi n'attire pas les femmes, dis-je, me reprochant encore mon audace.

– Donc, tu me trouves beau.

Je pince les lèvres pour m'empêcher de rire.

– C'est vrai que je dois être le genre qui plaît, poursuit-il en levant les sourcils comme s'il voulait que je confirme qu'il m'attire. Mais ça ne veut pas dire que je me confie pour autant. Est-ce que… est-ce que tu veux monter ?

C'est la première fois que je le sens un peu moins sûr de lui.

C'est que je dois lui plaire s'il appréhende ma réponse, non ?

– Il ne se passera rien, dis-je.

– D'accord.

– Je suis sérieuse.

– Moi aussi. Je t'ai déjà dit que je ne t'embrasserai pas.

Ma gorge se serre. J'ai très envie de le suivre. Prolonger le moment. Visiter son appartement. On apprend toujours plus de choses sur une personne en voyant où elle habite. Surtout sa chambre…

Je me laisse glisser de mon tabouret. Il semble étonné, comme s'il ne s'attendait pas à ce que j'accepte. Après tout, n'ai-je pas promis de dire oui à tout ?

Nous avons encore le reste de la nuit pour être ensemble.

Il sort quelques billets de son portefeuille et les laisse sur le comptoir, puis se lève à son tour.

Un groupe passe derrière moi, me bousculant suffisamment pour que je me rapproche de Scott contre ma volonté, mais ce n'est pas pour me déplaire.

Nous sommes à quelques minuscules centimètres l'un de l'autre. Nous nous frôlons presque. Je relève les yeux avec une lenteur contrôlée, passant sur son torse qui paraît dur sous son t-shirt, sur son cou où je peux voir son rythme cardiaque dans les veines sous sa peau, puis sur sa mâchoire avec sa légère barbe que mes doigts se retiennent de toucher. Ses lèvres semblent si douces. Et enfin, il y a ses yeux. D'un bleu comme le fond de l'océan.

Il est à la fois beaucoup trop proche et bien trop loin. L'espace entre nous ne demande qu'à être comblé.

Je sens un choc me traverser de nouveau, la réaction chimique se produire, alors que son regard suit le même chemin sur mon corps. Sa pomme d'Adam bouge, je le vois déglutir. *Que nous arrive-t-il ?*

Le temps s'étire, nous sommes dans une bulle, le monde continuant de tourner autour de nous. Je ne veux pas penser au coup de foudre, mais je me sens littéralement aspirée par lui. *Est-ce que ce serait ça ?*

Sa main trouve la mienne, sans que nous nous quittions du regard.

– On y va ?

Je hoche la tête et son visage s'illumine. Il a donc craint que je change d'avis. Son pouce trace des cercles sur ma peau.

Nous avançons vers la sortie en silence, seuls dans notre univers. Nos doigts entrelacés se caressent timidement.

Chapitre 11

Quelle soirée !

Présent

Nous sommes de nouveau dans la rue ; chacun de nous cherche comment dire au revoir à l'autre. J'aurais aimé ne jamais avoir à le faire. Je suis fatiguée émotionnellement. Il faut que je revienne sur terre et que je le laisse partir, reprendre sa vie.

– Je suis contente qu'on ait passé la soirée ensemble, mais c'est peut-être mieux qu'on ne se voie plus…

– Pourquoi tu dis ça ? me coupe-t-il.

Il semble surpris, presque en colère.

Je lui ai fait mal. Encore.

– Tu es en couple et je ne pense pas que…

… *nous puissions être amis*, pensé-je.

– Et je n'ai pas mon mot à dire ? me demande-t-il sans pour autant attendre de réponse.

Le silence revient entre nous. C'était pourtant si simple il y a quelques minutes encore, et là, je marche sur des œufs à force de vouloir bien faire.

– Je ne veux pas tout détruire, chuchoté-je en baissant les yeux.

Il s'est rapproché de moi, ses chaussures sont tout près des miennes. Puis sa main soulève mon menton. Alors que j'ai cherché à éviter son contact, je me rends compte à quel point il m'a manqué. Pourquoi me fait-il autant d'effet et d'où vient cette impression de le connaître depuis toujours ?

– C'est trop tard.

Ne pas interpréter, Sophie, surtout pas…

Ses doigts effleurent ma joue, son pouce s'attarde sur mes lèvres. Son contact est si bon et si éprouvant à la fois. Je voudrais le toucher aussi, mais je ne fais rien, attendant la suite : la chute, le contrecoup lorsque sa main finira par me quitter.

Voilà, c'est fait.

– Rentre bien, Sophie.

– Au revoir, Scott.

Impossible de dire autre chose.

Je fais signe à un taxi qui passe à ce moment-là et m'engouffre à l'intérieur sans me retourner. Les larmes me montent aux yeux, mais je me retiens de les laisser couler.

J'ai vécu beaucoup trop d'émotions en une soirée ! C'était une véritable torture d'avoir cet homme si près de moi et de ne pas pouvoir rester avec lui. J'ai mal au cœur et des nœuds dans le ventre, une vraie douleur physique. J'essaye de me calmer, de respirer, de ne plus y penser. *Ça va aller.*

Nous avons pris la fuite chacun dans une direction.

Je me refais le film des dernières heures pendant que le taxi file vers le pont de Brooklyn, laissant la frénésie de Manhattan derrière moi.

Nous n'avons pas parlé de cette nuit-là, malgré les nombreux sous-entendus. Il m'a plutôt raconté comment il est parvenu à ouvrir ce bar, après de nombreuses négociations et grâce à ses héritages. Puis il m'a expliqué les rénovations qui ont suivi, qu'il supervisait tout en gardant son boulot : des mois de travail acharné avant le lancement des activités.

Tout du long, il a tenu bon malgré les difficultés. Je suis fière de lui. Son projet lui tenait à cœur et il est devenu réalité. Tandis que moi, je suis toujours dans l'attente…

Ces derniers mois, j'ai bien fait quelques illustrations pour des magazines pour enfants, mais rien qui viendra égayer un livre. Scott a pourtant semblé content pour moi. Je lui ai montré quelques-uns de mes dessins de mon portfolio numérique et ses compliments m'ont paru sincères. « Pour ce qui est du resto, il faut bien payer les factures », lui ai-je dit, comme pour me justifier, après lui avoir expliqué que je n'avais pas voulu retourner travailler dans l'agence de marketing. Je n'avais jamais aimé ce travail, alors ça avait été le moment de changer. «Tu t'accroches, bravo», m'a-t-il répondu.

Ça m'a remotivée et je pense postuler à d'autres projets d'illustrations pour la Ville que j'ai vus, peut-être même appeler le contact de Sarah qui travaille dans une maison d'édition jeunesse. Et ensuite, pourquoi ne pas essayer d'écrire une histoire qui irait avec mes dessins, ceux que j'ai déjà faits? J'aurais de quoi occuper mes soirées pour un moment.

Le taxi se gare devant mon immeuble. Je suis enfin chez moi. Quand je passe le seuil, je découvre Miles et Sarah sur le canapé devant une émission de téléréalité. Jayden travaille encore et devrait rentrer d'ici une heure ou deux.

– Ça va? me demande Sarah dès qu'elle me voit apparaître.

Je me laisse tomber entre eux deux après avoir retiré mes ballerines, attrapant une cuillère dans les mains de Sarah, puis le pot de Ben & Jerry's entre celles de Miles.

– Hey! s'écrie-t-il.

– Je prends juste deux cuillerées.

– Vas-y, Cookie, tu sais que je ne peux rien te refuser.

C'est vrai, il me cède presque tout, ça doit être sa façon de s'excuser pour ses blagues douteuses et ses allers-retours dans la salle de bain quand j'y suis. Ou pour ses surnoms pourris.

– Cookie ? Tu n'as pas trouvé mieux ? On dirait que ça sort d'un film de mauvais genre.

– Voyons, Ben, c'est en référence à la glace, répond Miles en pointant le pot dans mes mains.

– J'avais compris, Jerry.

– Alors ? nous interrompt Sarah.

Je pose ma tête sur son épaule tout en mangeant une première bouchée. C'est frais et légèrement fondu, exactement comme je l'aime. Le sucre et la crème soulagent mon cœur et mes pensées tel un pansement que l'on s'applique.

– Pfff…

Comme si cela voulait tout dire.

D'ailleurs, Sarah comprend et Miles ne pose aucune question, à mon grand étonnement. Je reprends une cuillerée et lui tends le pot.

Nous restons là, à suivre l'émission plus que douteuse sur des relations amoureuses qui n'ont aucun sens.

– Je ne comprends pas, ils sont en couple ? demandé-je à Sarah.

– Oui.

– Non, réagit Miles.

– Oui ou non ?

– Ils doivent se mettre en couple, précise Sarah.

– Mais il y a déjà un couple parmi eux, poursuit Miles.

– Dont personne ne connaît l'existence, ajoute Sarah.

– Je ne comprends pas, dis-je, c'est quoi l'intérêt ?

Je n'ai jamais été fan des téléréalités. Notre vie est déjà bien assez compliquée, pourquoi aller se perdre dans celle des autres ?

– En fait, le couple gagnant aura un super appart et tout plein de prix, mais si c'est le couple qui est déjà en couple, il aura aussi son mariage en cadeau, m'explique encore Sarah.

– *Mais*, il ne faut pas que le couple déjà en couple se fasse démasquer au risque d'être éliminé, nuance Miles. Et bien sûr, il faut que le couple tienne jusqu'à la fin, car ça drague dans tous les sens.

La porte d'entrée s'ouvre au moment où j'essaye de deviner quel est le vrai couple parmi les candidats, et Jayden apparaît. Il a l'air d'avoir passé une soirée horrible. Je le plains, et il ne me donne pas envie de reprendre le service demain midi.

Il vient se poser sur l'accoudoir à côté de Miles, alors que l'émission touche à sa fin, et saisit le pot de crème glacée, l'air déçu.

– Vous auriez pu m'en laisser !

– Cookie a tout mangé, plaide Miles.

– Quoi ? Vous aviez déjà avalé les deux tiers avant que je rentre !

Jayden se redresse pour me regarder. Il ne dit rien, pourtant je comprends qu'il n'apprécie pas ce petit jeu entre Miles et moi. Comme si notre complicité lui déplaisait, alors qu'avant il aurait ri de nos chamailleries.

– Tu étais sortie ? me demande-t-il.

Il est sérieux ? Je n'ai pas la tête à ça ce soir. Sa scène de l'autre jour, je ne l'ai toujours pas comprise. Si Miles et Sarah pouvaient disparaître dans le canapé, ils le feraient. Je me lève, prenant le pot vide et les cuillères pour les rapporter à la cuisine. Jay me suit, je sais qu'il n'abandonnera pas aussi facilement, alors autant être aimable et surtout dire la vérité.

– Oui, je suis rentrée il y a un peu plus d'une heure, si tu veux tout savoir.

– Si je voulais tout savoir, je te demanderais avec qui tu étais.

Je mets le pot à la poubelle, les cuillères dans l'évier, et je me retourne pour lui faire face, les mains contre le plan de travail derrière moi.

– Jayden… dis-je pour lui faire comprendre que son interrogatoire est inutile.

Il est juste devant moi, ses yeux détaillant chaque expression de mon visage.

– Je sais que tu ne cherches pas de relation, que tu ne penses pas en vouloir une, poursuit-il. Mais si tu acceptes un rendez-vous avec quelqu'un, tu pourrais tout aussi bien aller boire un verre une fois avec moi.

Je lui dirais bien qu'il ne s'agissait pas d'un rendez-vous, seulement d'une rencontre entre deux amis qui rattrapaient le temps perdu. Mais Scott et moi, on ne s'est pas côtoyés assez longtemps pour ça. Il vaut mieux que j'évite de mettre une étiquette sur notre non-relation, après tout.

Au fond, Jayden n'a pas tort, mais je refuse de lui donner de faux espoirs. Pas question de lui faire de la peine ou de détruire ce que nous avons construit ces derniers mois. Contrairement à Scott, Jayden est bel et bien mon ami. Mais pourquoi veut-il plus ?

Il se rapproche de moi, hésitant, de peur que je le repousse de nouveau. Et il a bien raison. J'essaye de lancer un regard 911 à Sarah ou Miles dans la pièce d'à côté, mais ils sont trop occupés à faire semblant d'être concentrés sur l'écran.

– On est déjà allés boire un verre tous les deux. Plus d'une fois, d'ailleurs, lui fais-je remarquer.

– Non, Sophie. Je parle d'une *date*.

C'est à peine si j'ose le regarder, car je crains qu'il arrive à lire sur mon visage ce que j'éprouve, soit de la panique.

– Est-ce que tu pourrais au moins y réfléchir ? C'est tout ce que je te demande, insiste-t-il.

C'est déjà tout réfléchi. Je sais que je ne peux pas me permettre de franchir cette ligne avec lui. Si nous sortons tous les deux, il voudra quelque chose que je ne peux pas lui donner. Ce que je ressens pour lui n'a rien à voir avec ce que Scott me fait ressentir. Les montagnes russes, l'adrénaline, la vie en moi.

Mais je n'ai pas le courage de lui dire non ce soir. Il faut que je cherche comment lui expliquer cela, tout en préservant notre amitié.

– Oui, je peux.

– Merci. Je vais me coucher, je suis crevé et la journée de demain promet d'être longue.

Il m'embrasse sur la joue et part vers sa chambre en faisant un signe de la main aux autres qui fixent maintenant l'écran noir de la télé éteinte.

Je sais ce que ses derniers mots signifient : il a pris un *shift* du midi en plus du sien le soir. Nous serons donc ensemble durant le trajet, ainsi qu'une partie de la journée. J'essaye de me convaincre qu'il fait cela uniquement pour avoir une paye plus importante, mais je me doute bien qu'il veut aussi passer plus de temps avec moi. Seulement avec moi.

Chapitre 12

Aux dernières heures de la nuit

Passé

Scott ouvre la porte et me fait signe de passer devant lui. Je n'hésite pas une seconde bien que je m'apprête à rentrer chez un inconnu. Je suis rarement aussi sûre de moi.

Une fois dans l'appartement, je ne distingue pas grand-chose, mais je sens une odeur de tabac masquée par un parfum de cèdre et de poivre. Une petite lumière s'allume près d'un canapé, ni trop forte ni trop faible, parfaite pour prolonger notre moment d'intimité. Ça devrait peut-être me faire peur, et pourtant, ça me réconforte.

Je quitte l'entrée après avoir retiré mes escarpins de mes pieds douloureux. La pièce donne sur une cuisine ouverte en face de moi et un grand salon sur la droite. Un canapé d'angle en cuir contre un mur de briques et une télévision sont séparés par une table basse en bois. J'aperçois même une guitare. *Intéressant*… Les murs sont dans les tons de brun et de bleu foncé. Une fenêtre proche du canapé laisse entrer la lumière extérieure. Simple et classe. Il y a peu de décoration, seulement quelques objets ici et là, ainsi qu'une petite bibliothèque où sont alignés des livres colorés qui me font penser à des livres pour enfants. Je m'avance pour aller voir les couvertures, mais je me ravise et me retourne vers lui. Il n'a pas bougé, comme s'il attendait mon verdict.

– C'est beau, et bien rangé.

Rien à voir avec le bazar de notre appartement où on perd constamment nos affaires. Sarah passe souvent derrière moi pour remettre de l'ordre, mais elle a plutôt le don de tout mêler.

– Pourquoi j'ai l'impression que tu es déçue ? me demande Scott.

– Non, au contraire, je ne m'attendais pas à ça, tu continues de me surprendre…

– Je vais prendre *ça* pour un compliment.

Je fais quelques pas vers la fenêtre qui donne sur un escalier de secours. Je m'y verrais bien le matin avec une tasse de café et un carnet de croquis dans les mains, à regarder les gens passer à toute vitesse vers leur destination, comme dans les séries.

Nous sommes au cinquième étage, et j'aperçois l'éclairage de la ville qui continue de vivre à son rythme effréné, avec le son de la circulation dense de Manhattan que j'entends en sourdine, bien que cette rue ait l'air plus tranquille que d'autres.

Les filles et moi, nous avons bien fait nos touristes ces derniers jours, mais nous avons zappé certains quartiers par manque de temps. J'aurais aimé arpenter de petites rues plus calmes que celles autour de Midtown ou Financial District, mais je tenais surtout à faire plaisir à Sarah. On a donc visité Times Square, Central Park, Empire State Building, Bryan Park, The New York Public Library, Wall Street, la statue de la Liberté, soit tout ce qu'il faut voir lors d'un premier séjour. Sans oublier les *rooftops* et autres bars !

– Jolie vue.

– Je n'aurais jamais pu vivre dans cet appartement s'il n'avait pas été dans la famille depuis plusieurs générations.

Je n'ai pas encore fait le tour du propriétaire, mais rien qu'à voir le salon, je sais qu'il me serait impossible de me payer un appartement comme le sien, même en location, à moins de gagner à la loterie. Et encore, il faudrait que ce soit une très belle somme.

– Tu veux boire quelque chose ?

Je crois que je ne peux plus rien avaler, mais je ne me vois pas refuser…

– Ça dépend…

Alors qu'il se dirige vers la cuisine, j'imagine son air taquin. J'aime beaucoup trop le sourire en coin qu'il arbore parfois.

– Est-ce que tu me laisserais te préparer un petit quelque chose sans poser de questions ?

– J'aimerais quand même savoir ce que tu penses mettre dedans...

– Rien que tu n'aimeras pas, j'ai déjà une bonne idée. Et si j'ai bien retenu : pas de shot.

– Oh non, pas de shot.

Il rit en secouant la tête et commence à sortir plusieurs bouteilles de dessous le comptoir. Je profite de son temps en cuisine pour lui demander où se trouve la salle de bain. Il m'indique la première porte à gauche, près de l'entrée.

La pièce est tout aussi ordonnée et propre que le salon. Pas de chaussettes sales qui traînent ni de traces douteuses sur le lavabo.

En sortant, je vois deux autres portes entrouvertes dans le couloir. Sans lumière, je ne peux que deviner. Un bureau et sa chambre, je suppose. J'ai très envie de jeter un œil, découvrir son cocon, la couleur de ses draps, le livre sur sa table de nuit… Mais je reste sage et retourne au salon.

Il sort de la cuisine au même moment et me tend un verre en forme de pot Mason. La couleur du liquide est bleue, comme ses yeux, avec une tige de romarin dedans. Ça sent le sucre et les vacances.

– Merci.

– On trinque à quoi ?

Très bonne question. Je fais mine de réfléchir, mais c'est déjà tout vu.

– Aux dernières heures de la nuit.

Il approuve de la tête et passe sa langue entre ses lèvres. Sa sensualité me bouleverse profondément. Quoi qu'il arrive à présent, je sais que je n'oublierai jamais cette soirée.

– Aux dernières heures de la nuit.

Chapitre 13

Un souvenir

Présent

Je suis d'une humeur de chien depuis que je suis réveillée. Scott et Jayden ont accaparé mes rêves, ou plutôt mes cauchemars. Voilà ce qu'il se passe quand on rumine. C'est tout moi, ça. Et mon corps me le fait payer. Pourtant, je sais que je dois apprendre à laisser aller ce que je ne contrôle pas. Alors je vais juste essayer de limiter les dommages en espérant m'en sortir indemne. Et puis, ce n'est pas comme si je prévoyais revoir Scott dans l'immédiat. Ou le revoir tout court. Nous n'avons rien fait ou dit qui allait dans ce sens-là, et je compte bien lui laisser de l'espace pour s'enfuir. De toute façon, il sait comment me joindre s'il le souhaite. Qui sait, on pourrait peut-être vraiment devenir amis!

Non. Je préfère le savoir heureux ailleurs que voir son bonheur conjugal de mes propres yeux.

Sarah a bien essayé de me parler hier soir pour savoir comment s'était passé notre *rendez-vous*, mais après ma petite conversation avec Jayden dans la cuisine, je n'avais plus l'énergie de revenir sur le sujet. Je lui ai seulement dit que j'avais pris une pizza et lui un burger frites. Elle a compris, et je lui ai promis qu'on prendrait un temps aujourd'hui, après mon service, pour que je lui raconte.

Quand je me suis levée ce matin, Sarah était déjà partie, de même que Miles. Il ne restait donc plus que Jayden… et moi.

Mon coloc m'a à peine adressé la parole pendant que nous faisions nos allers-retours pour finir de nous préparer. Il faut dire qu'il avait tardé à sortir du lit et qu'il ne voulait pas perdre davantage de temps. Pourtant, j'ai senti son regard sur moi plus d'une fois. Puis le trajet s'est déroulé comme n'importe quel jour ordinaire, comme s'il n'avait jamais laissé entendre qu'il avait des sentiments pour moi.

Et moi, est-ce que j'en ai aussi pour lui ?

Je secoue la tête en rapportant en cuisine les assiettes vides de clients qui viennent de régler l'addition. J'y reste quelques secondes de plus pour attendre la prochaine tournée de plats, tandis que Jayden est derrière le comptoir du bar, occupé à essuyer des verres. C'est bientôt la fin de notre *shift* et il me tarde de rentrer me reposer.

Je doute que Jayden fasse le chemin du retour avec moi, puisqu'il devra enchaîner bientôt avec son service du soir. De toute façon, je dois voir Sarah. J'espère seulement que je la retrouverai à l'appartement plutôt qu'à son café préféré, pour éviter la foule de la fin de journée dans le métro.

Je saisis les deux nouveaux plats contenant des pancakes que me tend Fred, le cuisinier et propriétaire, et je retourne sur mes pas en poussant la porte avec mon dos.

Jayden me fait un petit signe de la main, on dirait qu'il s'ennuie. Je ne veux pas qu'il y ait de nouvelles tensions entre nous, alors je pose les assiettes devant les clients en leur souhaitant un bon appétit, et je repars vers lui. Je n'ai plus de boisson à récupérer de son côté, mais la salle est désormais presque vide, alors autant en profiter.

– Ça va ? Tu n'es pas trop fatigué ?

– Oui, mais c'est plutôt calme aujourd'hui.

J'acquiesce, ne sachant pas quoi ajouter. Si on aborde le sujet de la météo, je crois qu'on aura officiellement touché le fond. Au moins, il me parle de nouveau comme si tout était normal, et que la crise était derrière nous. Je sais qu'on est dans l'œil du cyclone, le calme entre deux tempêtes. Et je n'ose pas refuser son invitation maintenant de peur qu'il s'emporte.

Je me tourne vers la salle en m'adossant au comptoir, listant mentalement les dernières tables à nettoyer.

– Tu rentres après ou tu retrouves Sarah quelque part?

– Je ne sais pas encore. Tout dépend où elle en est quand j'aurai fini, je suppose.

Si je ne devais pas voir Sarah, il aurait sûrement voulu qu'on sorte tous les deux. Mais il est encore trop tôt pour lui dire non. Je préférerais filer rapidement et mettre mon cerveau au repos.

La cloche de la porte retentit.

Oh non…

Scott.

Il est là, il me regarde, il attend.

Il est possible que j'aie nommé le restaurant hier, mais je ne pensais pas qu'il retiendrait cette information, et encore moins qu'il se présenterait ici.

Jayden doit remarquer la surprise sur mon visage, car je vois qu'il veut me parler. Mais je marche déjà vers Scott. De petits pas rapides.

– Salut, Sophie.

Il a l'air fatigué, tourmenté, mais il me sourit. Décidément, nous sommes tous dans le même bateau aujourd'hui!

– Salut, réponds-je, encore étonnée de le voir devant moi. Qu'est-ce que tu fais là? Pardon, je veux dire, hum, tu veux t'installer?

– Oui, s'il te plaît.

Je me dirige vers une table, loin, très loin du bar et de Jayden, puis je lui tends un menu comme s'il était n'importe quel autre client.

– Juste du café, merci.

Pour ne pas avoir à le regarder, je fais mine de prendre sa commande en note bien que ce soit parfaitement inutile.

– OK, je reviens avec ça.

Et je m'éclipse à toute vitesse vers la machine à café sur le second comptoir, qui donne sur la cuisine. J'attrape une tasse et j'essaye de respirer profondément pour calmer mon cœur pendant que je la remplis de café filtre qui est déjà prêt.

Ça va aller, tout va bien se passer. Après tout, je n'ai rien à me reprocher. Mais je ne sais pas comment gérer ces deux-là, ensemble dans la même pièce, en plus de mes émotions !

J'essuie mes mains moites sur mon tablier et je repars vers Scott. À peine suis-je arrêtée qu'il prend la tasse, alors que j'allais la poser sur la table. Il l'a fait exprès. Il ne pouvait pas attendre, il fallait qu'il touche ma main, mes doigts, ma peau. Mes hormones s'affolent, le courant circule, tout reprend.

Je romps le contact.

– Tu voudrais autre chose ? lui demandé-je difficilement en raclant ma gorge.

– Tu finis bientôt ?

– Euh…

Je vois Jayden au fond du resto qui ne rate pas une seconde de notre échange. Je tourne un peu sur mes talons pour me cacher. Je me sens ridicule.

– Dans trente minutes, dis-je après avoir regardé ma montre.

– C'est qui ?

Il fait un léger signe de tête vers le bar, presque imperceptible, mais suffisant pour que je comprenne. Comment l'a-t-il remarqué ? Jayden est dans son dos et j'ai indiqué à Scott de s'asseoir ici afin que *justement* leurs regards ne se croisent pas.

– Oh, lui ? Jayden, un de mes colocataires.

Un petit rire s'échappe des lèvres de Scott lorsqu'il entend ma réponse.

– Quoi ? fais-je, presque agacée en posant une main sur ma hanche.

– Ton colocataire…

Son ton est plein de sous-entendus.

S'il savait à quel point il a raison ! Mais rien ne lui permet de me juger. Après tout je sors avec qui je veux, qu'est-ce que ça peut bien lui faire !

– Oui, mon colocataire. Et ami. Je te l'ai dit hier, nous sommes quatre : lui, Miles, Sarah et moi.

Il faut que j'arrête d'essayer de me justifier. Je n'ai rien fait de mal et il n'y a rien entre nous. Je veux dire, entre Jayden et moi. Comme avec Scott, d'ailleurs.

Bien que ce soit sujet à débat dans les deux cas.

Je m'apprête à partir vers la table des derniers clients afin de vérifier si tout va bien pour eux, et pour mettre fin à cette conversation ridicule, quand Scott met sa main sur mon bras. Je sursaute et tire sur les manches de mon chandail.

– Pardon, je te crois.

– C'est toi qui interprètes, et *mal*, dis-je pour faire écho à ses mots de la veille. Et dans tous les cas, ça ne te regarde pas.

– Je sais. Est-ce qu'on peut se voir quand tu termines ?

J'ai envie de lui demander pourquoi il est là, pourquoi il veut me parler en privé, *pourquoi il semble jaloux de Jayden* ? Mais je hoche simplement la tête et m'éloigne. Mes questions devront attendre.

Je passe la fin de mon service à éviter Scott et Jayden, et à nettoyer des tables pour la plupart parfaitement propres.

Quand Jessie arrive pour prendre le relais de mon *shift*, je file aux vestiaires enlever mon tablier et prendre mes affaires. J'essaye d'être rapide, mais Jayden me suit, bien que son remplaçant ne soit pas encore là. Je me retrouve coincée entre lui et la porte de mon casier.

– C'est avec lui que tu étais hier ?

– Jayden, s'il te plaît.

– Qu'est-ce qu'il y a entre vous ?

Je m'autorise à poser ma main sur son torse. Il va peut-être mal comprendre mon geste, mais je veux juste maintenir une distance entre nous, alors qu'il cherche à se rapprocher. Je réussis à fermer mon casier avant de lui répondre.

– Un souvenir.

Oui, voilà le lien invisible qui nous réunit. Je ne peux pas lui en dire plus. Pas à lui, en tout cas.

– On se voit ce soir, Jay, ou demain.

Sans avoir le choix, il me laisse partir, se doutant bien qu'il ne me verra pas en rentrant.

Chapitre 14

Le courant

Passé

Nous avons continué à nous poser toutes sortes de questions, et le contenu de nos verres a beaucoup diminué. Il est même presque inexistant à présent. Nous sommes assis sur le canapé, très près l'un de l'autre. Je ne le touche pas, mais il suffirait que je me décale de quelques centimètres pour sentir son corps. À mesure que l'alcool agit de nouveau dans mes veines, ma volonté de résister s'effrite. Je devine qu'il est plus ou moins dans le même état que moi. Ses yeux s'arrêtent sur mes jambes, mes cheveux, mes lèvres. Alors je joue avec lui. Je croise et décroise mes jambes nues sous ma petite robe noire, je passe ma main dans mes cheveux pour les remettre en arrière ou en avant.

J'ai toujours détesté les filles qui font ça, mais je dois dire que ça fonctionne. Il ne me lâche pas du regard, il doit se douter que je fais exprès, et ça lui plaît. Ces petits mouvements innocents visent à le taquiner. Lequel de nous deux craquera le premier ? Pourtant il ne faudrait pas que ça arrive. Demain je serai loin, et je joue avec le feu, car j'apprécie déjà trop cet homme que je connais depuis quelques heures à peine. *New York, qu'es-tu en train de me faire ?*

– Est-ce que tu veux voir le reste de l'appartement ?

Ah, que c'est tentant de lui répondre oui ! Mais je voudrais que sa chambre reste un mystère encore un peu. Je crains qu'y mettre les pieds me fasse prendre conscience de l'heure qu'il est, et que ça sonne la fin de ce tête-à-tête. C'est bête de croire qu'on peut ralentir le temps en restant ainsi sur place, alors qu'il continue de filer avec ou sans nous. Pourtant, j'ai l'impression d'être dans une bulle intemporelle, ici, avec lui.

En fait, il est plus de deux heures du matin. C'est ce que prétend l'horloge murale contre le mur de la cuisine.

Au fond, ça importe peu.

– Tu veux me montrer le reste de ton appartement ?

– Tu réponds souvent à des questions par des questions ?

– Seulement quand je ne suis pas sûre qu'il y ait une bonne réponse.

– Il n'y a pas de piège, tu sais.

Et le voilà, le petit mouvement qu'il manquait pour que nos corps entrent en contact. Il n'a presque pas bougé, pourtant on se touche à présent. Je sens de nouveau un courant intense me traverser, un courant qui me réchauffe encore un peu et dégage de petites hormones de bonheur en moi.

– Je ne suis pas inquiète, je suis bien, là.

Je voudrais ajouter *pour le moment*, mais je me retiens. Il mord l'intérieur de sa lèvre inférieure et j'ai *très* envie de faire la même chose. Je me répète que c'est une *très* mauvaise idée de céder maintenant. Non, de céder tout court. Je ne pense plus du tout à Justin à Chicago, il est de l'histoire ancienne. Auprès de lui, jamais je ne me suis sentie aussi bien ni aussi belle. Et c'est justement ça qui m'effraie. Que je veuille que ça dure plus qu'une nuit.

Je détends légèrement mon bras sur le dossier pour poser mes doigts sur son épaule, avant de les faire glisser jusqu'à l'intérieur de son avant-bras, passant sur les contours de ses tatouages. Des plantes grimpantes enserrant une bouteille de verre jusqu'à la briser, ou peut-être l'était-elle déjà ? Il y a aussi quelques fleurs, avec l'ombre d'un oiseau ou d'une abeille par endroits. J'ignore s'il y a un sens à tout ça. Je ne lui ai pas posé la question au bar, et je ne le ferai pas cette nuit.

– Tu le sens ? me demande-t-il lorsque mes doigts finissent leur course sur son poignet.

Oui ! Dans tout mon corps, c'est bon et c'est une torture aussi.

– Quoi donc ?

Il rit. Je me fais du mal à l'effleurer ainsi, alors que je pourrais simplement poser mes mains sur lui. Aucun doute qu'il se laisserait faire.

Je ne veux pas être ça, un coup d'un soir, bien que je sache au fond de moi que c'est probablement ainsi que ça finira.

Je voudrais que ces instants durent le plus longtemps possible, retarder l'inévitable, même si chaque seconde qui passe nous rapproche de la fin.

– Sophie.

– Scott.

– Dis-moi que tu le sens aussi.

Parle-t-il de ce que son contact me fait ? Ressent-il exactement la même chose ?

Son visage grave me dit tout ce que je dois savoir. Je me sens comme un bateau en pleine tempête, je n'ai pas d'autre choix que de suivre le mouvement des vagues jusqu'à ce qu'elles passent.

– Oui, arrivé-je à dire dans un murmure.

Il s'empare de ma main dont les doigts étaient toujours en train de faire de petits cercles sur son poignet. Mon ventre se noue à ce contact, j'en veux plus.

– Je ne t'embrasserai pas.

Il le dit d'une voix basse, mais rauque, l'air sérieux. Je m'affale un peu plus sur le canapé.

– Je m'en souviens.

– Mais je peux te prendre dans mes bras, puisque tu préfères les câlins.

Je fonds. Si je pouvais croire jusqu'à présent qu'il ne m'avait pas séduite, je suis dorénavant conquise. Il m'attire habilement contre lui et je me laisse glisser. L'un de ses bras entoure mes épaules. De l'autre, il prend ma main et la pose sur ses pectoraux, près de son cœur. Sa chaleur m'enveloppe comme une couverture.

Je sens son cœur battre sous ma paume, ses muscles tendus, sa respiration dans mes cheveux. Je laisse son odeur m'envahir, légèrement épicée, avec un peu d'alcool et de tabac. Tout mon corps se détend à son contact.

J'ai l'impression d'être à ma place, au bon endroit au bon moment, que mon corps et mon âme n'attendaient que ça, cette rencontre, depuis ma vie d'avant.

Sa main abandonne mon épaule pour descendre le long de mon dos, puis remonter dans mes cheveux. Je me laisse bercer par ses mouvements de va-et-vient.

– Ne t'arrête pas, murmuré-je contre lui.

– D'accord.

Mon cœur retrouve un rythme plus calme. Et sans m'en rendre compte, je finis par plonger dans un demi-sommeil.

Chapitre 15

Du souvenir à la réalité

Présent

– Il y a quoi entre vous ?

Je retrouve Scott dehors, devant le restaurant, et il ne perd pas de temps.

Quand ce n'est pas l'un, c'est l'autre, apparemment ! Je ne sais pas si je dois me sentir flattée ou énervée par toute cette attention.

Serait-il vraiment jaloux ? Peut-il l'être dans sa position ?

Et… est-ce normal que cette idée me fasse autant plaisir ?

– Dois-je te rappeler que c'est toi qui *es* en couple ?

– Étais. Réponds, s'il te plaît.

Quoi ? Je ne cache pas ma surprise. Je veux savoir ce qui est arrivé à Esther. Ai-je un lien avec leur rupture ou est-ce une étrange coïncidence ? Devant l'air frustré de Scott, je préfère toutefois clarifier la situation en ce qui me concerne.

– Il n'y a rien. Je te l'ai dit. C'est mon colocataire, et on travaille ensemble.

– Mais il aimerait plus !

Ce n'est pas une question, car il a très bien compris. C'est si flagrant que ça ? Je suis donc la seule idiote à avoir mis des mois à m'en rendre compte ? Suis-je trop naïve de croire qu'un gars et une fille peuvent être amis de nos jours sans qu'il y ait plus ? Miles et moi nous entendons bien et il n'y a aucune ambiguïté. À la première occasion, je vais lui demander ce qu'il pense de l'amitié homme-femme, un beau débat en perspective.

– Tu as raison. Même s'il sait que ce n'est pas mon cas.

Il est clair que je vais devoir mettre les choses à plat avec Jayden très bientôt. Mais j'appréhende les conséquences de cette future conversation.

– C'est mon tour : qu'est-il arrivé à Esther ?

Il rit nerveusement en secouant la tête, et se passe une main sur les yeux. Je comprends mieux ses traits tirés si lui aussi a eu une soirée mouvementée.

– Pas ici.

– Ça ne te dérangeait pourtant pas de me poser des questions *ici* à l'instant.

Pour toute réponse, il prend ma main et m'entraîne vers la ruelle, à l'écart de l'agitation de fin d'après-midi. Quand il s'arrête enfin, il ne me lâche pas pour autant, son pouce caressant ma peau. Je fonds comme du chocolat au soleil et je devine sa respiration saccadée sous son t-shirt bleu, qui fait ressortir ses yeux.

– On s'est disputés et je n'ai rien voulu faire pour la retenir.

Son ton est froid, contrairement à son regard qui se veut rassurant. Mais sa réponse manque de détails et je me pose encore plus de questions.

– Pourquoi ? Hier…

– Hier, j'étais avec toi, me coupe-t-il.

– Oui, mais…

Il me fait signe de me taire, cherchant ses mots. Il passe sa langue entre ses lèvres, je suffoque un peu plus en le voyant faire.

– On s'est engueulés et je me suis rendu compte que ça ne me faisait ni chaud ni froid. Alors elle a voulu que je prenne du temps pour réfléchir, mais ça n'en vaut pas la peine, puisque c'est fini.

Je prends quelques secondes pour assimiler chacun de ses mots. Comment pouvons-nous être liés l'un à l'autre à ce point ? Il y a à peine trois jours que nous nous sommes retrouvés, après deux ans à essayer de nous oublier, et une nuit à nous découvrir. Pourtant, tout mon être sait que c'est lui le bon.

– Je n'ai jamais voulu te faire du mal, murmuré-je comme si le simple fait de parler pouvait le blesser.

– Alors, viens avec moi.

Je ferme les yeux et respire profondément. Je pensais qu'il m'avait oubliée ou que je resterais une anecdote dans sa vie.

– Dis-moi que tout est toujours là. Ou dis-moi de partir, et je te laisserai tranquille.

Je rouvre vite les yeux et me raidis. Le simple fait d'imaginer qu'il puisse disparaître après ce qu'il vient de me confier me fait peur. Je ne veux pas qu'il parte, pas aujourd'hui, pas demain, jamais. Si je pouvais tout refaire…

– Ne me laisse pas.

Je tire sur son t-shirt et viens poser ma tête contre lui, écoutant son cœur battre. Ses bras enveloppent mon corps. Un câlin pour ce que nous avons vécu, pour ce que nous n'arrivons pas encore à nous dire, pour soulager mon corps et nos âmes meurtries.

Ses bras me serrent un peu plus fort alors que je laisse mon âme se reposer, comme si, après un long voyage, elle était enfin arrivée chez elle.

– Sophie, dis oui… chuchote-t-il dans mes cheveux.

Il n'y a qu'une réponse possible. C'est ma chance de faire mieux que la première fois.

– Oui.

Chapitre 16

Une nuit pour la vie

Passé

Quelle heure est-il ? Je crois que je me réveille, mais je n'ai pas souvenir de m'être endormie. Je lève la tête pour regarder l'horloge. Il est passé trois heures du matin. Ouf, j'ai encore un peu de temps. Je me sens toujours comme Cendrillon, mais mon carrosse redeviendra citrouille à quatre heures trente, le temps de rentrer à l'hôtel en Uber pour prendre mes affaires. Je n'ai pas ouvert mon téléphone, qui est resté dans la poche de ma veste, mais je suis certaine d'avoir reçu des messages de Sarah qui doit être morte d'inquiétude.

La main de Scott glisse sur ma joue. Je retrouve ses yeux. Ils sont plus sombres que tout à l'heure. Il ne dit rien. Moi non plus.

Nos visages sont tout près l'un de l'autre. Je sens sa respiration lourde sur mes lèvres, et son autre main caresse mon dos. Je veux que ces dernières minutes restent gravées en moi.

– Embrasse-moi, lui dis-je, sans comprendre comment j'ai réussi à articuler ces mots alors que je suis dans tous mes états.

Ses yeux s'ouvrent un peu plus quand il prend conscience de ce que je viens de lui dire. Il n'a pas rêvé. J'ai perdu. Je n'en peux plus d'attendre le contact de ses lèvres sur les miennes.

Il rapproche son visage avant de s'arrêter, comme au bord du précipice. Nos nez sont côte à côte, ses lèvres et son souffle m'effleurent.

– Sophie, dis-moi oui. Encore.

– Oui.

J'ai l'impression que je pourrais tout lui donner cette nuit : mon corps, mes mots, mon amour.

C'est un oui pour maintenant. Pour le reste de la nuit. Et pour après aussi.

Lorsque sa bouche trouve enfin la mienne, je sens tout mon corps reprendre vie. J'ai beau être allongée sur le canapé et en partie sur lui, j'ai l'impression de tomber dans le vide. Il grogne contre ma bouche et s'agrippe à moi comme s'il perdait pied lui aussi.

Évidemment, nous n'attendions que ça depuis que nos doigts se sont frôlés en début de soirée autour du petit verre.

Nous continuons de nous embrasser et chaque baiser est un peu plus intense que le précédent, plus passionné, plus impatient. Sa langue découvre mes lèvres, mon cou, et je l'imagine déjà parcourir le reste de mon corps.

Je laisse ma main aller et venir sur son torse, m'autorisant enfin à le découvrir à mon tour. Un millier de choses se passent : des papillons dans mon ventre, une pression entre mes jambes, des picotements sur ma peau, un emballement de mon cœur et du sien. Et ce feu toujours plus intense entre nous.

– Sophie…

Je mets deux doigts sur ses lèvres.

– Ne dis rien.

Il se tait, mais je le vois chercher en moi une réponse à la question qu'il ne m'a pas posée.

Mes doigts quittent sa bouche et descendent lentement sur son corps, passant sous son t-shirt, entrant en contact avec sa peau, remontant un peu plus haut, puis un peu plus bas vers la ceinture de son jean. Comme s'il attendait ce signal, il se rassoit et fait passer son t-shirt par-dessus ses épaules.

Je l'observe sans gêne, dévorant son corps du regard. Il est beau, tellement beau ! Je pourrais lui dire, mais mon souffle est trop saccadé pour que j'articule quoi que ce soit correctement.

Il soulève ma petite robe noire délicatement, en contradiction avec l'impatience qui nous ronge. Il dénude le haut de mes cuisses, puis ôte ma culotte noire, mon soutien-gorge, avant d'envoyer ma robe rejoindre son t-shirt sur le sol. Mes cheveux retombent en cascade devant moi.

– Je t'imagine depuis de longues heures et j'étais loin du compte, murmure-t-il dans un souffle.

Il me mange des yeux encore quelques secondes avant que ses mains ne reprennent leurs explorations, les miennes aussi, d'ailleurs, et elles se rencontrent par moments, jouant, dansant. Nous faisons l'amour sans penser à après, concentrés sur l'instant présent.

Nos corps fusionnent.

Je trouve une partie de moi que je ne savais pas avoir perdue.

Je prie silencieusement pour que les minutes durent des heures.

Mais demain est déjà là.

Chapitre 17

Le nom qui dit tout

Présent

Mon téléphone sonne dans mon sac. Je ne peux me résoudre à détacher mon corps du sien. Cependant, je reconnais la sonnerie. *You Make Loving Fun* des Fleetwood Mac, celle de Sarah. Elle doit se demander ce que je fais, et pourquoi je ne lui ai pas encore écrit pour la prévenir si je la retrouve le temps d'un café à l'appartement ou ailleurs.

La sonnerie s'arrête et j'attends qu'elle reprenne. Je la connais trop bien, elle n'abandonnera pas, surtout qu'elle trouve les messages inutiles quand on peut parler directement à la personne. Sans oublier qu'elle sait que mon *shift* a pris fin, il y a un moment déjà.

Quand elle rappelle, Scott recule d'un pas.

– Tu veux répondre ?

– C'est Sarah… Je suis censée la rejoindre. Mais elle peut bien attendre deux minutes, ou plus.

Scott embrasse le haut de ma tête. Je m'enivre de son odeur épicée qui me transporte dans le passé, espérant qu'il m'embrasse tout court.

Il pourrait presque finir par me faire changer d'avis sur mes fragrances préférées.

– Rappelle-la, je vais devoir y aller de toute façon.

Je me fige, lui demandant *pourquoi* du regard. Il se rapproche, presse ma nuque et je profite de chaque seconde de ce contact.

– Je dois aller au bar, on m'attend.

Évidemment, l'heure avance, le monde continue de tourner, ne pouvant que nous entraîner avec lui.

– Je vais être occupé demain, ajoute-t-il, peut-être aussi après-demain, je ne sais pas encore. Mais est-ce que tu pourrais passer ? Au bar, je veux dire.

– Oui, je te tiens au courant.

– OK.

Je ne sais pas comment lui dire au revoir et je devine que c'est pareil pour lui. Surtout après tout ça. Alors je fais le premier pas, me hissant sur la pointe des pieds pour déposer un petit baiser sur sa joue, avant de tourner les talons.

Autant ne rien dire du tout.

Je retrouve l'effervescence de la rue en traversant la 5e Avenue. C'est un retour brutal à la réalité. Les voitures klaxonnent alors que les vélos zigzaguent à toute vitesse entre les véhicules et les piétons. Je suis le flux de la foule, allant jusqu'à Madison Avenue pour retrouver un peu plus de calme, à l'échelle de Manhattan, en tout cas.

Mon téléphone sonne pour la troisième fois et je décroche pour entendre Sarah.

– C'est pas trop tôt ! Tu ne devineras jamais qui m'a écrit pour me dire de venir te chercher absolument…

Je comprends tout de suite l'allusion.

– Non, il n'a pas fait ça !

– Oui ! Le jeune Jayden m'a envoyé un message plus ou moins désespéré pour m'informer d'une présence masculine perturbant la fin de votre service.

Je ne peux m'empêcher de rire de la situation, mais je m'amuserai moins quand je le verrai plus tard. *Que t'arrive-t-il, Jayden ?*

– Sarah, il a seulement quelques mois de moins que nous, ça le vexe chaque fois que tu lui rappelles qu'il est plus jeune.

– *Deux* ans. Deux ans de moins que moi !

– Ton anniversaire est dans deux jours, je te rappelle.

– Ne change pas de sujet, s'il te plaît ! Il faut qu'on parle de Jayden, que tu parles à Jayden, et que tu me racontes *enfin* tout sur le beau barman. À moins qu'il y ait un autre homme dont je ne connais pas l'existence qui a fait irruption pendant ton *shift*.

Je me mords les lèvres pour ne pas rire. Nous devons discuter en tête à tête toutes les deux, car je sais qu'elle s'inquiète.

– Il n'y a personne d'autre. Et tu as raison, j'aurais bien besoin que tu me donnes ton avis. Même si je pense le connaître déjà.

– En tout cas, je ne crois pas que tu aies la moindre idée de ce que j'ai à dire, Sophie.

Son ton plus sérieux me perturbe. Saurait-elle quelque chose ?

– Tu sais que je ne fais rien pour encourager Jayden ! Enfin, je ne crois pas… Présente-lui donc une de tes collègues célibataires pour qu'il m'oublie. Je ne veux pas briser notre amitié ni lui faire de la peine.

– Je sais, ma belle, mais il est mordu. Ton petit air inaccessible et tourmenté lui donne envie de relever le défi.

Je tourne dans une rue et me dirige vers le métro.

– On se retrouve où ? lui demandé-je. Je ne coupe pas la discussion, je veux juste savoir quelle direction prendre.

– Je serai à l'appart dans vingt-cinq minutes avec une bouteille de vin.

La mention du vin me fait m'arrêter, et je manque de percuter d'autres passants. Puis je repars vers la bouche de métro. Nous mangeons toujours de la glace, c'est notre rituel pour les coups durs, les réussites, tout est prétexte à déguster un pot de

Ben & Jerry's. Le vin, c'est pour les conversations qu'on ne veut pas avoir, les interventions musclées ou délicates, toutes ces fois où on arrête de rire. Je ne peux m'empêcher de m'inquiéter, et elle le sait.

– Déjà ? Pourquoi ?

– J'ai fini ma réunion sur la campagne de lancement du salon où on fait du yoga avec des chiens – d'ailleurs je suis invitée pour un essai, on devrait y aller ensemble, ça te fera du bien ! – et apparemment, il faut que j'apprenne à déléguer plus de tâches à mon équipe ! Bref, tu sais comment il l'a nommé ? me demande-t-elle.

– De quoi tu me parles ? Du salon ?

Je crie presque dans mon téléphone, en me bouchant l'autre oreille à l'arrivée du métro.

– Du *bar* !

Le bar ? Je n'en ai aucune idée. Je n'ai pas fait attention quand nous y sommes entrées puisque je ne savais pas qu'il s'agissait du sien. Et Scott ne l'a pas mentionné.

Je l'entends soupirer, comme agacée par mon manque de réaction.

– Non, Sherlock, je ne sais pas, réponds-je, alors que les portes du wagon se referment derrière moi.

Silence. J'ignore si la communication a été coupée ou si Sarah attend que je lui demande. Je jette un œil à l'écran de mon téléphone, elle est toujours en ligne.

– Allô ? Sarah ?

Puis ça coupe.

Le métro est parti, et je reste debout, manquant de tomber à force de regarder mon portable au lieu de me tenir.

J'attends qu'elle rappelle, qu'elle finisse ce qu'elle voulait me dire.

Mais non, rien.

J'attends maintenant d'obtenir du réseau sur mon téléphone, une fois qu'on aura traversé l'East River. Mon cœur bat à tout rompre et j'ai chaud. Tout est moite autour de moi, le métro est bondé. Quand une petite barre apparaît enfin à l'écran, j'ouvre Internet. Mes doigts tremblent alors que j'essaye de taper dans Google Maps le quartier où est situé le bar de Scott.

La page se charge beaucoup trop lentement. Il serait temps que je change d'opérateur. J'ai l'impression d'attendre les résultats d'un concours tellement je suis stressée.

J'ai le temps d'arriver à ma station avant que la page s'ouvre enfin.

Je zoome sur le coin de rue, et vois le nom avant de reconnaître l'adresse. Je clique pour voir les avis, les horaires et les photos s'afficher. C'est bien lui.

Say Yes S.

Chapitre 18

Ce matin-là

Passé

Il est presque cinq heures du matin quand j'arrive à l'hôtel en courant dans le hall d'entrée. Je me retiens de pleurer. Je veux survivre au choc. Je ne pense qu'à mon vol, à mes amies qui m'attendent, à être à l'heure.

Il dormait paisiblement quand j'ai commencé à me rhabiller. Je n'ai pas osé le réveiller. Pourquoi le faire ? Pour des au revoir douloureux, gênants, nous laissant impuissants ? J'ai craint d'avoir mal, de constater que finalement, cette nuit ne représentait rien, ou pire… qu'elle signifiait, pour lui comme pour moi, *tout*. Car je n'ai pas rêvé cette vague déferlante, cette harmonie, la sensation de trouver mon chez-moi dans ses bras. Tout était intense.

Comme si nous avions traversé plusieurs vies en nous croisant de loin, pour enfin nous trouver.

Avec ce genre de pensées, j'ai l'impression de délirer complètement. Pourtant, je suis sobre, parfaitement consciente, et cent pour cent honnête avec moi-même.

Je ne saurai juste jamais s'il m'a reconnue lui aussi.

Avant mon départ, je suis restée quelques instants à l'observer, pour prendre une photographie mentale de lui ainsi allongé sur le canapé, cherchant à tout retenir, les images, les odeurs, les émotions.

J'ai remis ma robe, pris mon sac et ma veste, puis passé la porte le plus discrètement possible.

Priant pour qu'il se réveille.

Priant pour qu'il reste endormi.

Dans la rue, j'ai hélé un taxi. Mon portable n'avait plus de batterie et je n'avais aucune idée d'où je me trouvais. J'ai donné l'adresse de l'hôtel, laissant Scott derrière moi pour de bon.

La montée de l'ascenseur me paraît interminable, et tout mon corps me fait souffrir, je veux en sortir le plus vite possible.

C'est épuisée que j'arrive enfin à la chambre que nous avons partagée toutes les quatre pour ces quelques jours.

– Où étais-tu ?! Ça fait des heures qu'on s'inquiète !

Sarah me saute dessus dès que j'ouvre la porte. Elles sont prêtes, elles m'attendaient. Sans répondre et sans les regarder, je fonce dans la salle de bain récupérer ma trousse de toilette et me passer de l'eau sur le visage. *Quelle course !* J'enchaîne les gestes, *ne pas y réfléchir, agir.* Si je m'arrête, je vais penser, et si je pense… non. Direction ma valise où je jette mes derniers effets personnels avant de la fermer.

– Désolée, articulé-je difficilement, essayant de retenir mes larmes.

Pourquoi suis-je partie ? Pourquoi ne l'ai-je pas réveillé ? Que va-t-il penser en ouvrant les yeux ? Je commence à m'en vouloir, et je crois que je vais vomir. Je voudrais rester, retourner le trouver. Mais je ne sais même pas où j'étais ni son nom complet. Je pourrais retourner au *rooftop*. Seulement, ça voudrait dire rester ici une journée de plus. Une journée que je n'ai pas. À moins d'appeler au bar, mais pour dire quoi ? M'excuser de m'être sauvée comme une voleuse ? Je ne sais pas si j'aurai le courage.

– Soph, ça va ? me demande Sarah d'une voix hésitante. Tu étais toujours avec lui, c'est ça ?

– Tu aurais au moins pu nous écrire un message ! lance Kim dans mon dos.

J'imagine Joy et Sarah lever les yeux au ciel à l'écoute de son commentaire. Je ne perds pas de temps à lui répondre, car elle a raison. Ça, on le sait toutes.

Sarah pose ses mains sur mes épaules, m'obligeant à m'arrêter. Kim et Joy passent la porte avec leurs valises pour nous laisser un peu d'intimité. En plus de la fatigue évidente sur son visage, je discerne des signes d'inquiétude dans les yeux de Sarah. Alors je la rassure comme je peux, même si ça me fait un mal de chien de penser que tout est déjà fini.

Que *demain* c'est aujourd'hui.

– C'était merveilleux. Il est merveilleux, Sarah...

Ma voix s'étrangle dans un sanglot, laissant la fin de ma phrase mourir au fond de moi.

Les larmes coulent sur mes joues. Je suis trop épuisée pour les retenir. Pourquoi je pleure, d'ailleurs ? Je savais que ça se terminerait comme ça, que nous serions un *nous* le temps d'une soirée, d'une nuit tout au plus. Un bonheur éphémère. Seulement, je ne m'attendais pas à ce que ce soit plus que ça.

Elle me tire dans ses bras, ne sachant que dire : un câlin pour mille mots.

– On rentre à la maison ? me demande-t-elle tendrement.

– On rentre à la maison.

Je tire ma valise en la suivant hors de la chambre. Les filles nous attendent devant l'ascenseur qu'elles finissent par appeler en nous voyant arriver. Nous montons dedans et j'essaye d'avoir l'air sereine. Ma tête est déjà bien assez marquée par la nuit, sans parler de mes vêtements... Je me changerai vite fait dans les toilettes de l'aéroport. J'enfonce ma main gauche dans la poche de ma veste alors que je vois les numéros des étages défiler sur l'écran au-dessus des portes.

Quelques secondes hors du temps : nous ne sommes pas encore parties, mais plus vraiment là non plus.

Vingt-deux, vingt et un, vingt…

C'est là que je touche un papier.

Les portes de l'ascenseur s'ouvrent et nous sortons. Mes doigts se ferment sur ce bout de papier. Pendant que nous attendons le Uber, je me décide à le retirer de ma poche, retenant mon souffle. J'espère et je n'y crois pas en même temps.

Je découvre bientôt trois petits mots sur un bout de feuille déchirée.

Dis-moi oui.

Ainsi que son numéro de téléphone.

Je n'en reviens pas qu'il me l'ait laissé.

Quand ? Comment ? …

Pourquoi ?

Parce qu'il voudrait me revoir.

Mais ce n'est pas possible, je pars ! À quoi bon s'appeler ou s'écrire ? S'accrocher ne fera que ternir le souvenir de cette nuit.

Je range le papier précipitamment dans ma poche, comme un secret que je dois garder, tandis que le Uber se gare devant nous. Mes doigts le serrent fort, de peur qu'il disparaisse.

Je ne dis rien, mais mon cœur bat plus vite encore que lorsque j'ai couru pour rentrer à l'hôtel. Je m'installe à l'arrière de la voiture à côté de Sarah, la porte se ferme et nous prenons la route vers l'aéroport JFK.

Je suis entre le rêve et la réalité. J'ai dû mal à comprendre ce qui m'arrive. Comment quelques heures avec lui peuvent-elles me faire autant d'effet ?

Un frisson me parcourt et je croise les bras sous ma poitrine, alors qu'on s'éloigne progressivement de Manhattan.

Chapitre 19

Retour à la vérité

Présent

Je sors du métro, prête à retrouver les rues de Brooklyn.

Je viens plus ou moins de quitter Scott, et je ne peux m'empêcher de lui écrire. Cette découverte est trop importante, il faut qu'il m'en parle, qu'il me raconte, que je comprenne.

Moi

`Je viens de voir le nom du bar...`

Contrairement au premier et seul message que je lui ai écrit, celui-ci ne restera pas sans réponse. Je vois les trois petits points s'activer, laissant entendre qu'il est en train d'écrire. Je me sens ridicule à fixer mon écran avec le cœur qui accélère.

Scott

Et ?

Je manque de rater une marche. Je respire de nouveau, mais sa réponse n'est pas celle que j'attendais. Il se moque de moi ou se fait désirer. Ou cela n'a peut-être rien à voir avec moi. Après tout, le lieu a été choisi spécifiquement en mémoire de son grand-père, alors pourquoi pas son nom aussi ? Et puis le S est peut-être juste pour Scott ! Ou quelqu'un d'autre ? Dans tous les cas, il semble vouloir savoir ce que j'en pense avant de m'en dire plus. Mais ça ne prend pas.

Moi

Pourquoi l'as-tu appelé comme ça ?

Scott

Tu n'aimes pas ?

Moi

Scott !

Scott

Sophie ?

C'est peine perdue. Je vois les trois petits points réapparaître, alors j'attends impatiemment son prochain message tout en continuant mon chemin. Il fait durer le plaisir, car j'arrive en bas de mon immeuble quand je le reçois enfin.

Scott

Je t'avais dit que je trouverais
un nom cette nuit-là.

S'il a effectivement nommé le bar d'après notre soirée, ça pourrait être en rapport au «Yes Day»? Je m'arrête dans la cage d'escalier et m'assois sur une marche. Je ne suis pas prête à rentrer dans mon appartement. Je ferme les yeux et des images me reviennent, puis les émotions me submergent. Depuis ce soir-là, cette personne est restée mon coup de cœur, et me hante tous les jours.

J'ai envie d'opérer un demi-tour et d'aller le retrouver pour tout lui avouer.

Des pas dans l'escalier se font entendre, puis quelqu'un s'assoit à côté de moi. Une tête se pose sur mon épaule.

– Ça va? s'inquiète Sarah.

Pour toute réponse, je lui tends mon portable. Elle lit les textos, puis me le redonne.

– Comment tu te sens?

– Chamboulée…

– Et physiquement?

Je prends une lente inspiration et retiens mon souffle un court instant avant de lui répondre.

– Tendue, mais ça va passer.

– Allez, viens, on va boire un verre.

Je me redresse et nous montons en silence.

– Je vais prendre une douche et j'arrive, lui dis-je, une fois à l'intérieur.

Je veux me débarrasser de l'odeur de nourriture et de la moiteur sur ma peau, remettre de l'ordre dans mes pensées et gagner quelques minutes avant la conversation que nous allons avoir. L'eau soulage les tensions de mon corps.

Le soulagement est de courte durée. Je me rhabille déjà en jogging et t-shirt ample, des vêtements de circonstance. Mon verre m'attend quand je réapparais dans le salon. Sarah a préparé un bol de chips en plus. Je viens m'installer à côté d'elle sur le canapé et lui demande :

– On commence par qui ?

Elle rit de ma situation et lève son verre.

– D'abord, on trinque. À tous ces hommes qui te courent après !

Et son verre vient cogner le mien dans un joli son.

– Il n'y en a *que* deux !

– C'est toujours plus que la moyenne.

Nous prenons une première gorgée de vin frais.

– Allons-y avec Jayden, c'est le premier qu'on va croiser.

J'avale une chips et attends qu'elle me fasse son « débriefing » avec la fameuse tournure de phrase « je te l'avais dit ».

– Je t'ai toujours dit que tu lui plaisais. Il nous a bien vite proposé d'emménager ici, ça aurait dû être ton premier indice.

Et voilà.

– Je sais.

– Tu ne me croyais pas. Tu n'as pas arrêté de me dire que je voyais des signes partout où il n'y avait que de l'amitié entre vous.

– Je sais.

– Et là, il est jaloux parce qu'il ne comprend pas ton attitude avec une certaine personne de la gent masculine, alors que ça fait des mois que *lui* te court après.

– Je sais…

Je souffle un long coup en passant une main sur mon visage. Pauvre Jayden, j'aimerais revenir quelques mois, voire quelques jours en arrière, avant qu'il ne se décide à m'inviter à sortir et à me faire des avances. Mais cela donnerait quoi, si tout est là depuis le début ?

– Je l'apprécie énormément, et peut-être… peut-être que dans d'autres circonstances, si je n'avais pas revu Scott, s'il n'y avait pas eu tout *ça,* il aurait pu se passer quelque chose, un jour.

– Tu me sortiras encore beaucoup de « si » et de « peut-être » ? On est d'accord que tu ne vas surtout pas lui dire ça ?

– Non ! Bien sûr que non, ça lui ferait mal. Le *timing* n'est pas l'argument à sortir.

Je cherche à rassembler mes pensées en prenant une nouvelle gorgée.

– Je vais lui dire que mon cœur est pris, mais que je viens seulement de m'en rendre compte. Que je tiens à lui, et que j'espère que nous allons pouvoir continuer à vivre et à travailler ensemble sans que ce soit gênant.

– Tu rêves, lâche-t-elle en secouant la tête. Ce qui nous amène à Scott !

– Déjà ? m'étonné-je.

Je pensais qu'elle allait vouloir parler encore de Jayden, qu'elle adore. Il faut dire qu'elle m'avait même poussée à sortir avec lui pour me changer les idées, persuadée qu'une histoire était possible si je lui donnais sa chance.

– Oui, tu as fait la transition parfaite ! déclare-t-elle.

Je ferme les yeux en pensant à Scott, à ses bras autour de moi, à son odeur, à sa chaleur.

– Je t'écoute, Sarah, dis-moi ce que tu en penses.

– Tu *sais* ce que j'en pense. Tu aurais dû lui écrire dès le début, lui raconter ce qu'il s'est passé, même partir le retrouver si tes sentiments étaient aussi forts. Car je suis maintenant certaine que c'était, non qu'il *est* ton grand amour. Vous vous êtes retrouvés, Soph. Par hasard, en plus ! Tu ne devrais pas passer à côté de ça, personne ne le devrait. J'ai vu la façon dont il t'a regardée l'autre jour. Même s'il avait l'air étonné de te voir au bar et cherchait à masquer ses émotions, il n'avait d'yeux que pour toi. Pourquoi tu doutes encore ?

J'essaye d'intégrer ses paroles, cherchant l'erreur. Tout ne peut pas être parfait, il y a toujours quelque chose qui vient assombrir notre histoire.

– Et si pendant ces deux ans nous avions seulement été amoureux d'un souvenir ?

Sa main se pose sur mon bras. Je laisse mon verre et presse ma main sur mes yeux. Je suis fatiguée par toutes ces questions.

– Je comprends ton inquiétude, mais en amour il n'y a pas de règle. On peut tomber amoureux en un regard, deux jours, trois mois, quatre ans… Ou ça peut prendre toute une vie, me dit-elle compatissante. Tu dois tenter le coup, pour de vrai, cette fois. Tu *dois* tout lui dire.

Je fronce les sourcils et reprends mon verre pour avaler une longue gorgée. L'alcool commence à faire effet. Je sais qu'elle a raison, et je vais le faire. J'attends juste le bon moment, s'il en existe un, pour me libérer de ce poids.

– D'ailleurs, continue-t-elle en me pointant du doigt, tu l'as dit tout à l'heure, mon anniversaire est dans deux jours, et j'aimerais beaucoup le fêter au Say Yes S.

Elle me fait un clin d'œil, fière d'elle. Je ne peux m'empêcher de pouffer dans mon verre. Je n'en reviens toujours pas qu'il ait nommé son bar ainsi.

– Pourquoi tu ris ? Je suis sérieuse pour mon anniversaire, et franchement, j'adore ce nom : « Dis Oui S. » Un coup de génie ! S, comme Scott et Sophie, si ce n'est pas un signe !

– Et comme dans Sarah ! Et Sally ! OK, OK, tu as raison, j'aime beaucoup aussi, avoué-je avec un sourire gêné.

Comment ne pas apprécier ces douces consonances et le fait qu'elles me concernent peut-être ?

– Écris-lui. Je sais qu'ils ne prennent pas de réservations, j'ai déjà regardé en ligne, mais pour nous Scott devrait pouvoir faire une exception, puisque tu seras là. Après tout, à quoi ça te servirait d'être la copine du propriétaire si tu ne pouvais pas en profiter ?

– Sarah !

Je suis sur le point d'ajouter que je ne suis *pas* sa copine, mais elle ne me laisse pas continuer.

– Non, mais c'est vrai ! Tu as vu un peu les avis ? Ça parle plus des barmans que des cocktails, si tu vois ce que je veux dire. Il vaut mieux prévoir le coup.

Je donne une tape sur son bras alors qu'elle me tend mon téléphone.

– Il fréquentait quelqu'un ! Et ils se sont quittés après qu'on s'est vus l'autre soir, débité-je à toute vitesse.

– QUOI ? Mais pourquoi tu ne m'as pas dit ça avant ?

Mes tympans viennent d'en prendre un coup et je regrette tout de suite de ne pas avoir anticipé sa réaction, pourtant logique.

– Je l'ai appris juste avant que tu m'appelles et je te le dis là, rétorqué-je, sur la défensive, alors qu'elle me pousse dans le canapé.

– Soph, franchement ! Si avec tout ça, tu te poses encore des questions, je ne sais pas ce qu'il te faut de plus ! On en reparlera après ! Déjà, écris-lui pour mon anniversaire.

– Je ne lui ai même pas répondu tout à l'heure, et tu veux que je le texte pour qu'il nous réserve une table !

– Non, *des* tables, précise-t-elle.

Mais elle ne s'arrête pas là. Elle reprend son téléphone et commence à écrire. Je n'ai pas le temps de protester qu'une sonnerie se fait déjà entendre. À quel moment a-t-elle enregistré son numéro ? Elle lit la réponse en souriant, puis tourne l'écran vers moi.

Sarah

J'ai 31 ans dans deux jours. Je compte sur toi pour nous accueillir au bar. On devrait être huit. Merci 😊

Sarah
Au fait, c'est Sarah.

Sarah
Et j'oubliais, si tu fais du mal
à ma Sophie, je te casse la figure ☻

Barman
Évidemment...

Barman
Pour le bar, ça devrait pouvoir se faire,
mais seulement si Sophie dit oui.

Je me retiens de rire et lève les yeux vers Sarah, si fière.

Pour le principe, je soupire un peu et j'attrape mon téléphone pour envoyer un unique mot.

Moi
Oui.

Chapitre 20

Novembre

Passé

Je suis à la pharmacie devant le rayon des produits hygiéniques. Il fallait que j'aille acheter du papier de toilette, et en passant dans les différents rayons, je me suis arrêtée là. Depuis, j'essaye de me rappeler la dernière fois que j'ai eu mes règles. Je continue de fixer les serviettes hygiéniques et autres produits menstruels, mais ça ne me revient pas. J'essaye encore. Il ne faut pas que je panique, il y a forcément une explication autre que celle que j'imagine. Puis ça me revient, je les ai eues lorsque nous sommes sorties au restaurant avec Sarah et plusieurs autres de ses copines plus ou moins proches. C'était donc avant… qu'on parte pour New York.

Depuis, j'ai repris le rythme d'avant. Je travaille encore à l'agence que je n'aime toujours pas. Passer des appels, faire les réservations et gérer les agendas, ce n'est pas pour moi. Je n'ai pas fait un seul dessin, même si j'ai promis de m'y remettre. Et j'ai définitivement arrêté de voir Justin, car même comme ami, son comportement restait ambigu.

New York, c'était il y a deux mois. Ça fait donc deux mois que j'essaye de ne plus penser à Scott, et deux mois aussi que je ne pense qu'à lui. Deux mois que j'hésite à lui écrire. Deux mois que je n'ai pas mes règles.

Je crois que je peux commencer à paniquer. Mon cœur accélère à mesure que mon cerveau prend conscience de ce que cela signifie. Avec ce que j'endure chaque mois, j'aurais dû m'en rendre compte tout de suite! *Mais quelle idiote je suis!* Je ne comprends pas. Maudit préservatif.

Je me sens mal d'un coup, j'ai beaucoup trop chaud et je suis prise de vertige.

Sans réfléchir une seconde de plus, je me rends dans la section qui m'intéresse, m'empare de la première boîte à ma portée et me dirige vers la caisse. Tant pis pour le papier de toilette, je repasserai. J'ai besoin de savoir tout de suite.

Une fois dehors, j'écris un rapide message à Sarah, car je ne crois pas être capable de lui dire quoi que ce soit de vive voix. Quand j'ai quitté le bureau, elle était en ville pour superviser un événement, et je ne sais pas à quelle heure elle prévoyait rentrer.

Moi
911 chez nous maintenant.

Je m'apprête à ranger mon portable dans ma poche, mais j'ai déjà reçu une réponse.

Sarah
Déjà en chemin, là dans 5 min.

Elle sera donc arrivée avant moi.

Je marche à toute vitesse vers l'appartement qui se trouve à quelques minutes à pied. Une fois dans l'immeuble, je monte les quatre étages à vive allure ; pas la peine d'attendre l'ascenseur, je n'ai pas la patience.

C'est à bout de souffle que j'arrive devant la porte déjà ouverte et Sarah qui m'attend sur le palier. Je lève une main pour l'empêcher de poser une question et la tire derrière moi en fermant la porte d'entrée avec mon pied.

Dans la salle de bain, je laisse tomber mes affaires par terre et j'ouvre la boîte. Sarah ne dit toujours rien, car elle a tout compris en voyant la boîte dans ma main. Je lis rapidement la notice, faire pipi sur un bâton ne devrait pas être trop compliqué. Je le pose sur le rebord du lavabo pendant que je me rhabille en essayant de ne pas m'affoler. Après tout, mes hormones me jouent certainement un tour ! Mais nous ne sommes pas dans un film où je devrais attendre des minutes interminables avant de voir le résultat s'afficher. J'ai à peine le temps de refermer le bouton de mon jean qu'il apparaît déjà.

Voilà. Maintenant, est-ce que je peux m'énerver ? Qu'est-ce que je vais faire ?

– Tu veux faire quoi ?

Les dernières semaines défilent en accéléré devant mes yeux.

Moi qui hésitais à l'appeler… Si je n'étais pas là avec ce test, je serais peut-être en train de lui téléphoner pour lui raconter à quel point New York me manque, alors que ma saison préférée arrivera bientôt.

Je sais ce dont j'ai besoin : faire taire mon cerveau, et ne pas oublier de respirer.

– Prendre Ben & Jerry's. On en parlera plus tard.

Sarah va chercher le pot de crème glacée et deux cuillères pendant que j'allume Netflix. Je lance le premier film qui se présente, que nous regardons sans grand intérêt, cherchant un sens à tout ça.

Chapitre 21

Une fête

Présent

J'essaye de ne pas être trop enthousiaste à l'idée de fêter l'anniversaire de Sarah au Say Yes S. Mais plus je me contiens, plus je souris.

Cette fois, je sais bien où je me trouve, tout devient clair.

Le décor qui m'entoure correspond à tout ce que j'avais imaginé cette nuit-là : les plantes, les guirlandes, la musique, la répartition des espaces, et même les jeux de société. J'adore les photos et les citations qui ornent les poutres et les arches. Et puis je le vois. Comment ai-je pu le rater la première fois ? De toute évidence, je devais être perturbée d'avoir retrouvé Scott. Le néon suspendu au-dessus du bar et des bouteilles est d'un beau bleu turquoise. *Say Yes S.*

Je ne m'en remets toujours pas.

– Alors ? demande Sarah derrière moi.

Je devine son grand sourire rien qu'au son de sa voix. Elle est tout aussi ravie que moi, c'est peut-être communicatif.

– Je n'en reviens pas, lui dis-je en me tournant vers elle. Tout y est. Pourquoi je n'ai rien vu ?

Elle hausse les épaules et me prend le bras pour m'emmener jusqu'aux tables qui nous ont gracieusement été réservées.

Je n'ai pas encore repéré Scott et il me tarde de le voir. Les messages que nous avons échangés ces derniers jours à propos de tout et de rien révèlent à quel point nous sommes heureux de nous revoir.

Soudain, je repense à la veille, à ma discussion avec Jayden. À quoi je pouvais bien m'attendre ? J'avais prévenu Miles et Sarah, au cas où il y aurait un retour de bâton. Miles, qui n'était au courant de rien, m'a aussitôt assuré que tout irait bien, tandis que Sarah me faisait une grimace pour manifester ses réticences.

J'aurais préféré tenir cette conversation le soir, mais je me sentais incapable d'attendre toute la journée qu'il rentre de son service. Je l'ai donc coincé à son réveil. Malheureusement, ce n'était pas le bon moment. Ça partait mal avant même d'avoir commencé.

– Est-ce qu'on peut parler ?

Il était entré dans la cuisine vêtu d'un simple caleçon pour se servir du café. En d'autres circonstances, je me serais peut-être attardée sur son corps svelte, mais là, j'étais surtout gênée. Jamais il ne sortait de sa chambre ainsi, c'était plutôt l'habitude de Miles. Jayden, lui, prenait soin de s'habiller avant d'aller dans l'espace commun, de peur qu'on lui fasse une remarque. Peut-être cherchait-il juste à provoquer une réaction chez moi.

Il me restait moins d'une demi-heure avant de partir pour le restaurant, ce qui imposait un temps de parole réduit qui n'était pas pour me déplaire.

– De quoi ?

– Tu le sais très bien, Jay…

– Est-ce que c'est lui ? Celui qui t'a brisé le cœur ? Parce que dans ce cas, je cherche à comprendre comment tu pourrais être assez bête pour retourner le voir.

La claque. Il était vexé, sans aucun doute jaloux, et de toute évidence en colère. Contre moi.

Je ne voulais pas le provoquer, mais il ne devait pas non plus me manquer de respect. J'ai respiré pour essayer de lui répondre sans m'emporter.

– Tu ne sais *rien*, Jayden, et je ne te permets pas de me parler comme ça. Mais puisqu'il faut apparemment que je me justifie, sache que c'est moi qui lui ai brisé le cœur. *Moi*.

Il a relevé les yeux de sa tasse sans pour autant prononcer un mot, visiblement vexé lui aussi, par mes paroles ou mon ton. Ou les deux.

Je sais que j'ai été plus froide que ce que j'aurais voulu, mais c'était plus fort que moi. Être honnête, c'était la seule chose importante.

– Tu comptes beaucoup pour moi. Et je sais que c'est le truc cliché que personne n'a envie d'entendre, mais c'est vrai. On s'entend bien, j'adore qu'on habite et travaille ensemble, mais ça s'arrête là. Tu es mon ami et je n'arrive pas à croire que ça puisse changer.

Il a essayé de prendre la parole, certainement surpris par la tournure de la conversation, mais je ne l'ai pas laissé parler.

– Mais je ne vois pas comment on peut continuer comme avant si tu attends plus, Jayden. Je vais forcément faire plus attention à ce que je dis ou à ce que je fais quand tu seras là pour ne pas te faire du mal et…

– Ta seule présence me fait mal, m'a-t-il coupée.

Je suis restée sans voix. Décidément, quand ce n'est pas mon absence, le problème, c'est ma présence. Ma patience et mon envie de mettre les choses au clair s'étaient envolées.

Plutôt que de dire des mots que je regretterais ensuite, j'ai attrapé mon sac et passé le pas de la porte. Il a dit mon nom, comme pour me retenir, mais c'était trop tard. J'étais blessée et déçue. Nous en reparlerions une autre fois, quand il serait ouvert à la discussion. Si, un jour, il pouvait l'être.

Je ne l'ai pas revu le soir, puisque je dormais à son retour, et ce matin c'était son tour. Ça m'arrangeait dans l'immédiat, mais j'aurais préféré avoir réglé la situation avant de l'entraîner ici, avec nous ! Car Jay va vite reconnaître Scott et je n'ose pas imaginer ce qu'il va ressentir.

Nous sommes venus tous ensemble : Sarah, Bobby, Kim qui a fait le déplacement pour l'occasion, John le petit frère de Bobby, Jane qui travaille avec Sarah, et puis Miles, Jayden et moi.

Tout ce beau monde réuni pour le trente et unième anniversaire de Sarah. Au bar de Scott.

J'appréhende un peu de me retrouver entre Jayden et Scott, et j'espère qu'il n'y aura pas d'explosion quand ce dernier fera son apparition. Car ce n'est qu'une question de minutes avant que cela ne se produise. Comment se fait-il que Sarah n'ait pas anticipé cela ? Je ne voudrais pas que l'un de nous gâche sa soirée.

Je sens bien que Jayden me lance des coups d'œil, mais je l'évite. Si on doit se parler de nouveau, ça sera chez nous, avec le moins de témoins possible.

Je m'assois entre Sarah et Miles, et Jayden s'installe face à lui.

– Tu aurais pu inviter Simone, dis-je à Miles pour détourner l'attention de Jayden vers son ami.

– Non, c'est fini.

– Quoi ? C'était quoi le problème avec Simone ?

Miles a une fâcheuse tendance à nous présenter ses *dates*, et chaque fois, on s'attache pour ensuite s'attrister de ne plus les voir. Un jour, Sarah et moi avons bien essayé d'aller prendre un verre avec l'une de ces filles qu'on aimait bien, mais elle a passé la soirée à rabâcher tout ce qui n'allait pas chez Miles. Et malheureusement pour elle, on ne voulait pas prendre parti.

Quant à Simone, elle est déjà venue manger avec nous avant de sortir avec Miles. En plus d'être sympathique, je l'ai trouvée drôle et douce avec lui.

– Elle s'attachait trop, me répond-il en haussant les épaules, comme si c'était un crime.

– Euh, aux dernières nouvelles, tu n'avais pas revu Paige parce qu'elle était trop *détachée*. Donc tout l'inverse de Simone !

– Justement, tu comprends ?

Sa question est rhétorique. Et non, je ne comprends pas quels sont les problèmes de toutes ces filles. À croire qu'elles sont trop gentilles. Il aurait peut-être plus besoin de quelqu'un qui masque ses émotions. Et j'aurais une candidate pour lui. Elle a pris l'avion et reste encore deux jours. Kim serait l'aspirante parfaite si on y pense. Enfin, si elle n'habitait pas si loin.

J'essaye de me tourner, car je ne vois pas bien le bar, mais je suis coincée entre mes amis. Je ne sais pas où est Scott, et je rêve d'un instant avec lui, juste quelques secondes avant que notre soirée commence.

Sarah doit le sentir et me fait signe d'aller au comptoir plutôt que de me tordre le cou. Je ne me fais pas prier et me lève immédiatement, sous le regard intrigué de mes voisins de table.

– J'ai très soif, je reviens.

Le gars au comptoir du bar doit être un peu plus vieux que nous. Plutôt bel homme, il a la peau mate, les cheveux coupés très court et la carrure d'un hockeyeur.

– Excuse-moi, lui dis-je, est-ce que Scott est là ?

– Qui le demande ?

– Je suis Sophie, je suis avec le groupe au fond et…

Il rit avant que je termine ma phrase. Je tourne la tête vers mes amis pour voir ce qui l'amuse. Mais non, il n'y a rien de drôle, ils sont tous sagement assis. D'ailleurs, Jayden n'en perd pas une, mince !

– Pardon, tu es donc Sophie ! reprend le barman. Désolé, mais je croyais que tu étais un mythe, une légende, ajoute-t-il en me tendant la main, alors que je cherche encore une explication à ce qu'il me raconte. Je suis Noah. J'ai *beaucoup* entendu parler de toi.

Je me détends un peu et serre sa main.

Beaucoup ? Tiens donc…

– J'aimerais pouvoir en dire autant, mais je n'ai aucun doute que ça viendra très vite.

Je ne sais pas pourquoi, mais je l'aime bien. Je sens qu'on va bien s'entendre tous les deux.

– Tu connais Scott depuis longtemps ? lui demandé-je, curieuse d'en apprendre plus.

– Oh oui, j'aurai bien des choses à te raconter. Il paraît que je suis plutôt bavard, tu en apprendras sûrement plus que ce que tu veux.

– Ça sera avec plaisir, lancé-je en riant.

Je n'ai pas encore eu l'occasion de rencontrer quelqu'un qui connaît Scott, et je suis très intéressée par ce qu'il pourrait me dire.

– Scott devrait arriver d'ici quelques minutes, il a eu un contretemps.

Je me demande bien ce que ça peut être. Il attendait ce soir aussi impatiemment que moi, d'après ce que j'avais compris. Je sens mon corps se crisper un peu, et Noah doit le remarquer puisqu'il ajoute :

– Ne t'inquiète pas, il a eu pas mal de choses à régler ces derniers jours, mais il ne rate jamais une soirée.

Je ne peux m'empêcher de l'interroger à nouveau.

– Et qu'est-ce qu'il t'a dit à mon sujet ?

– Tout.

Il rit encore.

Je hoche la tête et lui dis :

– On se reparle dans la soirée, toi et moi.

Puis je repars pour le laisser travailler.

J'ai à peine le temps de m'asseoir sur ma chaise que je crois entendre les questions de Sarah.

À croire qu'on communique par télépathie. Je lui fais un sourire sincère, espérant la convaincre que tout va bien, même si Scott n'est pas encore là. J'espère qu'elle comprend, sachant que je n'ai pas encore résolu le malaise avec Jayden. Celui-ci continue de me dévisager en écoutant Jane et Miles discuter d'un nouveau restaurant qui vient d'ouvrir près de chez nous.

Bobby me tend un menu que Sarah saisit pour le lire avec moi. Elle me fait de grands yeux, la tête cachée derrière la carte, et j'ai l'impression d'être de retour au primaire, dissimulée derrière un livre pour échanger des potins avec elle.

Nous choisissons des boissons et passons commande à Roxanne, notre serveuse. Puis je le sens, je sais qu'il est enfin là.

Chapitre 22

Décembre

Passé

J'attends que la sage-femme revienne. Je suis stressée, car tout va devenir encore plus réel.

J'ai tellement hâte de le voir pour la première fois !

Quand je suis allée chez mon médecin pour faire confirmer la grossesse et que j'ai pu entendre son petit cœur, ce rapide *boum boum boum* qui n'était pas le mien, j'ai été envahie par l'émotion. Une vraie fontaine, incapable de m'arrêter de pleurer ! Il paraît que c'est à cause des hormones. Je préfère croire que c'est parce que l'on comprend toute l'importance de la vie à ce moment-là. J'ai deux cœurs à l'intérieur de moi, deux vies : la mienne et une autre encore plus importante ! Je ne réalisais toujours pas que c'était possible. Sarah m'avait accompagnée et attendue. J'ai pleuré aussi en parlant avec elle ensuite, de même qu'en regardant une maman passer avec son porte-bébé lorsqu'on rentrait, puis en fêtant ça avec des cookies de Noël de chez Mindy's Bakery. Une vraie Madeleine.

Aujourd'hui est une autre fête.

La sage-femme arrive enfin, s'assoit et me sourit.

– Prête ?

Je hoche la tête, incapable de prononcer un mot, et elle commence à appliquer du gel sur mon ventre. C'est froid, la chair de poule se manifeste sur mon corps crispé. Elle pose la sonde en me disant de me détendre – impossible – et commence à la bouger. Je vois l'image apparaître sur l'écran devant moi, son petit corps en gros plan.

Il est là.

Il est beau. Il est parfait.

Et voilà, j'aurai tenu moins d'une minute avant de voir tout flou. Il faut que j'arrête la montée des larmes avant qu'elles ne coulent, mais je suis submergée par une vague d'amour. Je pourrais rester des heures à le contempler.

La sage-femme me parle, m'explique que tout est au bon endroit, que ses mesures sont bonnes, que tout va bien.

Tout va bien.

Nous allons bien.

Je n'arrive pas à détacher mes yeux de l'écran lorsqu'elle m'annonce que c'est fini. *Déjà ?* Pourtant, j'ai l'impression que je viens seulement d'arriver !

Elle me demande si je veux conserver les photos. *Évidemment, quelle question !* Elle lance l'impression, et part chercher les rapports d'échographie que je dois mettre dans mon dossier avec chacun de mes examens. Elle me donne le tout, mais seules les photos m'intéressent. Je garde mes yeux fixés sur ce petit corps aux mains et pieds minuscules.

Tout est parfait.

Une fois de retour à l'appartement, j'attends impatiemment que Sarah rentre. Elle voulait que je lui envoie une photo, mais j'ai refusé. Je veux voir sa réaction quand je la lui montrerai. Tante Sarah. Je n'ai ni sœur ni frère, c'est donc évident qu'elle sera la tante de cœur. Elle le bichonnera, le câlinera et lui autorisera tout ce que je lui refuserai. Elle sera merveilleuse et exaspérante. Et moi aussi, j'espère. Le meilleur reste à venir.

Mais j'appréhende la suite. Quand l'excitation va retomber.

Elle va me demander si j'ai écrit à Scott. À défaut de lui téléphoner.

Je repense à ses yeux bleus, à ses mains, et au bien-être que j'ai ressenti avec lui.

Il faut que j'arrête. Je culpabilise. Comment ai-je pu laisser passer autant de temps ? Mais plus le temps passe et moins je me résous à l'appeler.

Après le choc de la découverte, garder ce bébé a été une évidence. Je suis tellement égoïste de ne pas le prévenir. Il faut que je le fasse. Je vais le faire.

Juste pas maintenant.

Bientôt.

Je me le promets.

Chapitre 23

Sous tension

Présent

Après s'être retournée, Sarah me donne un petit coup de coude qu'elle doit juger discret, ce qui confirme ce que je sentais : il est là. Je pince mes lèvres pour me retenir de sourire, et croise par mégarde le regard de Jayden, alors que je m'apprête à me lever. J'ai du mal à savoir s'il est triste, en colère, déçu ou frustré. Une chose est sûre, il a lui aussi remarqué l'arrivée de Scott, *la présence masculine* de l'autre jour, et doit commencer à comprendre pourquoi nous sommes ici plutôt qu'ailleurs. Il faut que je cesse de songer à ce qu'il ressent. Je secoue la tête pour lui faire comprendre que ce n'est ni le lieu ni le moment pour une scène de jalousie, mais aussi pour que j'arrête d'y penser.

Lorsque je me dirige vers le bar, Scott s'approche aussi. Bien que plusieurs personnes le saluent au passage, c'est moi qu'il regarde. Seulement moi. Sarah avait raison, je me sens la personne la plus importante ici.

Une fille pose une main sur son bras en disant ce que j'imagine être « bonjour », avant de s'éloigner quand elle obtient à peine un mot en retour. Le type barman fait toujours autant d'effet aux femmes.

On s'arrête face à face, déjà dans notre bulle, gênant le passage des clients et de l'une des serveuses. Ça devient une habitude pour nous. Mais après tout, il est chez lui.

– Enfin, me dit-il.

– On peut se revoir plus rapidement la prochaine fois.

– J'ai déjà pensé à ça.

Il prend ma main pour me rapprocher de lui. Mon cœur fond de le sentir si proche. Chaque partie de mon être est reconnaissante de le retrouver. J'aimerais qu'on parte tout de suite tous les deux, laissant le monde derrière nous.

– Salut.

– Salut, réponds-je.

– Je dois travailler, mais on se voit après.

– Évidemment.

Il se penche pour déposer un baiser sur ma joue, avant de faire demi-tour.

Je retourne à ma place sous le regard de Sarah, qui n'a rien raté de notre échange. Sans parler de Kim, à qui elle a dû faire un petit résumé de la situation avant d'arriver.

Jayden est en train de parler avec Miles quand je me rassois parmi eux.

Roxanne nous apporte des boissons, des gâteaux apéritifs et du fromage à partager. Quand nous sommes tous servis, chacun lève son verre pour trinquer, et Bobby décide de prendre la parole.

– Sarah, trente et un ans déjà, et je me demande ce que j'ai pu faire sans toi pendant toutes ces longues années. Et j'espère que c'est pareil pour toi.

On s'esclaffe tous alors que Sarah fait mine d'être gênée en riant aussi.

– J'aimerais te dire que le plus beau cadeau que tu puisses recevoir aujourd'hui, c'est moi. Pour ma part, je n'ai jamais rien eu de plus beau que toi. Et sur ces mots plutôt maladroits…

Il sort un trousseau de clés de sa poche.

– Sarah, on en a déjà parlé, et quand tu seras prête j'aimerais que tu viennes vivre avec moi.

Bobby lui tend le double de sa clé d'appartement. Je crois que Sarah se retient de pleurer et elle n'est pas la seule. Les mots de Bobby sont simples, mais sincères. J'espère que c'est le début d'une grande histoire d'amour pour Sarah.

Elle ne dit toujours rien et je suis probablement la seule à savoir pourquoi. Discrètement, je mets ma main sur sa cuisse pour lui faire comprendre qu'elle peut vivre son bonheur si c'est ce qu'elle veut, que tout ira bien pour moi, et qu'on restera sœurs pour toujours quoi qu'il arrive. Sa main se pose sur la mienne et on se tient fort quelques instants.

Puis elle se lève pour embrasser Bobby.

Heureuse pour ma meilleure amie, j'en profite pour reprendre là où il s'est arrêté.

– Joyeux anniversaire, Sarah ! crié-je.

– Joyeux anniversaire, Sarah ! reprennent les autres avec leurs verres levés.

On trinque, on rit, on vit.

Bobby ne pouvait pas lui faire plus plaisir. Ce que Sarah préfère dans son anniversaire, c'est de réunir des amis et de créer des souvenirs avec eux. Peu matérialiste, elle n'a jamais été fan des montagnes de cadeaux. Il n'y a qu'à voir le peu de choses qu'elle a apporté à New York. La majorité de ses affaires ont été données à des associations pendant le déménagement. Je me demande d'ailleurs comment elle peut mettre autant le bazar dans l'appartement avec si peu de biens ! Mais ce sera le problème de Bobby, maintenant.

La conversation est animée à table et l'atmosphère s'est détendue entre Jayden et moi, surtout depuis qu'il s'est mis à échanger avec Jane. La collègue de Sarah est une jolie blonde, bien plus petite que lui, et au visage doux. Tout à fait son genre de filles, et on pourrait croire qu'il m'a complètement oubliée, ce qui n'est pas plus mal.

Je pense à Sarah qui va bientôt déménager, et je sens qu'il va falloir que j'avance aussi, sur tous les plans. C'est le temps de revenir à mon projet et de contacter la personne que Sarah connaît dans l'édition. Il faut aussi que je décide si je reste habiter avec Jayden et Miles une fois Sarah partie, même si je ne pense pas avoir les moyens de vivre seule à New York.

Je me lève pour me rendre au bar, laissant mes questions derrière moi. Elles peuvent bien attendre encore jusqu'à demain.

La salle est remplie, il fait lourd, mais l'ambiance a de quoi plaire aux travailleurs et aux étudiants fatigués. Je me fraye un chemin jusqu'à Noah, qu'il est impossible de rater.

– Scott est là ?

– Il est en ligne, il ne devrait pas tarder.

– Merci, je peux avoir un verre d'eau, s'il te plaît ? demandé-je pour patienter.

– Je t'apporte ça, me répond-il avec un clin d'œil.

Comme si ma demande lui rappelait quelque chose…

– Est-ce qu'on peut aller dehors pour parler ?

Je me retourne en entendant la voix de Jayden. Il a les mains dans les poches, l'air fermé, attendant ma réponse. *Il a abandonné Jane, finalement.*

Pour mon verre d'eau, on repassera…

– Sérieusement, Jay ? Ça ne peut pas attendre plus tard ?

– Quand ? Seras-tu là ce soir ? Ou même demain ?

Il sait que je suis *off* demain, mais je n'aime pas ses questions pleines de sous-entendus. Je suis adulte, je fais ce que je veux, après tout.

– Tu vois, c'est exactement *ça* que je voulais éviter, cette tension, ce malaise entre nous, dis-je en agitant la main.

Non, plus rien ne sera jamais comme avant. Il est triste bien qu'il cherche à le masquer, et en temps normal, j'aurais eu envie de le prendre dans mes bras pour le réconforter, mais je ne peux plus agir ainsi. Je me sens prise au piège, comme si tout allait mal se terminer.

– Tout va bien ici ?

Scott arrive soudain à ma hauteur, son regard passant de Jayden à moi. Jayden fait comme s'il ne le voyait pas, et moi, je tire sur les manches de mon gilet, cherchant à disparaître. Lorsque Jayden remarque mon geste, un rictus se dessine sur sa bouche. Scott s'aperçoit aussi de mon tic nerveux.

– Tu peux nous laisser ? demande-t-il gentiment à Jay, cherchant à prendre sur lui.

– Vraiment Sophie ? Après ce qu'il t'a fait ?

Comme je ne réponds pas, Jayden fait un pas vers moi, mais Scott se rapproche aussi. Non, mais, c'est quoi ce délire ? On dirait deux enfants qui se préparent à se battre pour leur jouet. J'entends juste la phrase « c'était moi qui l'avais en premier ».

– Pardon, mais on discutait, là !

Jay a envoyé ces mots à Scott comme si cela pouvait l'empêcher d'avancer.

Je n'y crois pas ! Je lance mon regard assassin à Jayden, sans succès. Celui-ci attend que Scott lui réponde, qu'il parte, ou peut-être même qu'il lui en colle une. Qui sait ! Ça sent la testostérone à plein nez et il faut que j'intervienne avant que ça parte dans tous les sens.

– Jayden, on parlera à la maison.

Je me positionne face à lui pour le forcer à m'écouter.

– Sérieusement, Soph, qu'est-ce qu'il a de plus que moi ? À part du talent pour te faire souffrir ?

Je ne rentre pas dans son jeu. Il attend que je parle et que je balance tout ici, mais ça ne sera pas le cas.

Scott est sur le point d'intervenir, mais il attend encore un peu, peut-être curieux de savoir comment je vais m'en sortir ou ce que je pourrais dire.

Comment ai-je pu rire et sourire quelques minutes plus tôt ? Désormais, j'ai juste envie de rentrer me coucher, loin de tout. Pourquoi tout est toujours si compliqué ? Pourquoi nous faisons-nous du mal de cette façon ?

J'aperçois Sarah faire un signe à Miles de l'autre côté de la salle. Ce dernier comprend vite qu'il est temps pour eux de partir avant que ça ne se termine mal.

Je m'approche encore de Jayden.

– On parlera demain, Jay, je te le promets.

Miles arrive à ce moment-là, posant sa main sur son épaule.

– On y va ? lui demande-t-il comme si de rien n'était.

Jayden s'éloigne vers la sortie sans un mot pour personne.

– Laisse-lui le temps, Cookie, ça va aller.

– Tu vas vraiment continuer de m'appeler de cette façon ?

– Encore quelques jours, on dirait.

Il me pince affectueusement la joue. Puis il fait un signe de tête à Scott, avant de prendre la même direction que Jayden.

Je ferme les yeux un instant et je tente de donner un sens à ce qui vient de se produire. Je n'ai rien vu venir encore une fois. Ai-je été naïve de croire qu'on pouvait passer une bonne soirée ensemble ? Je n'ose pas me tourner vers Scott pour voir sa réaction. Mais je ne tarde pas à sentir ses mains sur moi, et il me souffle à l'oreille :

– Je sais que tu ne veux pas en parler, mais…

Évidemment qu'il cherche à comprendre, lui aussi.

– Sache que je ne lui ai rien raconté sur toi, sur… nous.

Les mots ont du mal à sortir de ma bouche, le *nous* en particulier puisque je ne sais pas si c'est ce que nous sommes.

– Il sait juste que tu es la dernière personne que j'ai…

Encore une fois les mots restent bloqués dans ma gorge sèche. Non, je ne peux pas admettre qu'il est la dernière personne que j'ai aimée. Pas ici, pas comme ça, pas avant de lui avoir tout avoué.

– Et encore je ne lui ai même pas expliqué qui tu étais, il l'a juste compris.

– Est-ce que tu viendras chez moi, après ? J'ai besoin qu'on prenne le temps de se parler et j'ai l'impression que ça n'arrivera pas sinon.

– Oui.

– Oui ? insiste-t-il en revenant devant moi, un sourire aux lèvres.

– Oui.

Je ne sais pas à quel moment il va finir de travailler ni quand je rentrerai ensuite, mais je garde ces questions pour plus tard, avec les autres.

Scott repart vers Noah, dans l'agitation de la soirée qui vient de prendre une nouvelle tournure.

Sarah lève un sourcil interrogateur quand je me rassois à côté d'elle.

– C'est la merde, lui dis-je simplement, en posant ma tête sur son épaule. Je suis contente pour toi, tu sais, pour ton anniversaire, pour Bobby, pour ton couple. Mais s'il te plaît, je vais avoir besoin d'aide.

Elle glisse son bras sous le mien, comme pour me faire un câlin, et met sa tête sur la mienne.

– Bien sûr que je vais être là. Tu vas voir, même si c'est pas évident, ça va aller.

J'ai envie de la croire. Je repense à notre emménagement avec les gars. C'était une si belle journée de fin de semaine ! Miles, qu'on avait rencontré avec Jayden quelques jours plus tôt, nous a accueillies toutes les deux avec nos quatre valises pour seuls bagages. Après avoir commandé des pizzas, nous avons parlé ensemble jusqu'au retour de Jay, puis parlé longtemps encore pour apprendre à nous connaître. Je garde un si bon souvenir de cette première soirée ensemble. Après cela, tous nos mardis sont devenus des soirées pizzas et films, puis il y a eu les jeudis sushis, les débats animés devant les téléréalités, les guéguerres pour la répartition des tâches, les mauvaises blagues de lessive, les midis petits-déjeuners… Toutes ces choses qui ont rendu notre vie en groupe si merveilleuse alors que je n'aurais jamais pensé être capable de vivre avec des colocataires masculins.

La fin approche et je suis déjà nostalgique de ce temps-là.

Chapitre 24
Les papillons

Passé

Je suis épuisée. Mon médecin m'a pourtant dit que les trois premiers mois étaient les plus éreintants, mais il n'a jamais vécu l'expérience ! Maintenant que je commence le quatrième, j'ai surtout le sentiment que les trois premiers étaient de la rigolade à côté. Certes, j'ai été fatiguée, mais je n'avais pas eu de nausées ou de maux particuliers. Contrairement à aujourd'hui.

Voilà une semaine que je vomis chaque matin. J'ai tout essayé : manger un bout de pain au lit avant de me lever, boire des infusions de gingembre, bien respirer en faisant de la méditation… Rien n'y fait. Sans oublier que mon estomac ne supporte plus les bagels au fromage à la crème que j'aime tant. En plus de tout ça, il y a encore la fatigue. Elle me tombe dessus à partir de quinze heures, et je n'arrive pas à m'en défaire.

J'ai préféré arrêter le café, mais je commence à me dire qu'une microtasse le matin ne me ferait peut-être pas de mal. Histoire de ne pas commencer ma nuit à l'heure de la sieste.

Je suis si exténuée que j'ai eu comme une baisse de tension tout à l'heure au bureau. J'ai voulu me mettre debout et j'ai dû me laisser retomber sur ma chaise, sentant mes forces me quitter. Ma supérieure a pris peur en voyant les couleurs quitter mon visage, et m'a ordonné de rentrer chez moi, ainsi que de voir mon médecin pour me faire arrêter quelques jours.

La pauvre, elle avait déjà une assistante en congé maternité et voilà que sa remplaçante risquait de partir aussi. J'aurais aimé attendre pour lui parler de ma grossesse, mais à force de me voir aller aux toilettes pour rendre mon déjeuner, elle a fini par deviner.

Me voilà donc sur mon lit, allongée sur le côté gauche pour aider contre les nausées. Encore un truc que je teste en espérant que ça me soulage. Verdict dans quelques heures.

Je pose ma main sur mon ventre, tout petit et tout mignon.

Sarah passe déjà beaucoup de temps à parler au bébé.

– Il doit reconnaître la voix de sa tante préférée. À sa naissance, je serai près de toi, et il ouvrira les yeux et me sourira ! s'est-elle exclamée, pleine d'espoir.

J'ai essayé de lui dire qu'il fallait qu'elle baisse ses attentes, en vain. Elle préfère rêver encore un peu.

Je m'assoupis et c'est là que je le sens. C'est si discret que je ne suis même pas sûre que c'est réel. On dirait comme des petites bulles dans mon ventre, mais cela n'a rien à voir avec la digestion. Elles sont localisées. Je n'ose plus bouger et j'attends que ça recommence. Il faut quelques minutes pour que les bulles reviennent de nouveau. Je sais que c'est lui, il bouge. Les larmes me brûlent les yeux, j'ai des papillons dans l'estomac. Je suis lessivée, mais je suis comblée.

D'un coup, je m'imagine une histoire, et les images me viennent à l'esprit. À présent, je suis parfaitement réveillée. Je me lève pour prendre mon carnet de croquis, mes crayons et même l'aquarelle.

Je dessine d'abord un ventre à l'intérieur duquel l'on devine un bébé qui commence à bouger. Progressivement, je le transforme en papillon, sur plusieurs pages. Un papillon dans sa chrysalide qui se prépare à éclore avant de pouvoir déployer ses ailes. Il est bleu et blanc avec de petites taches roses. Un papillon qui ressemble beaucoup à un autre, existant quelque part sur la côte Est du pays.

Petit papillon a peur de voler, de se lancer dans le vide et de vivre sa grande aventure. C'est là qu'il en rencontre un autre, un peu plus grand, bien plus bleu, plus vif. Celui-là veut l'aider à prendre son envol, et à prendre confiance en lui et dans les autres. Le grand papillon vient toucher les ailes du petit papillon avec ses pattes, et le petit papillon le sent. Un courant électrique qui le parcourt, lui insufflant de la vie comme si son cœur avait cessé de battre avant de partir de nouveau. Il n'a plus peur avec le grand papillon à ses côtés. Il est plus fort, plus confiant, vivant. Le grand papillon se lance dans les airs, attendant que le petit le suive. Celui-ci se laisse alors tomber dans le vide un court instant, pour voir l'effet que ça fait, pour comprendre ce qui l'effrayait et ce dont il est capable aussi, avant de faire battre ses ailes pour rejoindre son nouvel ami. Tous deux se lancent dans la grande aventure de la vie, découvrant des centaines de fleurs différentes chaque jour, parcourant le pays en suivant la chaleur. Tout va bien, car ils sont ensemble. Et ensemble, tout est possible.

Je continue mes dessins, laissant le bleu de l'aquarelle couler un peu. J'adore le résultat des couleurs, et ce que je suis la seule à percevoir au travers: la nuit où j'ai dessiné un papillon sur un bout de facture, et le petit être qui en a été le résultat.

Je cherche des phrases qui pourraient accompagner mes dessins, mais j'hésite. J'en écris plusieurs sur des feuilles volantes pendant que la peinture sèche. Toutefois, rien ne me convient, car mon truc c'est plutôt l'illustration, mais j'aimerais écrire cette histoire pour lui raconter un jour quand il sera là.

Son histoire, la mienne, la nôtre.

Je dépose le tout et décide d'y revenir plus tard, quand j'aurai pris un peu de recul. Lorsque je lui aurai parlé, peut-être.

Je suis certaine que l'inspiration me viendra en temps opportun.

Je me rallonge sur mon lit, tournée sur le côté gauche. Les bulles reviennent de plus belle dans mon ventre. Mon petit papillon.

Alors je m'autorise à penser à Scott. Je ferme les yeux et me rappelle cette attraction entre nous, le bleu de ses yeux, cette nuit qui a changé ma vie.

Chapitre 25

Cicatrice du passé

Présent

– Tu veux boire quelque chose ?

Cette question me ramène en arrière. Je secoue la tête, mais il me sert quand même un verre de vin et sort un verre à shooter avec une bouteille de whisky.

– *Vin ou bière ?*

– *Vin, quelle question ! m'exclamé-je. Blanc de préférence, plutôt sec aussi. Mais je ne suis pas difficile et je n'y connais rien. Et toi ?*

– *Bière, quelle question ! dit-il en riant. Mais j'ai un petit faible pour l'alcool un peu plus fort de temps en temps. J'ai fait pas mal de formations en mixologie, vins, spiritueux et même des cours de brassage. Ça m'a aidé à connaître mes goûts.*

– Tu pourrais me préparer un petit quelque chose alors ?

– Des suggestions ?

Je fais mine de réfléchir, bien que je n'aie pas de conditions particulières.

– Un cocktail avec un arrière-goût de Méditerranée, et j'aimerais qu'il soit bleu.

Comme ses yeux.

– Je sais ce que je ferai.

Je lève un sourcil, mais il ne poursuit pas, gardant un peu de mystère.

Je repense à ce cocktail qu'il m'a servi chez lui. Là où nous sommes maintenant.

Sarah et les autres sont partis je ne sais où. Pour ma part, la seule chose qui m'intéressait était de venir ici. Noah a accepté de monter la garde seul pour la dernière heure en salle – qui s'était en partie vidée – avant la fermeture. Ma conversation avec lui attendra aussi.

Rien n'a changé chez Scott, ou si peu. En revenant ici, je pourrais croire que notre nuit ensemble s'est déroulée hier et que les deux dernières années n'ont pas existé. J'aperçois un dessin accroché au frigo qui semble fait par un enfant, mais je reporte mon attention sur Scott.

– Je ne serais pas contre une crème glacée, dis-je pour alléger l'ambiance. Ça va ? Je te sens tendu. Scott, regarde-moi, s'il te plaît.

J'ai le sentiment qu'il maintient une distance entre nous depuis que je l'ai rejoint au comptoir du bar, alors qu'il aurait tout fait pour être près de moi un peu plus tôt, avant la remarque de Jayden. Est-ce quelque chose que j'ai fait ou dit ? Est-ce le passé qui revient chercher son dû en me voyant ici deux ans plus tard ?

Je sais que l'échange avec Jayden a mis le feu aux poudres, mais j'étais sûre d'avoir rassuré Scott. À moins qu'il ait réfléchi entre-temps et pense qu'il est mieux de tout arrêter avant même que ça n'ait commencé. Toutes mes pensées se bousculent, je suis perdue.

Je ne veux pas le brusquer.

Son portable vibre dans sa poche. Il le sort puis le fait glisser à l'autre bout du plan de travail après avoir regardé l'écran d'un air agacé. Il saisit la bouteille de whisky et remplit son verre pendant que je continue de ressasser ces derniers mois. Cette nuit-là, lui, moi, *nous.*

Je tire de nouveau sur la manche de mon gilet. Je ne m'en rends pas compte, jusqu'à ce que lui le remarque, comme dans le bar. Je la lâche aussitôt et mets mes mains entre mes cuisses une fois que je suis assise. C'est plus fort que moi. Chaque fois que je suis tourmentée, il faut que je fasse ça. Un geste devenu inconscient, une vaine tentative de me protéger.

Lorsqu'il s'approche de moi, je vois bien qu'il est contrarié. Mon ventre se noue et je pince les lèvres de peur de dire une bêtise.

– Qu'est-ce que tu me caches, Sophie ?

Je sens qu'il se retient de dire ce qu'il pense.

Face à lui, je ne peux pas bouger sur mon tabouret, le comptoir de la cuisine dans mon dos.

– Ça voulait dire quoi, toutes les remarques de ton coloc ?

Sommes-nous déjà rendus à ce moment où je lui dis tout ? Celui que j'ai tant redouté et auquel j'espère encore pouvoir échapper.

– Scott, dis-je en essayant de me lever pour me dégager.

Instinctivement, je croise les bras, comme pour me protéger. Mais comme s'il avait compris, il attrape mon bras gauche. Je prends une profonde inspiration. Il ne me fait pas mal, au contraire, ses gestes sont tendres malgré tout ce qu'il doit ressentir.

Non… pitié, non…

– Scott, s'il te plaît, attends, l'imploré-je dans un souffle.

Je sais que mes mots ne changeront rien. Il soulève lentement ma manche, et son visage change à mesure que le tissu découvre ma peau. Oubliée, la frustration des minutes précédentes. C'est une toute nouvelle émotion qui vient de faire surface.

– C'est quoi ? demande-t-il d'une voix ferme qu'il essaye de garder calme.

Je lève les yeux vers lui sans un mot, faisant mine de ne pas comprendre, tandis qu'il fixe mon poignet d'un air sombre.

– Sophie…

Je devine qu'il serre les dents. Son visage inquiet pose des questions auxquelles je ne veux pas répondre.

Pourtant, je baisse la tête pour la regarder. Ma cicatrice. Sur tout mon avant-bras gauche. Si familière et qui cache toutes celles qui sont enfouies au plus profond de moi. Elle me rappelle la bouteille brisée, tatouée au même endroit, sur le bras droit de Scott.

J'ouvre la bouche, mais aucun son ne sort.

Je ferme les yeux et cherche mon souffle qui devient saccadé.

Le bruit sourd, le froid, la peur remontent à ma mémoire.

J'ai toujours tout fait pour ne pas y penser, pour ne pas revivre ce moment en particulier. Des fragments de souvenirs me reviennent, me frappant de plein fouet. Mes poumons me serrent, j'ai mal au cœur, au ventre. Ma gorge se contracte et mon corps se met à trembler. Au ralenti, tout vole en éclats, comme ce jour-là.

Je me force à le regarder, à ne pas pleurer. Je continue de lire l'appréhension qui grandit sur son visage.

Même si je ne voulais pas y penser, j'ai souvent imaginé comment je lui en parlerais si, un jour, je le voyais. Dans mes scénarios, on se croisait, on finissait par discuter, et puis je m'arrêtais avant de rentrer dans le vif du sujet.

Ça va faire mal. Je sais que je dois tout lui avouer, le revivre, mais cette fois-ci, je l'entraînerai avec moi.

Je cherche les bons mots pour commencer, ma gorge est tellement nouée que l'air me brûle.

Puis je me lance, en espérant qu'il puisse me pardonner.

Chapitre 26

Janvier

Passé

Quatre mois. Voilà un peu plus de quatre mois que nous sommes deux à l'intérieur de moi. Je n'ai toujours pas prévenu Scott, mais ce soir, c'est le grand soir.

Son numéro est constamment avec moi. Au début, il était juste dans ma poche, comme un secret inavoué. Puis un jour, j'ai eu peur de le perdre, de croire que j'avais tout imaginé. Depuis, il est rangé dans la coque de mon téléphone. Bien à l'abri. Je le connais par cœur, mais son écriture, son encre, son papier, je veux les préserver. Juste au cas où.

Donc ce soir, je lui téléphonerai, je lui dirai tout, je m'excuserai, et je ne lui demanderai rien. S'il veut être là, je ne m'y opposerai pas. S'il veut oublier, il oubliera et j'essayerai d'en faire autant. J'ai pris cette décision après des centaines d'heures de réflexion, et je vais m'y tenir bien que je craigne de changer de discours quand je lui parlerai. Lorsque j'imagine la sonnerie retentir dans mon oreille, mon cœur s'emballe. Je dois arrêter d'y penser et me concentrer sur la route.

La neige tombe à gros flocons dehors, l'hiver est bien installé dans le Wisconsin. Mes essuie-glaces montent et descendent à leur vitesse maximum. Je suis en voiture pour aller faire deux ou trois courses, et acheter un pot de crème glacée pour fêter, ou oublier, cet appel téléphonique, puis je prendrai la direction des parents de Sarah, chez qui nous passerons la fin de semaine.

Il y aura là tout le soutien dont je pourrais avoir besoin ensuite.

Les parents de Sarah, Sandy et Adam, sont comme mes propres parents, ou plus encore.

Ma famille est… particulière. Mon père a refait sa vie en Floride avec une femme à peine plus vieille que moi, qui pourrait être ma sœur, et donc sa fille. Elle est sympa dans le genre qui essaye de se prendre pour ma belle-mère tout en voulant être une amie. Et pendant ce temps, ma mère tente de tourmenter mon père en faisant de même en Californie. Un coup avec un surfeur, un coup avec un acteur en devenir, j'en ai perdu le fil bien qu'elle veuille toujours me raconter ses prouesses comme si j'étais celle qui comptait les points.

Il est loin le temps où ma mère m'apprenait à dessiner et m'invitait à boire un *milk-shake*, et où je faisais des batailles de boules de neige avec mon père. Aujourd'hui, je suis jalouse de la petite fille que j'étais, qui ne savait pas la chance qu'elle avait.

Mes parents se sont séparés quand j'étais adolescente. Dès lors, chacun avait son espace dans la maison et on se croisait rarement. Ma mère sortait les soirs où mon père était là, et inversement. Quand je n'étais pas laissée seule, j'avais l'impression de vivre avec des colocataires. Ils étaient incapables de m'aider avec mes devoirs, ils n'étaient pas disponibles pour faire des activités, ils avaient mieux à faire. Pas de câlin à ma première déception amoureuse, pas d'encouragements quand j'échouais à un test, ni de sourire quand on se croisait. Alors progressivement, j'ai arrêté de compter sur eux. Bien qu'ils soient séparés, ils n'ont jamais divorcé, s'entendent relativement bien et se parlent souvent. Peut-être n'étaient-ils tout simplement pas prêts pour la vie de famille. Après tout, ils m'ont eue jeunes, alors que ma mère était au sommet de sa carrière. Mais ils ont choisi de me garder malgré tout.

Ils m'appellent pour mon anniversaire ou pour les fêtes, mais ils prennent rarement de mes nouvelles. Ils me racontent chacun leur vie, et veulent savoir si je n'ai pas entendu la dernière folie de l'autre.

– Tu t'en rends compte ! Une voiture ! Il lui a acheté une voiture ! m'a dit ma mère la dernière fois que je l'ai eue au téléphone.

Après m'avoir brièvement décrit ses derniers tableaux, elle m'a reparlé de la nouvelle copine de mon père, dont j'ai du mal à retenir le nom.

– Et ? ai-je demandé bêtement au lieu d'acquiescer pour clore le sujet.

– Pour quoi faire ? Je ne pense même pas qu'elle sache conduire ! Il faudra que tu me dises après lui avoir parlé. Je suis prête à parier que cette voiture restera au garage.

– Je te dirai ça. Je vais devoir te laisser, maman, j'ai encore deux dessins que j'aimerais finir ce soir.

Elle aurait pu me poser des questions, me demander sur quoi je travaillais, mais non.

– Très bien, n'oublie pas de me répéter ce que ton père te racontera. Bye, ma grande !

C'est donc avec les parents de Sarah que je partage mes moments *familiaux*. Ils sont venus combler le manque grandissant que j'avais, et sont toujours là depuis.

Sandy et Adam sont au courant pour le bébé depuis Thanksgiving, contrairement à mes propres parents que je n'ai pas revus depuis ce fameux week-end à New York. J'attendais de les voir pour leur dire, mais ma mère a annulé notre rencontre de Noël pour un vernissage, puis mon père a filé pour une semaine en République dominicaine pour le

Nouvel An. J'espère les voir à mon anniversaire dans un mois pour leur annoncer la nouvelle !

Et en attendant, je mise tout sur aujourd'hui.

Aujourd'hui, j'espère qu'il me dira *oui*.

Lorsque je sors de l'autoroute, la neige se fait de plus en plus dense. J'essaye de rester concentrée sur la route tout en dressant la liste mentale de ce qu'il faut que j'achète en plus de mon pot de glace. J'aurais pu téléphoner à Sandy pour lui demander de rajouter mes courses aux siennes, afin de m'éviter ce trajet, mais j'ai envie de passer par le rayon puériculture chez Walmart. Je n'ai encore rien acheté jusqu'à maintenant, même si les tentations sont nombreuses. Cette fois, je veux me faire plaisir et lui prendre quelque chose qui sera à lui pour la première fois. Un *body* ? Un petit pyjama ? Un doudou ?

Je saurai dans un peu moins de trois semaines si c'est une fille ou un garçon, mais dans les deux cas, je sais que ce bébé sera parfait, et je l'aime déjà plus que tout.

La voiture derrière moi klaxonne, me sortant de mes pensées. Elle s'est rapprochée et me colle presque, car j'arrive à bien voir ses phares dans le brouillard de neige contrairement à quelques secondes plus tôt. Je n'accélère pas pour autant. À cause du blizzard, la visibilité est faible. Et puis avec l'antiquité qui me sert de véhicule, la prudence est de mise. Je préfère attendre qu'elle se décide à me dépasser quand elle sera prête.

Puis, ça arrive. Je ne sais pas trop comment est la route devant nous. Même si j'ai une vague idée d'où je me trouve, je ne me rends pas compte de ma position exacte avec la neige qui continue de tomber à gros flocons. Ça faisait longtemps que nous n'avions pas eu une vraie tempête. Je me souviens du chalet de mon enfance, du lac, de la glace, du patin. Le bonheur, l'adrénaline, l'amour.

La voiture accélère, arrive à côté de moi, et continue à me dépasser.

Et d'un coup, je sens le choc sans l'avoir vu arriver. Mon cerveau cesse de fonctionner. Tout va vite et au ralenti.

J'arrive presque à voir les flocons tourbillonner dans l'air, avant de tourner la tête vers ma droite en fermant les yeux le plus fort possible, comme si cela pouvait me faire disparaître.

Surprise et douleur. Ma tête, mon bras.

Mes oreilles qui sifflent.

Tout tourne autour de moi, à moins que ce soit moi qui tourne.

Un nouveau choc, et tout s'arrête.

Le silence. Le froid.

Le goût métallique.

Nous. Lui. Lui.

La peur.

Lui.

Le noir.

Chapitre 27
L'après

Présent

Dix minutes. Cela fait dix minutes qu'il a passé la porte. Ou plus ? Je n'ai pas bougé, trop bouleversée pour pouvoir réfléchir rationnellement. J'ai l'impression que c'était hier que j'ai perdu notre bébé et je ressens le vide dans mon ventre ainsi que le trou béant qui s'est creusé dans mon cœur depuis ce jour. Je me retiens de pleurer. J'attends et je respire.

Et Scott qui vient de découvrir tout ça… Je m'en veux tellement. J'aurais préféré qu'il ne le sache jamais pour lui épargner cette douleur.

Mais ça ne sert plus à rien de ressasser le passé. J'en suis là. Nous en sommes là. Et je ne sais pas si j'aurais pu faire les choses différemment.

Je suis la seule responsable.

J'ai vu son visage se décomposer dès que j'ai commencé à lui dévoiler la vérité. Il a vite compris que l'histoire ne finissait pas bien, mais il ne m'a pas interrompue. Quand j'ai eu terminé, il a pris une profonde inspiration, fermé les yeux et levé la main, comme pour marquer une pause et m'empêcher de dire un mot de plus. J'avais peur, je désirais savoir ce qu'il pensait, ce qu'il ressentait, s'il m'en voulait autant que je m'en veux. Mais il s'est détourné et a franchi la porte d'entrée.

Je me secoue. Il faut que je le trouve. Je ne peux pas le laisser seul, même si c'est ce qu'il veut. Je détestais le fait que Sarah s'impose autant quand j'ai eu mon accident ; c'est pourtant sa présence constante qui m'a sauvé la vie.

J'arrête de réfléchir et je m'avance vers la porte. Au mieux, il est redescendu au bar, au pire… je ne sais pas.

J'ai à peine le temps de sortir de l'appartement que je le vois. Là, par terre sur le carrelage du couloir, contre le mur. Les jambes pliées et les bras relâchés sur ses genoux. Les yeux fermés. Soulagée, je respire de nouveau en réalisant que je retenais mon souffle.

Il ne lève pas la tête vers moi. Et je comprends qu'il assimile encore. Alors je m'assois à côté de lui et pose ma tête sur son épaule. Comme Sarah l'avait fait pour moi.

J'ai peur de parler, de dire quelque chose de mal, de pire. Je crains qu'il m'en veuille de lui avoir caché ça. Mais surtout, qu'il me reproche de ne pas avoir réussi à le sauver. D'où un câlin, un câlin pour mille mots.

Chaque jour, je regarde mon bras, ma cicatrice, et je continue de m'en vouloir. Je sais que je n'y étais pour rien et qu'il n'y a rien que j'aurais pu faire. Mais je ne peux m'empêcher de penser que j'aurais pu, j'aurais *dû* faire mieux.

Alors je me tais. J'attends qu'il déverse sa colère sur moi, car je le mérite, je le sais depuis le début, et je suis prête.

Je sens sa tête s'appuyer sur la mienne, sa respiration dans mes cheveux. Nous restons encore un certain temps dans cette position, jusqu'à ce que mon cœur retrouve un rythme plus ou moins normal, même s'il me fait toujours mal.

Puis il se redresse et j'en fais autant, prenant mon courage à deux mains pour le regarder en face. Ses beaux yeux bleus sont maintenant si rouges.

– Je suis désolé, me dit-il si doucement que je crois rêver.

J'ai dû mal comprendre. *Désolé ? Lui ?*

– Quoi ? J'ai tué notre bébé, je ne t'ai rien dit, je t'ai tout caché, et… et *tu* es désolé ?

J'ai envie de continuer, mais il met deux doigts sur mes lèvres.

– Stop, Sophie. Stop. Tu n'es pas responsable de quoi que ce soit. Effectivement, tu aurais dû me prévenir. Tu aurais même dû commencer par ne jamais partir comme tu l'as fait. Mais je sais que tu aurais fini par me téléphoner.

Il marque une pause, cherchant ses mots. Il passe sa langue sur ses lèvres sèches et reprend, alors que j'essaye toujours d'intégrer ce qu'il vient de me dire.

– Je suis si désolé que tu aies dû vivre ça. Le perdre. Mais ça aurait pu être encore pire. Sophie, tu aurais pu mourir, toi aussi. Tu as eu de la chance, beaucoup de chance. Et le plus dur dans tout ça, c'est que je ne l'aurais jamais su.

Même si je sais que je n'aurais rien pu faire, la culpabilité reste. Mais le fait qu'il arrive à me pardonner sans la moindre hésitation enlève un énorme poids dans mon cœur.

Ma vision se trouble, les larmes arrivent. Comment peut-il réagir comme ça ? De façon si rationnelle ? Il est si vrai, si adulte, si aimant. Je ne le mérite pas, et ça me fait presque plus mal que s'il avait été en colère.

Ce jour-là, j'aurais voulu mourir avec lui plutôt que me réveiller si vide, si seule. Plus rien n'avait d'importance.

– Viens là, me dit-il en me tirant vers lui pour me prendre dans ses bras.

Je pleure en silence. J'ai déjà tellement pleuré de colère, de tristesse et de culpabilité. Et je pleure encore ce bébé perdu et tous les autres que nous n'aurons jamais.

Alors je lui dis la fin de mon secret. Celui que j'ai gardé tout au fond de moi depuis qu'on a mis un mot dessus, et qui me ronge un peu plus chaque mois.

– Après l'accident, j'ai découvert que je suis malade. L'endométriose… Je ne pourrai peut-être jamais avoir d'enfant... Scott, ce bébé, c'était un miracle.

Tout sort entre mes sanglots. J'ai le deuil de notre enfant à faire, ce bébé que j'aimais tant sans jamais l'avoir vu. Et celui de devenir mère. Je ne sais pas lequel des deux est le plus douloureux. La question ne se posait pas vraiment tant que j'étais seule, et c'est aussi pour ça que je voulais le rester. Ne pas avoir à en parler, ne rien raconter, et surtout ne pas espérer. Car même s'il y a toujours de l'espoir, je préfère croire que ça n'arrivera pas pour ne pas souffrir davantage.

C'est à la suite de mon hospitalisation et des examens de contrôle qu'on a pu mettre un mot sur toutes mes douleurs, ma fatigue. Tout ce que j'ai appris à cacher, car c'était « normal d'avoir mal », a été nommé, et c'était finalement tout sauf naturel.

Scott ne me répond pas, mais je sens son étreinte se resserrer, comme pour m'empêcher de sombrer. Puis il me soulève dans ses bras pour me ramener dans son appartement. Je devine que nous entrons dans sa chambre, cette pièce où je n'ai jamais mis les pieds, mais que j'ai tant imaginée. Mais il fait nuit, et je suis trop épuisée pour regarder.

Il m'allonge dans son lit sans se détacher de moi. Il me tient fort.

Je sens quelque chose mouiller mes cheveux. Nous restons l'un contre l'autre, à pleurer le passé.

Chapitre 28

Sans toi

Passé

Un jour, ma vie s'est arrêtée. Je suis seule. Tellement seule.

Je créais la vie, j'avais un seul travail à faire, un seul devoir, une seule responsabilité : le garder en sécurité, en vie. Et j'ai échoué.

Le personnel hospitalier a bien essayé de me déculpabiliser après m'avoir annoncé la nouvelle. Espérer qu'un fœtus survive à un accident de la route, c'est comme vouloir qu'une bulle de savon n'explose pas après s'être envolée. Pourtant ça ne change rien à ce que je ressens.

Ma main se pose sur mon ventre à la recherche des petites bulles, des papillons, et je sens que je pleure encore sans m'en rendre compte. J'ai un cœur qui ne bat plus que pour moi, un ventre qui ne grandit plus. Je suis une coquille vide, une chrysalide sans cocon.

Je me tourne pour me mettre en position fœtale. Quelle ironie ! Le plâtre de mon bras, la perfusion et autres fils accrochés me gênent. J'ai envie de tout arracher pour me libérer, mais je suis trop faible pour me battre, même contre de simples fils. Je ferme donc les yeux, et laisse la douleur m'envahir encore, me submerger, m'étouffer.

Ne plus respirer.

Tout arrêter.

J'ai mal, tellement mal. Dehors et dedans.

J'entends quelqu'un entrer dans la chambre, mais je n'ouvre pas les yeux. Pourvu que ce ne soit pas encore un médecin ou une infirmière, car je ne veux plus voir personne. Entre ceux qui ont pitié de moi et ceux qui me traitent comme un numéro, je les déteste tous. Quand ils me demandent de noter ma douleur de un à dix, je les regarde comme s'ils plaisantaient. Mon mal me paraît infini. Alors ils précisent, ma douleur *physique*. Mais ce que je ressens me ronge de l'intérieur, c'est donc bien physique. Je comprends qu'ils ne font que leur travail, alors je réponds : sept sur dix, car je prends sur moi et je veux qu'ils repartent. Puis ils me donnent des analgésiques. Mais je veux vivre cette souffrance et la laisser me consumer, pour ensuite ne plus rien ressentir du tout.

D'abord dormir, m'échapper quelque part dans un rêve où il existerait encore.

Puis le matelas s'affaisse à mes côtés, et un corps vient me prendre dans ses bras. Sarah. Je reconnais son odeur, ses mains, ses gestes maternels.

Je laisse Sarah faire, mais je fais semblant de dormir. Je sais qu'elle le sait, et qu'elle comprend.

Plus tard, nous parlerons. *Plus tard*.

Je pense à lui, à son odeur d'amour, son petit corps contre le mien et sa main autour de mon pouce que je ne sentirai jamais. Ce petit garçon qui a disparu un jour de neige, comme un flocon qui fond, un papillon qu'on perd de vue après son envol.

Chapitre 29
Nous

Présent

J'ai froid. C'est la première chose qui traverse mon esprit lorsque je me réveille.

Quelle heure est-il ? Où est-il ?

Je ne me rappelle pas m'être endormie même s'il était évident que ça se terminerait ainsi, car le récit de mon accident a suscité des souvenirs douloureux qui m'ont épuisée. Mes yeux doivent être gonflés et rouges à cause de mes larmes de la veille.

Je suis dans le noir de la chambre, mais je devine la porte avec la lumière qui s'en dégage autour. Je ne sais toujours pas à quoi ressemble cette pièce, mais je repousse mon exploration à plus tard. Je me lève difficilement, cherchant à tâtons le bord du lit, puis me dirige vers la sortie. Je rêve d'une douche, mais avant ça je veux le voir, lui, pour être certaine qu'il va bien.

Quand j'ouvre, Scott est là, les écouteurs dans les oreilles, en tenue de sport et en sueur. Il est allé courir, il devait avoir besoin de se vider la tête après mes révélations, mais je devine la fatigue sur son visage.

Il s'assoit sur le canapé, retire ses écouteurs.

– Tu vas approcher ? me dit-il.

Je m'avance avec une certaine appréhension. Nous n'avons pas tellement parlé hier après que je lui ai dit ma vérité. Il m'a consolée et sa présence remplaçait tous les mots.

Il me fait signe de m'asseoir près de lui. J'obéis.

– Je suis fatiguée, articulé-je d'une voix ensommeillée, et j'avais froid.

Il m'attire à lui. Je pourrais me rendormir là, dans la chaleur de son corps transpirant. Je pourrais aussi aller sous la douche avec lui.

Il faut plutôt que je pense à rentrer.

Mais je ne veux pas partir de nouveau sans savoir où nous en sommes tous les deux.

– Qu'est-ce qu'on va devenir ? lui demandé-je dans son cou, même si j'appréhende ce qu'il va dire.

Je sens son cœur accélérer légèrement quand il répond.

– Nous.

Un mot. Juste un mot pour répondre à toutes mes interrogations. Qui agit comme un pansement sur mes blessures.

– Nous ?

Je répète pour l'obliger à le confirmer une nouvelle fois.

– Oui. Si c'est bon pour toi ?

Je hoche la tête.

Si je préfère toujours les câlins, là, tout de suite, j'ai très envie qu'il m'embrasse. Mais il ne fait aucun geste, il me regarde juste intensément. Ce n'est pas encore le moment.

Je laisse ma tête retomber dans son cou, respirant sa présence et répétant une dernière fois ce petit mot comme une formule magique.

– *Nous.*

Chapitre 30

Mars

Passé

Enfin, on va m'enlever mon plâtre. J'attends que mon tour vienne dans la salle d'attente de l'hôpital, ma mère à mes côtés.

À la suite de l'accident, j'ai eu le bras cassé avec une plaie ouverte qui a été, apparemment, vite recousue, puis mon bras a été plâtré. À cela s'ajoutent plusieurs côtes fêlées, une entaille sur le haut du front dont la cicatrice est cachée par mes cheveux qui repoussent, ainsi qu'une légère commotion. Et j'ai perdu la meilleure chose qui me soit arrivée, mais j'essaye de ne plus y penser pour pleurer un peu moins souvent.

Il y a eu une crémation pour mon petit flocon, mais j'ai laissé Sandy et Adam prendre les décisions pour moi. *Idem* pour les assurances, les indemnisations et autres paperasses administratives. Je ne pouvais pas y réfléchir. Et rien de ce que j'aurais dit ou fait n'aurait adouci ce que je pouvais ressentir, ou changé quelque chose à ma nouvelle réalité.

J'ai passé le dernier mois chez eux. Ils ont été merveilleux, même si j'ai parfois été dure avec eux, aveuglée par ma peine. Puis, sans que je le voie venir, j'ai eu des nouvelles de mes parents. Des appels que j'ai trouvés aussi inutiles que d'habitude, mais il est vrai que j'étais trop triste pour apprécier leur pas vers moi.

Ma mère a débarqué avant-hier, suivie de mon père hier. Ils ont loué une maison pour quelque temps et ont insisté pour que je les rejoigne. La maison de mon enfance avait été vendue depuis longtemps, tout comme notre chalet que j'aimais tant. Et même si j'étais bien chez les parents de Sarah, les miens étaient *là*. Il me semblait normal que j'aille vers eux. Car bien que je leur en veuille pour de multiples raisons, j'ai l'impression d'être à nouveau une enfant, perdue dans le désastre de ma vie, et j'ai besoin d'eux.

Nous n'avons pas parlé du bébé, ni de la grossesse, et encore moins de l'accident. Je ne suis pas prête. Ce qui n'a pas empêché maman de se confier à moi.

– Pendant des années, on a essayé d'avoir un deuxième bébé… Rien à voir avec toi qui est arrivée d'un coup… Je suis enfin tombée enceinte alors que tu étais adolescente, a-t-elle précisé avec une pointe de tristesse dans la voix, mais j'ai fait une fausse couche vers deux mois de grossesse… Ton père et moi n'avons pas voulu t'en parler, pour te protéger. Et puis, on a commencé à se disputer parce qu'on ne vivait pas cette perte de la même façon. Après ça, c'était plus facile d'être toujours en mouvement, plutôt que de s'arrêter et d'y repenser.

Mes parents se sont rencontrés jeunes, alors que ma mère était une artiste montante, et mon père l'ébéniste qui avait participé aux installations d'une de ses expositions. J'ai essayé de me rappeler et de remettre mes souvenirs en perspective. Comment étaient-ils ensemble ? Y avait-il des disputes, des pleurs ? Même si cela reste flou, j'ai mieux compris ce qu'ils ont dû vivre.

Maman m'a offert des aquarelles, mais elle a deviné que je n'avais pas envie de dessiner dans l'immédiat. Alors elle est revenue avec des livres de recettes pour qu'on essaye de cuisiner. Quant à papa, il est allé m'acheter une nouvelle paire de raquettes pour faire des randonnées sur la neige. Mais je crains de marcher dehors, comme si tout ce blanc et cette glace avaient désormais un visage effrayant. Et je ne pense même pas à conduire. Mais je suis heureuse que mes parents soient là pour moi, et je compte profiter de leur présence le temps qu'il nous reste.

Je soupçonne Sarah d'avoir fait en sorte que tous deux reviennent à ce moment-ci et se comportent en parents. Elle va bien finir par me l'avouer.

Sarah a été merveilleuse, me laissant l'espace nécessaire, me secouant juste quand il le fallait. Vivre mon deuil sans oublier de vivre, voilà ce qu'elle m'a appris. Si elle est triste pour moi, jamais elle n'a prétendu comprendre ce que je traversais. C'est ce que j'ai le plus apprécié.

Pour mes trente ans, je ne voulais rien, sauf passer une journée normale pour éviter de me projeter dans cette nouvelle décennie. Elle a accepté. Enfin, c'est ce que je croyais. Elle avait obtenu un congé pour m'emmener patiner. Officiellement, je n'avais pas le droit. Mon corps était encore faible et mes côtes n'étaient pas tout à fait rétablies ; une chute aurait pu aggraver mon état.

– Merde ! Les règles sont faites pour être transgressées, et au pire, je te pousserai sur un traîneau.

Voilà ce qu'elle m'a répondu quand j'ai essayé de l'en dissuader. Et elle avait tellement raison ! Cette sortie a été une bouffée d'air frais dans le brouillard où je m'enfermais. J'ai patiné un peu, et quand j'ai été trop fatiguée pour continuer, elle m'a promenée en traîneau aussi vite qu'elle réussissait à aller sur des patins sans tomber.

L'air pur de l'hiver sur mes joues, c'est le plus beau cadeau qu'elle pouvait me faire.

Finalement, je n'ai jamais appelé Scott. Pourquoi lui infliger ça ? Nous infliger ça ?

« Salut, je voulais te dire que tu allais être papa ! C'est qu'une voiture qui arrivait à contresens a percuté celle qui était en train de me doubler en pleine tempête de neige, et je te laisse imaginer le résultat ! Ah oui, et désolée de m'être sauvée comme une voleuse. Je craignais de souffrir en te disant au revoir. Je sais bien me protéger, comme tu peux le constater ! »

Non merci.

Et j'ai de nouveau eu mes règles. Le fameux « retour de couche »... J'ai bien cru que toute ma douleur mentale se manifestait dans mon corps pour m'achever une bonne fois pour toutes. Mais j'apprends à la gérer, à l'anticiper. Même si je n'ai pas l'impression que c'est toujours efficace, ça m'aide. Je me suis mise au yoga et à la méditation, et je teste continuellement de nouvelles choses.

C'est enfin mon tour. Ma mère me serre la main et je sais ce qu'elle me dit par son geste : *tout ira bien.* Je me lève et suis l'infirmier qui va ôter mon plâtre. Il me sourit quand il finit de m'expliquer comment il va procéder. La petite scie n'est pas très rassurante à voir, mais elle n'est rien comparée à tout ce que j'ai traversé.

C'est parti, il se met à couper.

Quelques secondes plus tard, je retrouve mon bras. Il est tout maigre et il a *vraiment* besoin d'être lavé.

Puis je la vois. Comment la rater, d'ailleurs ? L'énorme cicatrice sur mon avant-bras, entourée de plus petites. Cette grande marque indélébile qui me rappellera à jamais l'horreur que j'ai vécue, la vie que j'ai perdue.

Je ne pleure pas, car ce sera aussi la preuve que je n'ai pas rêvé, qu'il a existé, que je l'ai aimé.

Chapitre 31

La chambre

Présent

Après qu'il a pris une douche, nous avons relaxé et fini par nous assoupir sur le canapé. Encore une fois, j'ai la curieuse impression de voyager dans le temps. Et comme cette nuit-là, tout prend son sens, je me sens à ma place, chez moi.

Je ne veux pas le réveiller, mais j'ai très envie d'aller à la salle de bain. Avec une impression de déjà-vu, je me hisse hors de ses bras. Je refais les mêmes gestes. C'est impressionnant de voir comment le corps a sa propre mémoire, lui aussi.

Mais cette fois-ci, la scène change. Alors que je suis enfin en train de me redresser, je sens sa main saisir la mienne, il me tire, et je me rallonge près de lui. Son bras me serre fort et de son autre main, il caresse mon visage, s'approchant un peu plus à chaque respiration.

Nos lèvres se touchent enfin, se dévorent. Je sens le plaisir nous consumer. Après tout ce temps, j'étais loin de me rappeler ce que cela pouvait provoquer en moi. Comme si nous étions en train de réécrire l'histoire pile deux ans plus tard, je ne me sauve pas, je reste là. Enfin, presque.

– Il faut que j'aille à la salle de bain… dis-je entre deux baisers, ce qui le fait sourire.

Il se recule juste assez pour me regarder avec amusement, ses mains de part et d'autre de mon visage.

– Tu ne pars pas.

– Je ne pars pas.

Je lui donne un baiser rapide, mais passionné pour appuyer mes mots, et me sauve.

En sortant de la salle de bain, je vois la lumière derrière la porte entrouverte de sa chambre. Je ne peux me retenir d'aller y jeter un œil.

J'entre discrètement. Les rideaux sont ouverts sur des murs bleu-gris, et le sol est recouvert d'un vieux parquet en bois foncé. Il n'y a pas de luminaires, seulement une lampe de chevet sur le petit tabouret qui sert de table de nuit. Au centre, un grand lit à la parure grise défaite et plusieurs oreillers, et à l'autre extrémité un bureau de style scandinave foncé et un second tabouret. Sur ce bureau, une boîte dans laquelle sont empilés des documents et des photos, comme s'il avait fait du rangement. Au-dessus, j'aperçois plusieurs choses accrochées au mur.

Je m'approche pour mieux regarder. Il y a des objets souvenirs comme des porte-clés et des autocollants. Tout un tas de cartes de visite et de cartes postales représentant des lieux emblématiques des États-Unis, ainsi que des photos. Certaines avec Noah, et une avec Noah et une autre femme blonde aux yeux clairs. Je m'arrête sur une photo en particulier. Elle est en noir et blanc et montre un petit garçon d'environ neuf ans aux cheveux foncés et aux yeux pâles, il a des cartes dans la main et sourit à pleines dents. À ses côtés, un homme d'une soixantaine d'années, ou peut-être plus, avec une moustache, les cheveux foncés aussi. Il porte une chemise à manches courtes rayée et sa casquette de baseball est sur la table pour cacher ses cartes.

Scott et son grand-père…

Je passe mes doigts sur le cliché et m'attarde sur ce petit garçon qui a réalisé son rêve.

Je continue mon exploration et c'est là que je la vois. La facture, le dessin, le papillon. Un souvenir de cette nuit-là, de moi. Le bas du papier est déchiré, contrairement à mon souvenir. Je comprends alors que si j'allais chercher le papier que Scott m'avait laissé avec son numéro, il serait le morceau manquant.

Des bras s'enroulent autour de moi, mon dos s'appuie contre son torse. Mes mains s'agrippent aux siennes pour profiter de son contact au maximum.

– Tu l'as gardé.

– Évidemment. Même si je ne te cache pas que c'était dur de le voir là par moments.

– Pourquoi ? Je veux dire, pourquoi l'avoir conservé tout ce temps ?

– Parce que ce jour-là a compté pour moi, et c'était la seule preuve que tu as existé.

Sans rebondir sur ses mots, je pointe la photo de lui et son grand-père.

– J'adore celle-ci.

– Moi aussi.

Je me tourne vers Scott.

– Je crois que c'est à partir de ce jour-là qu'il n'a plus voulu me laisser gagner.

– Tu avais quel âge ?

Son regard devient triste.

– Dix ans. Il est mort peu de temps après, d'une crise cardiaque. J'ai fait un paquet de conneries ensuite. Mais tout me ramenait toujours à cet endroit, dit-il en fixant la photo.

Mon cœur se serre quand je réalise à quel point son grand-père était important pour lui. Une idée me vient. J'ouvre et je ferme plusieurs fois la bouche, cherchant mes mots.

– Quoi ? me demande-t-il.

– Est-ce que tu me laisserais la prendre ? La photo ? Je… Je voudrais en faire quelque chose, mais je te promets de te la rendre dans le même état et d'en prendre soin.

Pour toute réponse, il va détacher le cliché pour me l'offrir.

– Merci.

Mon petit flocon, mon petit papillon, aurait-il ressemblé à ce petit garçon ? Je ne peux m'empêcher de l'imaginer.

Chapitre 32

Juillet, Brooklyn

Passé

Le printemps a été une bouffée d'air frais après cet hiver. J'ai repris le dessin, principalement pour faire plaisir à ma mère. Le cœur n'y est pas encore, mais j'ai confiance que ça reviendra. En revanche, je me suis donnée corps et âme dans le patin. Mon père m'a conduite plusieurs fois par semaine à l'aréna de la ville voisine pendant les horaires libres. Il restait à m'attendre dans les gradins. Ça a été ma thérapie, mon échappatoire : juste la glace. Ne pas penser, avancer, continuer de glisser.

Puis le directeur de l'agence a proposé à Sarah un poste dans la nouvelle succursale de la boîte, à New York. Elle m'en a parlé tout de suite. Elle avait très envie d'accepter, et surtout, elle voulait que je vienne avec elle. Mais elle appréhendait un peu ma réaction, car New York, pour moi, avait tout à voir avec *lui*. Et là-bas, je n'aurais pas de boulot. Mon médecin avait prolongé mon arrêt de quelques semaines avant que je ne me décide à démissionner. Il faut dire que je n'étais pas heureuse dans mon travail et j'ai pu passer tout l'hiver et le printemps avec mes parents, sans avoir à me soucier de mes finances. J'avais donc de l'argent de côté.

New York. Malgré mes craintes, j'ai dit oui immédiatement. Personne ne peut dire non à New York, et j'avais besoin de changer d'air.

Mes parents ont décidé de rester sur place, et ont même acheté un chalet près de notre lac fétiche. Je suppose qu'ils sont de nouveau ensemble, mais je ne leur ai pas posé la question. Leurs conjoints se sont envolés et ils se sont retrouvés ; quelque part, je crois que c'est grâce à moi.

Au moins une bonne chose ressort de cette tragédie, puisque j'ai retrouvé ma famille.

Sarah et moi avons quitté notre appartement de la banlieue de Chicago, pour arriver à New York deux semaines après. Ça a été rapide et intense. C'était le début de la saison estivale, et on se heurtait partout aux touristes, bien qu'il y ait toujours autant de monde à New York. Il faisait beau et chaud, et nous avions un peu l'impression de partir à la conquête du monde en débarquant ainsi dans notre ville préférée.

Sarah avait droit à un appartement de fonction le premier mois dans le Queens, ce qui nous laissait le temps de trouver notre prochain logement sur place, ainsi qu'un job pour moi. Enfin, « appartement » est un bien grand mot pour la taille du lieu, puisqu'il s'agissait d'un petit studio avec un canapé-lit. Heureusement qu'on s'aime vraiment beaucoup, et qu'on habitait déjà ensemble, car on se serait vite tapé dessus sinon.

J'ai finalement postulé dans un petit restaurant aux allures de Broadway, avec un bar et des nappes façon *diner.* J'ai eu le poste deux jours plus tard. Ce n'était pas l'emploi de mes rêves, mais c'était toujours mieux que celui que j'avais à l'agence. Et ce deuxième revenu allait nous permettre de nous lancer dans la recherche d'un vrai appartement. Je préférais compter sur les généreux pourboires des clients que sur le salaire un peu plus élevé d'un emploi que j'aurais détesté.

Cependant, dénicher un logement s'avère beaucoup plus compliqué que ce que nous avions imaginé. Il ne reste plus qu'une semaine dans l'appartement de fonction, après quoi nous serons obligées de prendre un hôtel ou un Airbnb si nous ne trouvons rien dans les temps. Il faut dire que tout est hors de prix ou aussi petit que le studio actuel. Or, il nous faudrait au minimum une pièce en plus.

Je ne pense qu'à ça depuis le début de mon service et j'ai l'impression d'être d'une humeur désagréable, à souffler et à râler ainsi constamment.

– OK, qu'est-ce qui t'embête, aujourd'hui ?

Je lève la tête vers Jayden en déposant le plateau qui contient les verres vides de la table que je viens de débarrasser.

– Ça se voit tant que ça ?

– Tu m'as habitué à voir ton beau sourire et non pas à cette tête que tu tires depuis ce matin. Crache le morceau.

Je ne peux m'empêcher de me détendre en l'écoutant. Jayden et moi avons sympathisé tout de suite quand nous nous sommes rencontrés. Il est plus souvent sur des horaires de soir, mais je suis heureuse quand je vois son nom sur le tableau d'affichage du service du midi. C'est facile de parler avec lui, il me fait rire, ne me juge pas, et surtout, il est honnête. Fred, le propriétaire et notre cuisinier, tolère nos conversations entre employés du moment que les clients passent en premier. Il veut une bonne ambiance de tous les côtés.

– Sarah et moi n'avons toujours pas trouvé d'appartement. Dans une semaine, on sera à la rue. Je dramatise un peu, mais c'est vrai, et ça m'obsède. Excuse-moi si je suis stressée, mais ça risque d'être récurrent.

Comme il ne répond pas, j'essaye de comprendre son expression. On dirait qu'il réfléchit, mais il paraît content aussi. Pourtant je ne vois pas en quoi ce que je viens de lui dire pourrait prêter à sourire.

– Quoi ? dis-je d'un ton un peu plus froid que je l'aurais voulu.

– Est-ce que tu peux me couvrir deux minutes ? Je reviens.

Et sans me laisser le temps de protester, il quitte le bar pour aller vers les vestiaires. Je reste là, plantée comme une idiote, la bouche ouverte. *Non, mais je rêve !*

Heureusement que la salle est presque vide et que je venais de déposer les dernières assiettes devant les clients de la table trois. L'autre serveur qui devait être présent avec moi a prévenu ce matin qu'il était malade. Le resto est suffisamment petit pour une serveuse, mais quand c'est rempli, on n'est pas assez en étant deux. C'est surtout le cas les fins de semaine, et pendant les vacances scolaires comme ces jours-ci.

Je passe derrière le bar pour laver les trois verres que je rapportais. Je commence à les ranger quand je vois Jayden revenir.

– Tu m'expliques ? lui demandé-je, une main sur la hanche.

– Tu aimes Brooklyn ?

Courir sur les bords de l'East River, à Brooklyn. Ce n'est ni le moment ni l'endroit de penser à *lui*. Je hoche la tête.

– Mais je n'ai pas eu le temps d'y faire du tourisme encore !

– Cool. Alex et Carter, mes colocataires actuels, partent dans deux semaines. Miles et moi, on allait commencer à chercher pour les remplacer. On n'était pas trop pressés parce qu'ils ont déjà payé le loyer du mois prochain. J'ai téléphoné à Miles pour savoir s'il était OK, et…

Je lui saute au cou sans lui laisser le temps de terminer cette phrase.

– Oui, oui, oui ! Si c'est dans notre budget, je vais aimer Brooklyn, et Sarah aussi, merci, merci, Jay ! Tu n'imagines pas ce que ça représente !

Soudain, je me rappelle où je suis. Je recule d'un pas et il passe une main dans ses cheveux, gêné par mon élan d'affection.

– Attends de voir si l'appartement te plaît, ha ! Si c'est le cas et que le montant du loyer vous convient, c'est tout bon pour nous. Mais ils ne partent pas tout de suite, il y aura donc quand même une semaine de battement…

– On va se débrouiller ! Je te promets qu'on sera des colocataires parfaites, vous n'aurez pas à vous plaindre de nous une seule fois.

– J'aimerais pouvoir te promettre la même chose, dit-il en riant.

Je jette un œil vers mes tables.

– On peut en reparler quand on aura terminé ? Tu m'expliqueras les détails et j'appellerai Sarah pour lui dire tout ça. Encore merci !

Je suis si soulagée ! Je sais enfin où je serai dans deux semaines ! Dans un appartement new-yorkais, avec Sarah et deux gars forcément sympas.

Brooklyn, ma nouvelle vie peut enfin commencer !

Chapitre 33

La fin est là

Présent

J'ai eu beaucoup de mal à quitter Scott. D'ailleurs, c'était assez gênant, comme si aucun de nous deux ne savait comment s'y prendre. Finalement, il m'a embrassée sur la joue, puis il m'a promis qu'il m'écrirait dans la journée.

J'avais à peine fait trois mètres dans la rue que je recevais un message.

Scott

`Ne traîne pas, reviens-moi vite.`

J'ai levé la tête vers son appartement où je l'ai aperçu à la fenêtre. Difficile de cacher ma joie à cet instant. J'étais heureuse, tout simplement.

Mais maintenant que j'arrive chez moi, j'appréhende ce que je vais y trouver. Il est presque midi, je ne travaille pas aujourd'hui, *Dieu merci*, sinon j'aurais dû partir beaucoup plus tôt pour retourner à Brooklyn me changer avant de me diriger vers Manhattan. J'aurais été épuisée avant même de commencer la journée. Cependant, puisque Jayden avait congé hier, il devrait être absent ce soir. Mais à cette heure, il devrait être encore là, et seul.

Je fais tourner délicatement ma clé dans la serrure, comme si le moindre bruit pouvait l'alerter. Lui et moi, nous aurons nécessairement une discussion, à moins que ce ne soit carrément une confrontation, car il faut qu'on se parle. Mais je ne suis pas pressée.

Je me remémore son visage quand il a vu Scott, et je m'en veux d'avoir remis cette conversation. Là, j'ai peur de ce qu'on pourrait dire.

La porte fermée, je m'avance vers le salon et je le vois, assis sur le canapé. Il a l'air mal, très mal. Ses yeux sont mi-clos et son teint est pâle. Je ne sais pas si je dois partir ou rester.

– Te voilà…

Bon, ça règle la question.

– Tu n'as pas l'air de bien aller, lui dis-je sur un ton que je veux détendu.

Un petit rire amer s'échappe de ses lèvres. Je remarque plusieurs canettes de bière sur la table basse, ainsi qu'un pot de crème glacée. A-t-il au moins dormi cette nuit ? À voir les traits sur son visage, j'ai un doute.

– Jayden…

– Non, Sophie, laisse-moi parler.

Je m'étais approchée pour m'asseoir sur le fauteuil à ses côtés, mais je change d'avis. Il passe ses mains sur son visage et ses cheveux blonds lui tombent presque devant les yeux. J'ai l'impression qu'il se contient, mais qu'il est triste, vexé, qu'il aurait peut-être même envie de me secouer. Je me rends compte que j'ai du mal à respirer. Le voir comme ça me fait mal. Il se lève et commence à faire des allers-retours devant le canapé. Je le suis du regard, attendant qu'il s'arrête et prenne enfin la parole.

– Quel con je suis !

– Quoi ? Mais pourquoi ?

Il lève la main pour me faire signe de me taire. Alors, c'est ce que je fais.

– Tu te rappelles la fête en juillet ? Ce que je t'ai dit ce soir-là ?

Je fais non de la tête, perdue.

– Tu étais dans mes bras, et il fallait que je te dise ce que j'éprouvais, c'était plus fort que moi. La musique était si forte, j'ai bien vu que tu n'avais rien entendu, mais j'étais persuadé qu'au fond, tu le savais. Eh bien, il faut croire que non ! Et chaque jour, ça m'énervait un peu plus. Je ne vais pas tourner autour du pot. Je suis amoureux de toi… Et ça fait chier. J'ai compris que tu as traversé quelque chose, que tu as besoin de temps. Mais j'espérais que ce temps mène à moi.

Il s'arrête enfin et me regarde, penaud. Mon cœur bat à toute vitesse, je ne sais pas quoi lui dire, je ne sais pas s'il attend une réponse de ma part.

– Puis je t'ai vue avec lui, et j'ai vu comment il te regardait, comme si tu étais déjà à lui, comme s'il t'avait marquée pour la vie. Ce qui n'est peut-être pas faux, en fait, dit-il méchamment en pointant mon bras.

– Ça n'a rien à voir.

– Peut-être que non. Je n'en sais rien puisque tu ne m'as pas raconté. Mais dans tous les cas, je suis sûr que tout est lié. Hier, si on n'avait pas été en public, je lui aurais collé mon poing dans la gueule juste parce que ça m'a saoulé. Et je suppose que tu as passé la nuit avec lui ! Ça ne me regarde pas, tu as raison, mais merde, quoi !

Je crois que je vais me mettre à pleurer. *Ah non, en fait, je pleure déjà.* Pourquoi ? Pourquoi en sommes-nous là ? Pourquoi maintenant ? J'attends la suite, comme quelqu'un qui se demande d'où va venir le prochain coup.

– Si j'étais un connard, je te demanderais de partir. Pas que la décision me revienne entièrement, mais bon. Mais j'espère être quelqu'un de bien, en tout cas j'essaye, alors si ça t'amuse encore de rester ici, je vais juste faire en sorte de ne plus te croiser. Parce que tu comprends, c'est tout ou rien ! Et comme ça ne peut pas être tout, bah, ça sera rien ! Te voir tous les jours, être avec toi au travail, sur le canapé, dans la salle de bain (un nouveau rire amer ou un sanglot lui échappe), tu es si près et si loin en même temps, c'est dur.

Moi aussi, je souffre. Pourquoi je devrais choisir ? Je n'ai rien demandé ! Je tiens à notre amitié. J'adore quand on regarde des émissions pourries en mangeant sur le canapé, qu'on parte ensemble au travail, qu'il me rassure quand ça ne va pas, qu'il ait toujours une solution pour moi. Il est mon ami, celui qui me fait rire, celui avec qui je fais tourner Miles et Sarah en bourrique comme lors de notre dernier Noël. Il est celui sur qui on peut compter. Jamais en arrivant à New York je n'aurais imaginé rencontrer quelqu'un comme lui. Peut-être que je suis égoïste. Peut-être que je ne pense qu'à mes propres sentiments. Peut-être que pendant ces derniers mois, je l'ai laissé espérer. Et si je n'avais pas revu Scott, il se serait peut-être bien passé quelque chose. Si tout avait été différent. Dans une autre vie.

Un sanglot reste coincé dans ma gorge. Rien ne sera jamais plus comme avant. À cette pensée, je mets mes mains sur mon visage pour me cacher, pour ne plus voir sa peine, pour pleurer.

Ne suis-je bonne qu'à faire souffrir les autres ?

Ses mains se posent sur mes épaules, puis je sens ses bras se refermer autour de moi, me ramenant contre son corps. Plus il me serre, plus je pleure.

Je repense à nos soirées tous les deux devant un film. La crème glacée. La bouillotte. Sa couverture. Je dois faire le deuil de tout ce que nous ne ferons plus. Car notre fin approche.

Non. Elle est déjà là.

– Je suis désolée, Jay… Tu comptes tellement pour moi, je m'en veux, arrivé-je à articuler entre deux sanglots.

Il sent la transpiration, l'alcool, peut-être aussi le sucre.

– Si tu veux que je m'en aille, je partirai.

Même si je ne sais pas où je pourrais aller. Il faudrait que je quitte New York, que je quitte Sarah, Scott, Miles et lui. Mais je le ferai, s'il en a besoin.

– Non, Sophie, reste, ça va aller. Je suis en colère, c'est moi qui suis désolé. Sarah va déjà partir, et tu aurais du mal à trouver un appartement toute seule.

Sa voix est de nouveau calme et rassurante. *Ça va aller.* J'arriverais presque à le croire.

Il passe une main dans mes cheveux, l'autre dans mon dos. Il est toujours aussi tendre et affectueux, et je devine à quel point il a besoin que je saisisse l'importance de ce que nous avons vécu jusqu'à présent. Je sens son cœur accélérer contre ma poitrine. Le mien est dans le même état.

Sa respiration dans mes cheveux descend sur ma joue, et enfin contre mes lèvres.

Oui, j'aurais pu y penser. Si j'avais eu confiance en moi quand je l'ai rencontré, si je m'étais ouverte entièrement à lui sur l'accident quand il a voulu savoir, si je n'avais pas eu tant besoin d'un ami, si j'avais voulu qu'il me trouve.

Je m'écarte précipitamment, la main tendue, pour lui faire comprendre que je ne veux plus qu'il m'approche. Du moins, pas comme ça.

– Soph, pardon, je ne sais pas ce qui m'a pris.

– C'est rien, murmuré-je en essuyant mon visage du revers de main.

Pourtant, ce n'est pas rien, et il le sait bien. Il s'est essayé en se doutant que je ne le laisserais pas faire. Il va dans l'entrée, attrape sa veste, ses chaussures.

– Non, Jay, s'il te plaît, ne pars pas !

J'ai l'impression de crier, j'ai mal à la tête, à la gorge, au cœur, mais je ne bouge pas pour autant. Il me regarde une dernière fois, l'air triste et coupable, puis passe la porte. Il me laisse seule avec ses mots en tête.

Je suis seule.

J'ai froid.

Chapitre 34

Septembre, un an après

Passé

Je continue de zapper entre les différents films et séries sur Netflix. Impossible de me décider. Mon profil ne me propose quasiment *que* des comédies romantiques, et ce n'est pas du tout ce que je recherche aujourd'hui.

En sortant du resto, j'ai mangé un truc sur le pouce avec Sarah. Puis je suis allée patiner, motivée par ce besoin vital de ne plus penser. Ce n'est pas encore la saison des patinoires extérieures, et la seule ouverte pour le moment se trouve dans un aréna de Long Island, dans le Queens. Je n'y suis restée qu'une heure, car le trajet pour rentrer est long. *Il est temps que l'hiver arrive !*

Ce soir, Sarah est sortie avec des collègues. Elle a longtemps hésité à me laisser seule, et j'ai dû presque la forcer à partir. Miles est sorti avec Cassie, à moins que ce soit Cam. Il ne reste que moi, en tenue de circonstance, soit avec un chignon informe au-dessus de ma tête, et un pyjama de Noël bien qu'on soit en septembre. Il ne manque plus que la musique déprimante en fond sonore comme *All By Myself* et je pourrais prétendre au rôle de Bridget Jones.

Je finis par lancer un film d'amour. Tant qu'à regarder quelque chose, autant que ça me plaise quand même. J'espère juste ne pas pleurer à la fin.

Soudain, j'entends la porte d'entrée s'ouvrir. *Jayden est déjà là ! Ce n'est pas possible, mais quelle heure est-il ?*

– Ça va ? me demande-t-il, visiblement inquiet de me voir avec un pot de Ben & Jerry's dans les mains.

– Euh, faut-il obligatoirement une raison pour manger de la glace devant un film ?

Il lève les sourcils, comme si la réponse était évidente. Il jette sa veste sur le fauteuil et vient s'installer à côté de moi tout en s'emparant du pot et de la cuillère.

– Hey ! m'écrié-je en lui donnant un coup sur l'épaule.

– Quoi ? Tu ne partages pas en plus ?

Je soupire et me concentre sur la télévision. Quelle idée d'avoir mis ce film, franchement !

The Age of Adaline est un de mes films préférés, mais ce n'est pas ce que j'aurais dû choisir ce soir. Un thriller aurait été une meilleure idée.

– Alors, tu vas me dire ce qu'il y a ? C'est à cause d'un mec, pas vrai ?

Décidément, je ne peux plus rien lui cacher. Autant avouer pour qu'il me laisse tranquille. Sans entrer dans les détails, évidemment.

– Oui. Je rumine. Je préfère être ici plutôt que tourner en rond dans mon lit.

Il ne dit rien, mais je sens son regard me brûler le visage. Inconsciemment, je passe ma main sur ma cicatrice, un geste qu'il ne peut pas rater. Après tout, on habite ensemble depuis quelques semaines. Il l'a déjà vue même si je m'efforce de la cacher le plus possible. Cependant, il n'a jamais posé de questions jusqu'à maintenant, ce que j'apprécie, car je déteste quand on me demande comment c'est arrivé. Je tourne le visage vers lui et reprends le pot et la cuillère. Et Dieu sait que ça nous arrive souvent, à Sarah et moi, ce genre de soirées. Tout comme celles où on chante à tue-tête en dansant sur nos chansons préférées, celles où on parle pendant des heures juste pour évacuer un détail de la journée, celles où le silence vient nous tenir compagnie.

– Être ici à manger ? poursuit Jayden.

– À accepter mes émotions, au lieu d'essayer de les combattre, terminé-je en haussant les épaules.

Avoir mal pour ensuite être heureux, et vice versa, car l'un ne va pas sans l'autre. C'est ça aussi la vie.

– Bref, je veux juste oublier, pas en parler.

J'avale un gros morceau de pâte à cookies, ma partie préférée, avant de lui tendre le pot en symbole de paix. Mais il n'a pas l'air de comprendre le message.

– Est-ce que ç'a à voir avec ça ? demande-t-il encore en s'attardant à mon bras.

Nous y voilà, il fallait que ce soit ce soir !

– Oui, et non.

– Est-ce que c'est lui qui t'a fait ça ?

Je lève les yeux au ciel. Ma soirée tombe à l'eau.

Quand il dit « lui », il croit faire référence à la dernière personne avec qui j'ai été en couple. Car au fond, il sait seulement que cette histoire m'a bouleversée et que je ne cherche pas l'amour depuis.

– Non.

– Pourtant...

– Je t'ai dit que je ne voulais pas en parler. Avec personne d'ailleurs, alors ne le prends pas mal.

Je sens qu'il se retient de poser une autre question. Il ne bouge pas, et ses yeux passent de mon visage à la glace qu'il va finir par faire fondre. Ça commence à m'agacer. Je prends la télécommande pour mettre le film sur pause.

– Quoi ?

Il hésite un instant. Son regard est intense, ce qui me fait appréhender sa question.

– Est-ce que… est-ce que tu l'aimais ?

Je revois son visage, ressens ses mains, respire son odeur… Il me faut quelques secondes pour revenir à moi.

Est-ce que je l'ai aimé ? Ne plus y penser. Je ne peux pas lui répondre.

Il m'adresse un sourire triste en relançant le film. C'est sa façon de se faire pardonner. Il lève son bras, et je viens me glisser contre lui, mangeant encore quelques miettes de biscuits. Il ne reste presque plus que des bouts de pâte à cookies.

J'écoute le film, mais je suis ailleurs. *Est-ce que je m'endors ?* Tout est confus. Je suis toujours dans les bras de Jayden, sa main me caresse le poignet. Je suis bien, mais épuisée.

Il arrive à pas feutrés. Je ne devrais pas le laisser entrer, je suis chez moi, avec Jayden, mon ami. Mais je voudrais aussi que Scott me prenne dans ses bras. Je suis déchirée, mais soulagée de le retrouver. Je dois être dans un demi-sommeil. Mon esprit est ailleurs, mais je ressens tout ce qu'il se passe. Puis je quitte le canapé. On me porte et on me déplace. Je ne sais plus où je suis. Mon corps est déposé sur un lit, et on rabat la couette sur moi. Je reconnais l'odeur de mes draps.

De nouveau, la douleur.

Je suis seule.

J'ai froid.

Chapitre 35

Tout part en vrille

Présent

Après être tombée plusieurs fois sur le répondeur de Jayden, j'ai essayé d'appeler Sarah. Elle n'a pas décroché, et je ne lui ai pas laissé de message, je ne lui ai pas écrit non plus. Pas la peine de l'inquiéter, elle rappellera dès qu'elle pourra. J'ai hésité à écrire à Miles, mais j'ai vite changé d'avis, car il est bientôt dix-huit heures et il devrait arriver d'un instant à l'autre. Je tourne en rond, ne sachant que faire. Je n'ai pas écrit à Scott non plus, car je n'ai que Jayden dans la tête depuis qu'il a quitté l'appartement. Je m'inquiète. Il aurait dû revenir prendre ses affaires pour son *shift*. J'ai même appelé au restaurant il y a quelques minutes pour savoir s'il y était, sans succès.

Il risque gros s'il n'est pas à l'heure et surtout s'il n'y va pas du tout.

J'ai quand même essayé de me calmer en prenant une douche, mais ça n'a eu aucun effet. Ma journée de repos est tout sauf reposante.

J'entends le bruit de la porte d'entrée et je me précipite dans l'espoir de voir Jayden arriver. Mais je tombe sur Miles, qui ferme la porte derrière lui. Il pose son sac et s'arrête.

– Quoi ? me demande-t-il en me voyant.

Je sais que ma tête est horrible, que j'ai les yeux gonflés à force d'avoir tant pleuré depuis hier. J'essaye de ne pas craquer en prenant la parole, mais c'est plus fort que moi, j'ai vécu beaucoup trop d'émotions en quelques heures. Sans oublier que je me sens coupable. Je suis sens dessus dessous.

– Jayden est parti…

Miles fait trois pas pour me prendre les mains. Il a tout compris. Après tout, Jayden a dû se confier à lui. Ce n'était donc qu'une question de temps avant qu'on en arrive là.

– Il ne doit pas être loin. Au boulot, peut-être ?

– Non, j'ai téléphoné, il n'y est pas ! Je n'arrête pas de l'appeler, il ne décroche pas. Je suis tellement inquiète et je m'en veux…

– Hey, Sophie, me coupe-t-il en posant une main réconfortante sur ma joue, ce n'est pas ta faute, il savait très bien que tu n'en étais pas là.

J'entends mon téléphone sonner dans la poche arrière de mon jean. Je décroche sans même regarder qui appelle.

– Allô ?

– Sophie ?

– Oui… qui est-ce ?

– C'est Noah au bar, est-ce que tu pourrais venir, genre, *maintenant* ?

– Qu'est-ce qu'il se passe ? lancé-je tout en croisant le regard de Miles qui cherche à comprendre.

– Ton pote s'est pointé il y a peut-être une heure, et il a pas mal bu. J'ai essayé de le convaincre de rentrer, mais il voulait attendre Scott. Là, ils sont partis s'isoler et j'ai comme l'impression que tu es la cause du problème, si tu vois ce que je veux dire.

– Je vois très bien. J'arrive, dis-je en raccrochant, avant de m'adresser à Miles. Il est au bar de Scott, ça va mal.

Miles est déjà sur son téléphone pour commander un Uber. J'attrape ma veste et nous nous dépêchons de sortir. Le temps que nous descendions les marches, le Uber est arrivé.

– Est-ce qu'on doit s'inquiéter ? lui demandé-je pour qu'il me rassure, car il est comme ça, Miles, il s'occupe de tout et de tout le monde.

Mais il ne me répond pas.

– Allez, Miles, dis ce que tu penses.

On devrait arriver en quinze minutes, mais avec la circulation je ne me fais pas d'illusion, ça sera plus long. On aurait été plus vite en métro.

– Je ne sais pas ce que Jay t'a dit, Soph, alors je ne voudrais pas parler à sa place, mais…

Il hésite.

– Il t'aime, c'est tout.

Je passe une main sur mon visage. Je regarde par la fenêtre la traversée du pont de Brooklyn, les bâtiments de Manhattan qui se rapprochent.

Jayden est effectivement quelqu'un de bien, sur qui on peut compter. Jamais il ne ferait de mal à qui que ce soit sans raison. Jamais il ne causerait de problèmes sans raison non plus.

Mais l'amour n'est-il pas la plus belle des raisons pour tout remettre en cause, tout détruire, tout reconstruire ?

– Je l'aime aussi, mais pas comme ça. Peut-être dans d'autres circonstances, ou à un autre moment de nos vies… je ne sais pas.

– Tu n'as pas à te justifier, Cookie. Je ne sais pas tout, mais Sarah a été suffisamment claire avec nous quand vous avez emménagé.

– Quoi ? De quoi tu parles ?

– C'était comme des règles de vie : aucun de nous deux ne devait tomber amoureux de toi, et on devait t'éloigner de tout gars trop collant. Elle n'a jamais dit pourquoi, mais c'était évident qu'elle avait une raison de vouloir te protéger ainsi.

Sarah, ma Sarah. Toujours à s'occuper de moi, même sans que je m'en rende compte.

– Bref, Jay m'assurait qu'il ne ressentait rien de particulier pour toi, mais il n'y avait qu'à voir comment il se comportait, je veux dire, je ne suis pas bête, et je le connais depuis longtemps.

Nous sommes enfin dans Downtown, mais il nous faudra encore plusieurs longues minutes pour arriver au bar.

– Sarah le savait aussi, murmuré-je.

Nous ne disons plus rien jusqu'à ce que la voiture s'arrête à une centaine de mètres de notre destination, bloquée encore une fois. Nous demandons alors à sortir du véhicule pour finir à pied, trop impatients d'arriver et de prendre l'air.

Je cours. J'ai peur de ce qui m'attend. Miles me rattrape et nous nous arrêtons devant le Say Yes S. Les fenêtres sont en partie ouvertes, la musique et les conversations résonnent. Nous passons la porte pour nous retrouver confrontés à la chaleur et à la moiteur de fin de journée. Je n'ai rien avalé depuis que j'ai quitté Scott en fin de matinée, ma tête tourne et je crois que j'ai la nausée. Miles doit le sentir, car il prend mon bras. On s'avance vers le bar à la recherche de Noah que je repère rapidement grâce à sa grande taille. Je lève la main dans sa direction pour lui faire signe.

– C'est pas trop tôt, ils sont derrière.

Je n'ai pas le temps de lui poser une seule question qu'il nous indique la porte de gauche au fond de l'établissement. Aussitôt, Miles passe devant, et je lui emboîte le pas. Sans prendre la peine de s'annoncer, il pousse la porte.

Je n'avais rien imaginé, alors je ne sais pas si je suis soulagée ou agacée de les voir ainsi.

De toute évidence, il y a eu des coups échangés. Scott et Jayden ont une poche de glace sur le visage : Jay sur la joue droite, Scott sur la mâchoire. J'aperçois même sa lèvre qui saigne. Mais ce qui m'interpelle le plus, ce sont les deux verres posés devant eux avec une bouteille de whisky qui me semble vide, ou presque.

En nous voyant arriver à toute vitesse, ils lèvent la tête. Difficile de dire s'ils ont envie de rire, de pleurer ou de faire les deux à la fois.

– Jay, ça va ? demande Miles d'une voix calme.

Jayden se relève en jetant un regard à Scott, comme s'il lui adressait un dernier message. Puis il passe devant nous pour rejoindre la cohue du bar. Je reste figée, la bouche ouverte. Miles pose sa main sur mon épaule, et se tourne vers Scott.

– Est-ce que tu peux la garder deux ou trois heures, le temps que Jay se couche, après elle pourra rentrer.

– Je suis là, Miles ! répliqué-je, irritée par la situation, alors que Scott hoche la tête.

– Je sais. Pardon, Cookie. À plus tard.

Il presse de nouveau mon épaule comme pour appuyer ses mots, et se lance à la poursuite de son ami. Je ne bouge pas. Je voudrais tant retrouver mon calme. Comme quand on assiste à un lever de soleil, le cœur plein d'espoir pour la journée à venir. Comme quand on contemple les étoiles en se sentant insignifiant face à l'immensité de l'univers. Comme quand on oublie tout pour s'extasier devant la neige qui tombe.

Chapitre 36

Janvier

Passé

Une tempête de neige. Je n'en reviens pas qu'il y en ait une ici ! Je devais travailler ce matin, mais j'ai reçu un appel de mon supérieur pour me dire que ce n'était pas la peine de venir, avec toutes les difficultés de circulation. Je n'ai pas hésité une seconde, même si ça signifie qu'il n'y aura pas de pourboire aujourd'hui.

Je ne sais pas encore si je suis heureuse ou triste. Toute cette neige me rappelle tant de souvenirs douloureux. J'aurais bien travaillé pour me vider l'esprit, mais j'hésitais à m'aventurer dehors dans ces conditions. Je suis toujours entre l'appréhension et la fascination. Pourtant, elle est si belle, cette neige qui s'accumule. On dirait que le monde tourne au ralenti. Au rythme des flocons en boules de coton qui tombent sur la ville.

Au fond, cette neige m'apaise, comme une pause dans ma vie.

Les derniers mois n'ont pas été de tout repos. Pour Halloween, nous sommes allés tous les quatre chez des amis d'amis. On a voulu faire un thème commun et on s'est retrouvés costumés en Scooby Gang. J'étais déguisée en Vera, Sarah en Daphné, Miles en Scooby et Jay en Samy. Ce qui est mignon, c'est que Sarah a trouvé un Fred pendant cette fête, quelqu'un qu'elle avait déjà croisé plusieurs fois. *Bobby*. C'était une bonne soirée.

Les semaines se sont enchaînées, nous entraînant vite vers les fêtes de fin d'année, de Thanksgiving à Noël puis au jour de l'An ! Les touristes étaient partout, impossible de leur échapper. Le restaurant était plein à craquer tous les jours, ne se désemplissant que grâce à la fermeture. J'ai même fait quelques *shifts* de soir pour aider.

Mes parents se sont bien installés et ils ont toujours l'air aussi heureux. Je les ai rejoints au chalet pour Thanksgiving, profitant de quelques jours de congé. Retrouver le lac c'était comme renouer avec le passé. On ne pouvait pas patiner, mais je me suis promis de me reprendre en février pour mon anniversaire. Cette semaine a été presque parfaite, tous les trois ensemble. Je leur ai raconté notre installation à New York, la vie en colocation. Ils m'ont semblé fiers de ce que j'accomplissais, mais surtout de me voir aller mieux. Ma mère m'a aussi fait postuler pour de petits projets d'illustration que j'ai décrochés facilement. Je pourrai y travailler à distance. Nous ne sommes pas revenus sur l'accident ni sur le bébé, mais bientôt, j'arriverai à leur en parler. En les quittant, je ne pensais qu'à une chose : revenir.

Sarah est rentrée chez ses parents pour les deux jours du réveillon de Noël. Elle voulait que je vienne avec elle, mais je travaillais le 24 et le 26 décembre. C'était bien comme ça, mon premier Noël sans personne qui cherche à vérifier si je vais bien. J'en ai profité pour faire un grand ménage dans mes affaires, pour mettre de l'ordre dans mes dessins, pour achever ceux que je devais envoyer et, surtout, pour patiner.

Toutes les patinoires extérieures ont fini par ouvrir et c'était exactement ce dont j'avais besoin. Je me levais tôt pour aller à celle de Bryan Park, la seule accessible dès huit heures du matin. Il n'y avait pratiquement personne à cette heure-là. À part ceux qui, comme moi, cherchaient à s'échapper. Puis j'allais travailler.

Miles est parti entre Noël et le Nouvel An. Quant à Jayden, il est resté à l'appartement, sauf pour Noël où il a fait l'aller-retour chez ses parents, mais avec nos horaires décalés, nous nous sommes à peine croisés ces dernières semaines en dehors de nos *shifts* communs. Jay me laissait des notes pour me dire qu'il avait fait à manger ou que je pouvais lui laisser la vaisselle.

On a quand même trouvé un moment pour « redécorer » la chambre de Miles pendant son absence : on a emballé tout ce qu'il y avait dans la pièce avec du papier cadeau au motif de petits requins de Noël. Jusqu'aux stylos de son bureau. On était très fiers de nous, et la tête de Miles à son retour valait chaque minute de chaque heure de notre temps passé sur ce projet.

J'étais de renfort au resto pour le service du Nouvel An. Il y avait tellement de monde dans le restaurant, dans les rues, dans tout New York ! La soirée a été très agitée. Jayden travaillait aussi et nous avons quitté le resto après une heure du matin. Le trajet de retour a été un enfer avec les métros qui étaient bondés. Et en arrivant chez nous, on ne pensait qu'à aller dormir. Mais une fois rentrés, on a continué de parler et on a fini par s'endormir sur le canapé.

Ce souvenir me fait sourire.

J'ai l'impression que ça a changé, entre Jayden et moi, ces derniers mois. Il est plus attentif.

J'enfile mon écharpe, mon bonnet, mes gants, puis mes bottines d'hiver et mon manteau, avant de prendre mon appareil photo. Cette fois, il est hors de question de regarder la neige par la fenêtre, et de revivre ainsi chaque minute du drame de l'année passée. Je veux savourer cette pause, sortir, en profiter.

Il est très tôt. Mes colocataires dorment encore. Je leur laisse donc un petit mot sur le comptoir de la cuisine pour leur indiquer que je vais me promener, et que je reste joignable sur mon portable. Puis c'est parti, à moi la ville.

Tout est silencieux, si ce n'est le bruit de mes pas dans la neige. Je me rends vers Dumbo pour voir la Skyline de Manhattan, mais avec les nuages et la quantité de neige qui tombe du ciel, la ville a en partie disparu. Je continue quand même mon chemin, prenant en photo les silhouettes de quelques marcheurs, des panneaux et feux de signalisation, et les escaliers de secours qui se dressent dans ce nouveau décor féérique. Puis je vais vers le pont de Brooklyn pour le traverser. Lui qui est habituellement surchargé de monde est très calme. Toute la ville a pris une pause. Je continue ma traversée pour voir le bas des tours de Manhattan se dessiner. Tout est si beau en blanc.

Je m'arrête encore un peu pour admirer la vue, laissant les flocons me recouvrir, sentant le froid sur mon visage. Puis un plus gros flocon, comme une boule de coton, se pose sur mon nez. Toutes les émotions que je retiens depuis ce matin me reviennent d'un coup. J'ai envie de rire et de pleurer. Comme si cette neige était le signe que tout irait bien. Que j'irais bien. Alors, je laisse les larmes couler, et je les sens à moitié geler sur mes joues.

Peut-on parler de deuil quand on pleure un être qui n'est pas né, qui n'a pas respiré ? Mais il a bel et bien existé. Je me pose des questions sur ce que je ressens, mais je n'ose pas me confier à Sarah de peur qu'elle s'inquiète encore. Je préfère ne plus en parler du tout. Je ne veux pas qu'on me prenne en pitié. Je ne veux pas être définie comme « celle qui… », je veux juste être moi.

Je me suis bien offert trois séances chez un psy les semaines qui ont suivi l'accident. Cependant, je n'ai pas réussi à m'ouvrir. Je n'étais pas prête. Et puis nous avons déménagé, ce qui m'a quand même aidée. Même si je revenais sur le lieu où tout avait commencé.

J'arrive près de la deuxième arche, côté Manhattan. Je n'ose pas finir de traverser le pont. Pas aujourd'hui, en tout cas. Je ne veux pas penser à un homme, mais plutôt à mon petit ange.

Je ferme les yeux et respire un grand coup, et après une dernière photo, je me retourne pour parcourir le pont dans l'autre sens, pour retourner à Brooklyn, chez moi. Cela fait plus de deux heures déjà que je suis partie. Et je vais bien mieux que ce que je pensais. Maintenant, je compte profiter de cette journée de tempête avec mes amis.

Chapitre 37

Je suis là

Présent

Je fixe encore la porte ouverte par laquelle Jayden et Miles viennent de sortir. Scott s'avance vers moi, mais je n'ai pas envie d'être consolée. Je prends la parole avant qu'il ne dise quoi que ce soit et surtout, avant qu'il me touche.

– Il faut que je prenne l'air.

Je ne lui laisse pas le temps de répondre et sors à mon tour de la pièce, traverse le couloir, me faufile à travers la foule. Une fois dehors, je suis toujours aussi entourée, la ville ne s'arrête jamais, mais je me sens mieux à l'extérieur. Je me laisse glisser contre le mur et m'assois par terre.

Scott ne tarde pas à venir prendre place près de moi. Sa main attrape la mienne, et je le regarde enfin. Le côté droit de sa mâchoire est légèrement rouge, peut-être à cause de la glace, *j'espère qu'il n'aura pas d'hématome*, et sa lèvre ne saigne plus, mais on peut voir la plaie. Au moins, ni l'œil ni le nez ne sont atteints. *Et Jayden… comment va-t-il ?*

– Il va falloir désinfecter ça.

Je garde les yeux sur ses lèvres que j'aime tant.

– Sophie, s'il te plaît, parle-moi…

Je referme les paupières. Pour lui dire quoi ? Que je viens de perdre un ami ? Que je suis stupide d'avoir voulu croire que c'était ce que nous étions, des amis ?

– Je me sens bête, naïve… Je suis si fatiguée de tout ça…

Je rêve d'une pause dans le temps. Que tout s'arrête un instant.

Mon téléphone sonne. C'est la sonnerie de Sarah, mais je n'ai pas le courage de lui parler. Elle cesse quelques secondes avant de reprendre de nouveau. Vu l'heure, elle doit être à la maison et savoir plus ou moins ce qu'il s'est passé, et s'inquiéter. Je sors mon téléphone de ma poche, sans pour autant décrocher. Scott prend doucement mon portable. Il se redresse et je l'entends répondre pour moi.

– Sarah ? C'est Scott. Oui… Non. Tu devrais discuter avec Miles… Oui, je m'en occupe… Demain matin… Promis. Bye.

On dirait bien que je dois éviter l'appartement ce soir. Mais je ne peux pas en vouloir à Jayden. Il n'a pas besoin de me voir, et si j'essaye de rattraper le coup, ça risque d'être pire que tout. La seule chose que je puisse faire, c'est lui laisser l'espace dont il a besoin en espérant qu'on réussisse à discuter calmement bientôt.

– Sophie ? Viens.

Scott me tend une main que je saisis sans hésiter et il m'aide à me remettre debout. Nous ne sommes plus qu'à quelques centimètres l'un de l'autre. Ma main toujours dans la sienne, il m'entraîne vers la porte qui mène chez lui.

– Sarah passera demain matin déposer les affaires dont tu as besoin pour aller travailler… Écris-lui ce que tu veux, et elle est dispo si tu as envie de parler. Je vais devoir redescendre, mais fais comme chez toi, et s'il y a quoi que ce soit, tu m'appelles ou tu reviens au bar, OK ?

Pour toute réponse, je hoche la tête. Ça fait donc deux soirs de suite que je me retrouve chez lui dans un état lamentable. Je ne serai pas étonnée si avec tout ça, il prend peur et part en courant.

Mais quand il me prend dans ses bras, je perçois surtout son inquiétude. Ce câlin marque la pause dont j'ai besoin, et je pourrais presque oublier ce qu'il s'est passé aujourd'hui. Je profite de son parfum, des battements de son cœur, de ses doigts sur ma nuque, de son souffle dans mes cheveux. C'est la meilleure place au monde.

Puis le temps reprend son cours. Il s'écarte de moi.

– Pourquoi rien n'est jamais simple ? lui demandé-je alors qu'il passe une main sur ma joue, comme pour effacer une larme invisible.

– Je sais qu'on ne dirait pas comme ça, mais ça va aller.

– C'est la réplique de Miles.

– Et il a raison. Bientôt, ça ira, dit-il en m'embrassant sur la tempe avant de repartir.

Sans grande conviction, je m'avance vers le canapé et m'y laisse tomber. Je tire sa veste restée sur l'accoudoir, m'allonge, et la serre contre moi en respirant son odeur. J'arrive à sentir l'eucalyptus et la menthe poivrée avant de me rendre compte qu'il n'y a aucune trace de tabac. Scott ne sent plus du tout le tabac, d'ailleurs. Quand a-t-il arrêté de fumer et pourquoi ? Il faudra que je lui pose la question.

Je pourrais aller dans sa chambre, mais sans lui, je préfère rester au salon. Au bout d'un moment, je m'assoupis en restant consciente des sons autour de moi, comme si tout défilait à toute vitesse. Je crois entendre mon téléphone vibrer. *Est-ce que je l'ai mis en mode silencieux ?* J'ai l'impression que la porte s'est ouverte. *Scott ?* Des bruits de pas… à moins que je sois en train de rêver. Je ne suis sûre de rien jusqu'à ce que je sente mon corps s'élever. *Je vole ?* Je me déplace, puis je me pose sur… *son lit* ?

– Scott…

– Je suis là.

Le lit s'affaisse un peu, je retrouve la chaleur de son corps et je me blottis contre lui. Il ne part pas.

Chapitre 38

Tempête de neige

Passé

Je passe enfin la porte de notre appartement. J'ai pris des bagels sur le chemin du retour pour le petit-déjeuner puisqu'on doit manger tous les quatre ensemble. Dans l'entrée, Miles arrive vers moi, en costume, soit un peu trop habillé pour manger un bagel sur le canapé.

– Tu es bien beau, dis donc !

– Merci. Réunion. Je dois y aller.

– Quoi ? Tu es sérieux ? Par ce temps ?

– Sarah est déjà partie aussi, je dois vraiment filer.

Effectivement, Sarah gère un salon à la fin de la semaine, et elle doit s'occuper de l'installation du matériel sur place. La tempête ne change rien à l'affaire.

Je lui tends le sachet contenant le bagel au saumon et fromage à la crème que je lui avais pris. Il l'attrape d'une main et me serre contre lui de l'autre.

– T'es la meilleure ! À ce soir, Robin.

– Bye, Batman ! Attends, pourquoi c'est pas moi, Batman ?

Mais il est déjà parti.

Depuis la fin d'année, Miles me donne différents surnoms, tous plus ridicules les uns que les autres. Bien sûr, j'entre dans son jeu. Quand la porte se referme sur lui, je dépose les autres sachets sur le comptoir de la cuisine et je vois Jayden sortir de sa chambre, vêtu d'un pantalon de jogging et d'un t-shirt. Visiblement, il vient plus ou moins de se réveiller. Il a encore la marque de l'oreiller sur la joue et un épi sur le côté de la tête. Je ne peux m'empêcher de sourire en le voyant.

– Oh, des bagels ! C'est pour ça que je t'aime, me dit-il en prenant les sacs.

– Seulement pour ça ? Fais-toi plaisir, je pensais qu'on serait tous les quatre, mais il ne reste que nous.

– Il reste les meilleurs.

Il me fait un clin d'œil en me retirant mon bonnet de la tête.

– Tu es un vrai bonhomme de neige.

Il l'agite devant moi, projetant la neige qui n'était pas encore fondue un peu partout. Je plisse les yeux et le nez.

– Hey !

– Pardon.

Il passe une main sur mon visage pour enlever… je ne sais pas quoi, puisque la neige est déjà à l'état liquide.

Ses traits deviennent plus sérieux, et il me regarde différemment. Puis il déballe son bagel comme si de rien n'était pour croquer dedans. La sonnerie de mon téléphone retentit, m'indiquant l'arrivée d'un message.

Sarah
Je pense à toi et si ça ne va pas,
écris-moi, appelle-moi et
je rentre aussitôt.
Je t'aime.

Moi
Je vais bien, je t'aime,
on se voit tout à l'heure.

Je pose mon téléphone et relève la tête vers Jayden qui m'observe. Je serais curieuse de savoir à quoi il pense.

– Tu veux regarder un film ? me demande-t-il.

– OK, mais tout sauf une histoire d'amour.

– Vendu !

– Je vais juste prendre une douche rapide et me changer, dis-je, j'arrive.

En sortant de la douche, je m'enroule dans ma serviette et commence à démêler mes cheveux. Je me sens beaucoup mieux. Je n'ai pas eu spécialement froid, mais l'eau chaude a détendu mes muscles. Je prends ma brosse à dents et le dentifrice quand la porte s'ouvre brusquement. J'envoie valser ce que je tiens pour porter la main à mon cœur.

– Non, mais ça ne va pas !

Je crie presque au rythme de mon cœur qui bat à cent à l'heure.

Jayden est plié en deux, je crois même qu'il pleure tellement il rit. Mon poing s'abat sur son épaule. Je suis furieuse. Je déteste quand ils font ça, Miles et lui. Sarah a déjà failli assommer Miles avec sa brosse, car elle était en train de chanter et ne l'avait pas entendu entrer. Depuis, elle a été surnommée Brosse, comme l'arme du crime, façon Cluedo.

– Allez, c'était drôle ! plaide Jayden.

– Si tu veux que je fasse une crise cardiaque, oui ! J'aurais pu tout aussi bien glisser et me tordre le cou !

Il se baisse pour ramasser ma brosse à dents et le dentifrice. J'ai beau être en colère, je commence à sourire contre ma volonté. Je n'arrive pas à rester fâchée contre lui, mais ma vengeance sera terrible. Je pourrais remettre du papier cellophane devant sa porte ce soir, ça marche à tous les coups et c'est vraiment comique.

– Allez, dépêche-toi, je t'attends.

Et il referme la porte en sortant. J'enfile la même tenue que lui, puis je le rejoins sur le canapé. Jayden a sorti une de ses grosses couvertures, celle que je préfère, toute *pilou pilou*. Il me tend une tasse de chocolat chaud, et je sais que c'est sa façon de se faire pardonner.

Tout est si simple avec lui. Pourtant, Jayden se comporte différemment quand Sarah et Miles sont avec nous. Il est toujours taquin, tout comme Miles d'ailleurs, mais je sens davantage sa retenue.

J'en ai parlé à Sarah et elle est persuadée qu'il a le béguin pour moi. Ce que je trouve ridicule. *Il ne peut pas avoir des sentiments pour moi.* Jay et moi, on est un peu comme frère et sœur, à se faire des blagues stupides, à se tirailler pour des bêtises et à se remonter le moral quand on sent que l'autre ne va pas bien. Je me dis qu'elle a tort, car je ne ressemble en rien au genre de filles qu'il fréquente, et au fond, je ne veux pas que ça change entre nous.

Dans quelques heures, Jay partira pour le resto, Sarah rentrera, et cette journée touchera à sa fin. Mais demain est un autre jour, comme on dit. Alors je profite de mon chocolat, bien au chaud, devant les images qui défilent et la neige qui continue de tomber dehors.

Chapitre 39

Sois heureuse

Présent

Miles me fixe comme s'il s'attendait à ce que je me mette à pleurer. Pourtant, je me retiens.

– Comment ça, il est parti ?

Je répète ce qu'il vient de me dire et les larmes montent. *Encore.*

Je viens de rentrer de mon service qui a été interminable. Il faut dire que la nuit a été courte. Je dormais quand Scott est arrivé et à mon réveil ce matin, il n'était plus là. J'ai trouvé les affaires que Sarah avait dû déposer devant la porte un peu plus tôt, et un petit mot de Scott m'indiquant qu'il était désolé de devoir encore s'absenter, qu'il était au bar. J'ai hésité à passer le voir en partant, mais j'ai choisi de lui laisser un mot à mon tour lui précisant que je devais filer aussi.

Mon humeur n'était déjà pas au beau fixe au restaurant, et j'ai passé la porte de chez nous avec une certaine appréhension pour trouver Miles en train de ranger quelques affaires de Jayden qui traînaient dans le salon.

– Il a fait son sac, et voilà. Tu sais, le voyage qu'on voulait faire tous les deux… il a juste décidé de le commencer plus tôt, et seul.

Jayden est parti. Alors, c'est comme ça qu'on se sent après un abandon ? C'est donc ça que Scott a ressenti quand il s'est réveillé sans moi à ses côtés après cette nuit-là ? Je m'en veux tant. Pour avoir abandonné Scott, pour avoir fait souffrir Jayden, pour leur avoir donné de faux espoirs, pour avoir tout gâché, tout détruit.

– C'est ma faute, Miles, je suis désolée…

Les sanglots se font entendre dans ma voix, mais je les contiens. Il ne faut pas que je pleure encore. Depuis ma grossesse, je suis beaucoup plus sensible.

Miles doit être mécontent, son meilleur ami est parti par ma faute. *Tout est ma faute.*

– Soph…

Il me rejoint et on s'étreint avec force. Je ne sais pas si c'est lui qui me console ou l'inverse.

– Tu sais, ça fait un bout de temps qu'il avait besoin de partir. Tu as juste été l'élément déclencheur.

– Tu le penses vraiment ?

– Oui. D'ailleurs… j'ai déposé un préavis pour un congé sans solde de deux mois. Comme j'y avais droit et que je ne l'avais pas encore pris… Je m'envole dans quinze jours pour le rejoindre, et je reviendrai ensuite.

Et Sarah qui déménage à la fin du mois…

Ce sont donc les dernières semaines de notre colocation. Ces moments passés ensemble ont été si simples et pourtant si importants pour moi. J'aurais aimé les avoir appréciés davantage, sachant qu'ils ne reviendront plus.

– Tu vas me manquer…

– Oh, Cookie, non, ne pleure pas, je vais pleurer aussi. Je ne suis pas encore parti, et puis je vais revenir, je te le promets. Et tu n'es pas seule !

– Tu plaisantes ! Vous partez tous ! Sarah, Jay, et maintenant toi.

– Non, on reste là, dit-il en posant une main sur mon cœur.

Je ris un peu de le savoir aussi sentimental.

– Et je pensais surtout à ton Scott.

Scott. Que va-t-il penser de tout ça, alors que je lui avais assuré qu'il n'y avait rien entre Jayden et moi ? Je ne sais même pas ce qu'il s'est passé hier, entre Jay et lui. Et comment Miles peut-il affirmer que Scott sera là pour moi ? Cela ne fait que quelques jours que nous nous sommes retrouvés, lui et moi. Tout a changé beaucoup trop vite.

– Pourquoi tu dis ça ?

On prend place sur le canapé. Je rabats mes jambes contre moi et le regarde sourire alors que ses yeux sont brillants.

– C'est évident qu'il t'aime, je l'ai vu tout de suite à l'anniversaire de Sarah et avant même de savoir qui il était. Tout le monde l'a remarqué, d'ailleurs ! C'est comme s'il y avait une lumière autour de vous.

Il fait de grands gestes avec ses mains pour illustrer ses propos et je pouffe de rire à ses mots. Il me tapote la jambe.

– Te fous pas de moi, Sophie, tu sais exactement de quoi je parle.

Il marque une pause, et poursuit sur un ton plus sérieux.

– Je sais que Jay a ressenti un truc pour toi dès que tu as commencé à travailler avec lui. Qu'il t'aime et que tu l'aimes bien aussi. Mais avec Scott, il y a quelque chose de plus. Et Jay l'a compris aussi. C'est pour ça qu'il est en colère, je crois. Quant à hier, j'en sais pas beaucoup plus que toi. Il avait besoin d'évacuer et il en a collé une à Scott. Ça a dû faire du bien aux deux puisqu'ils ont pu discuter et picoler après. Mais quand on est rentrés, Jay a décidé qu'il était temps de faire ce voyage dont on a toujours parlé. Il a démissionné sur-le-champ et tu connais la suite. Ah oui, il m'a demandé de te dire… de ne pas lui écrire et qu'il le ferait quand il serait prêt.

J'intègre les mots un à un, sans l'interrompre. La raison commence à prendre le dessus à l'intérieur de moi ; je peux essayer de comprendre et d'accepter.

– Bon, toi et moi on a besoin d'une pause ! Je vais commander quelque chose pendant que tu iras te doucher. Ne le prends pas mal, mais tu sens les frites à plein nez. Puis on mange devant une émission pourrie ? Sarah devrait arriver aussi, avec Bobby.

– Est-ce qu'elle sait ? Qu'il est parti, je veux dire.

– Oui.

Je mords l'intérieur de ma joue en prenant conscience qu'elle a été prévenue avant moi, mais je n'ajoute rien. De toute façon, *il n'est plus là*.

– Tu sais ce que je dis toujours… reprend-il.

– Le déni est mon ami ?

– Oui, mais non.

– Qu'il faut toujours avoir dans son entourage un avocat, un médecin et un agent immobilier ?

– Ça, c'est ma règle de vie. Je pensais plutôt au fait que, quoi qu'il arrive, on restera amis.

Je me lève, pose une main sur son épaule pour le remercier, puis file dans ma chambre prendre mes affaires de rechange. Et là, sur mon lit, je vois la couverture toute *pilou pilou* que j'aime tant, avec un petit mot.

Sois heureuse, J.

Il a raison. C'est ce que je décide de faire. Pourquoi attendre ?

J'ouvre mon placard pour sortir tous les dessins et croquis que j'ai accumulés ces dernières années. Demain, je me lance. Je prends mon téléphone et commence à écrire.

Moi

Est-ce qu'on peut se voir demain ?
Tu me manques.

Chapitre 40

Avril

Passé

Le printemps s'installe. Un jour, il fait beau et chaud, une vraie journée d'été, puis le lendemain on doit ressortir les chandails et les vestes. La végétation est réapparue, tous les cerisiers sont en fleurs, les terrasses des restaurants ont commencé à ouvrir. La vie reprend, bien qu'elle ne se soit jamais vraiment arrêtée non plus.

Même si je suis contente de redécouvrir la ville sous cette nouvelle facette, l'hiver reste ma saison préférée. Comme prévu, j'ai rejoint mes parents pour une semaine en février. Comme quand j'étais petite, mon père et moi avons pris les pelles pour dégager la glace sur laquelle la neige s'était accumulée. Il m'avait attendue pour le faire. Il faisait beau, et la glace était belle. Ça nous a pris toute une matinée pour déblayer une surface suffisamment grande, puis nous avons colmaté les quelques trous dans lesquels nos patins auraient pu se prendre en les remplissant de neige et les polissant avec une rondelle de hockey. Après ça, on a pu patiner pendant des heures sur le lac gelé. Ma mère arrivait avec du café et s'assoyait sur une chaise Adirondack pour nous regarder.

Après être passée au bureau central dans la semaine, Sarah est venue nous retrouver pour le week-end avec ses parents, apparemment pour m'aider à souffler mes bougies. Trente et un ans, c'est officiellement la trentaine. J'ai bien vu que mon père et ma mère ont tout fait pour faire oublier l'anniversaire raté de mes trente ans. À leur décharge, il faut dire que je n'avais pas du tout la tête à les fêter nous plus. Mais pour cet anniversaire-ci, j'étais comblée.

Après avoir passé les dernières heures en PLS*, je suis maintenant assise en tailleur sur mon lit, mon ordinateur sur les genoux et une bouillotte sur le ventre, sous mon chandail. C'est Jayden qui me l'a apportée avant de partir pour le restaurant. Comme quoi, même notre cycle menstruel n'a plus d'intimité en colocation. Mais son geste me touche, car il montre à quel point il est attentif.

Afin de trouver l'inspiration pour un projet d'illustration sur le thème de l'hiver, je regarde les

---

* Position latérale de sécurité.

photos du chalet et de Sarah sur ses patins, puis je remonte jusqu'à celles de la tempête. On a bien eu encore un peu de neige à New York après, mais rien de comparable à la neige du Wisconsin, ou à celle qui avait paralysé la ville en janvier dernier. C'est un phénomène de plus en plus rare. Jayden n'avait finalement pas travaillé non plus ce jour-là, car le restaurant avait dû fermer, et on était restés devant la télé. Miles et Sarah étaient rentrés en fin d'après-midi et on avait rallumé la télé sans vraiment la regarder, trop occupés à parler de tout et rien. Une soirée simple, comme on les aime.

Je fais défiler les photos et j'adore l'effet que la neige a sur moi. Bien que je pense encore à l'accident en la voyant, je ne suis plus angoissée. Au contraire, elle m'apaise.

Je voudrais faire imprimer certaines de ces photos, dont une en plus grand format pour la faire encadrer et l'accrocher dans le salon, si tout le monde est d'accord. Je compare les différents clichés, et l'un d'eux attire mon attention. Sur le pont de Brooklyn, on voit les deux arches devant, mais tout est flou autour avec la neige cotonneuse qui tombe du ciel. Pourtant, on distingue une silhouette au travers. Une ombre. À moins que mon cerveau ne me joue des tours ? Sinon, je ne comprends pas comment j'ai pu ne pas la remarquer plus tôt, comment j'ai pu ne pas la voir ce jour-là. Je zoome sur la silhouette en fixant l'écran de mon ordinateur.

Mon cœur accélère. On ne voit pas de qui il s'agit, ni même si c'est un homme ou une femme, ou juste une illusion d'optique. Pourtant, j'ai l'impression que c'est lui. Non, je *sais* que c'est lui, au plus profond de moi. Il était là, lui aussi. *Comment est-ce possible… ?*

Plus j'observe la photo, plus j'ai le sentiment de plonger dedans. Je ressens le froid qui m'envahit, la neige qui tombe doucement autour de moi comme dans une boule à neige, puis je perçois sa présence. Je ferme les yeux et reviens à la réalité. Est-ce qu'il est bien toujours là, à New York, quelque part ? Est-ce qu'il a réalisé son rêve ? Est-ce qu'il est heureux ? *Est-ce qu'il pense encore à moi parfois ?*

Je passe mes mains sur mon visage. Voilà pourquoi je m'interdis de penser à lui : c'est trop douloureux, même après tout ce temps. Et tout ce que je ressens maintenant, c'est son absence.

Chapitre 41

Mon fantôme

Présent

J'ouvre la porte du bar pour me glisser à l'intérieur sans savoir si j'ai le droit d'y être.

Scott et moi nous sommes vus plusieurs matins dernièrement. C'était plus pratique pour moi de passer avant d'aller au restaurant, et ça lui convenait aussi puisqu'il commence souvent à travailler dans l'après-midi jusqu'à tard dans la nuit. C'est dans un café entre le restaurant et le bar que nous nous donnons rendez-vous, devant une simple boisson chaude ou pour déguster une montagne de pancakes avant qu'il ne m'accompagne au boulot.

Le plus souvent, Scott me rejoint à la sortie du métro. Il passe un bras autour de mes épaules, puis il me prend la main. Chaque fois, mon cœur est sur le point de s'arrêter alors que mon sourire s'agrandit un peu plus chaque jour. Un matin, il nous a pris en photo avec son portable, alors qu'il embrassait ma tempe et que j'avais les yeux fermés, profitant du moment. Dès qu'il m'a envoyé la photo, je l'ai mise en fond d'écran. Ce jour-là, il m'a demandé si j'appréhendais le déménagement de Sarah. La veille, on était toutes les deux au bar avec Miles pour danser et boire un verre, et pour voir Scott, évidemment. Celui-ci voit bien notre complicité, et il s'inquiète un peu pour moi.

– Non, je sais que ça ira, maintenant.

C'est la vérité. En revanche, je crains toujours de ne pas être assez bien pour lui, et qu'il finisse par s'en rendre compte et me quitte. Après tout, je suis encore un peu fragile, et même si je continue de recoller les morceaux, il restera de petites fissures par endroits. Seulement, je ne suis pas prête à en parler, alors je l'ai coupé avant qu'il ne reprenne.

– Et toi Scott ? De quoi as-tu peur ?

– Moi ? De plein de choses... mais surtout de ne pas répondre à mes propres attentes, de regarder en arrière et me rendre compte que j'aurais pu faire mieux, être quelqu'un de mieux. C'est pour ça que je fais le maximum tous les jours. Et c'est difficile parfois de faire la différence entre ce que mon cœur veut et ce que ma conscience me dicte.

J'aurais aimé lui poser plus de questions, mais il est ensuite parti sur des sujets plus légers. Après tout, on veut surtout être ensemble, discuter et rattraper le temps perdu. Il m'a tout de même questionnée sur l'endométriose, détaillant ensuite les recherches qu'il avait faites. Qu'il prenne les devants pour en parler m'a fait beaucoup de bien.

Grâce à cette nouvelle routine, je sors de chez moi avec le sourire, car je sais que je vais le voir, et que l'on s'écrira ensuite. Chaque jour qui passe, il m'est de plus en plus difficile de rester loin de lui.

Souvent, il me touche comme s'il craignait que je disparaisse, alors que pour ma part, je mesure toute la chance de l'avoir à mes côtés. Quand on croise un bébé qui attire mon attention, il dépose un baiser dans mes cheveux. Quand je tire sur mes manches, il les relève et embrasse ma cicatrice. Quand je m'éloigne un peu, il s'empresse de me rejoindre. Quand je danse, il surgit derrière moi pour me faire tourner.

Mais alors que nous n'avons échangé jusqu'à présent que des baisers volés dont l'intensité ne fait qu'augmenter, je rêve juste de pouvoir être seule avec lui et de sentir sa peau sous mes doigts sans personne autour pour nous arrêter. Je ne sais pas si cela se produira ce soir, mais dans tous les cas, je trouverai bien un moment pour être en sa présence avant que les clients arrivent. Le bar devrait ouvrir d'ici une heure.

J'avoue que j'appréhende aussi ce que mon corps pourrait me faire subir ensuite. Des crampes, de la fatigue… et tout ce qui va avec. C'est en partie pour ça que nous n'avons encore rien fait. Mon médecin m'a orientée vers un sexologue avec qui j'ai déjà pris rendez-vous. J'en ai parlé à Scott, qui m'a proposé de venir avec moi.

J'entends résonner :

– Désolé, nous sommes fermés !

Puis je vois surgir la tête de Noah.

– Ah, Sophie, c'est toi.

– Pardon si je dérange, je peux partir et revenir plus tard.

Il m'offre un sourire chaleureux.

– Non, pas du tout, entre. Scott est au téléphone en arrière, il devrait bientôt avoir fini depuis le temps qu'il est en ligne. C'est quoi tout ça ? me demande-t-il en pointant l'énorme sac sous mon bras.

– Oh, c'est ma pochette à dessins… J'ai décidé de m'y remettre et je voulais montrer quelques-uns de mes projets à Scott.

Je suis un peu gênée. J'ai toujours du mal à parler de mes dessins et je suis très critique envers moi-même. Les montrer à Scott sera déjà un grand pas. L'avis des personnes de mon entourage est toujours le plus important pour moi. Et donc, c'est celui qui me stresse le plus.

– Intéressant…

Noah marque une pause et devient plus sérieux.

– Tu sais, Sophie, Scott tient vraiment à toi. Il n'y a qu'à voir sa tête, ça fait longtemps qu'il n'a pas été heureux comme ça. Rien à voir avec Esther. Fais attention à ne pas lui faire mal…

… *encore*. Le mot n'est pas sorti de sa bouche, mais il est pourtant clair. Je me demande comment est Esther, mais seulement une fraction de seconde. Elle ne fait plus partie de sa vie, je n'ai donc aucune raison de penser à elle.

– Moi aussi, je tiens à lui.

Noah hoche la tête et ses traits se détendent.

– Je vais lui dire que tu es là, installe-toi, fais comme chez toi. Et surtout, si quelqu'un entre, dis-lui bien que nous ne sommes pas encore ouverts.

Il me fait un clin d'œil et s'éclipse dans le couloir. J'expire un bon coup après cette minuscule mise au point qui était apparemment nécessaire. Au fond, ça me rassure de savoir que Scott peut compter sur Noah.

Je me hisse sur un tabouret, en posant ma pochette qui couvre entièrement la table que j'ai choisie. Si Scott doit arriver, autant attendre quelques minutes avant de l'ouvrir.

Le téléphone se met à sonner. Je regarde autour de moi, comme si Noah allait réapparaître. Est-ce que je peux décrocher ? J'hésite, alors que la sonnerie continue. Scott est-il encore au téléphone ? Quand elle s'arrête, je suis soulagée. Mais la sonnerie recommence presque instantanément. Tant pis, autant répondre. Je me lève, fais le tour du comptoir et m'empare du combiné qui est contre le mur avec son long fil comme ceux des années 90.

– Say Yes S. Est-ce que je peux vous aider ?

– Allô ? Scott est là ? me répond la voix d'une femme.

– Il est déjà en ligne, je peux prendre un message ?

– Qui est à l'appareil ?

– Je suis Sophie, est-ce que je peux faire quelque chose pour vous ?

– Sophie, tiens donc… comme le *S*.

C'est que cette femme est directe ! Je suis légèrement irritée par ses questions.

– Qu'est-ce que je peux faire pour vous, *madame* ?

J'accentue bien le dernier mot, pour lui faire comprendre qu'elle commence à m'agacer, puis la communication se coupe. Je reste là à regarder le téléphone dans mes mains. *C'était vraiment bizarre.*

– C'était pour quoi ?

Noah arrive à côté de moi, me faisant sursauter.

– Tu m'as fait peur. Aucune idée, une fille. Elle voulait parler à Scott, savoir comment je m'appelais et elle a raccroché.

Je hausse les épaules et repose le combiné. Noah ne revient pas sur le sujet et me dit que je peux aller retrouver Scott. C'est donc d'un pas rapide que je me précipite dans le couloir. Je suis sur le point de frapper à la porte de son bureau quand celle-ci s'ouvre. Il est là, tout sourire, dès qu'il me voit. Il me tire à l'intérieur avant de refermer à toute vitesse, comme le ferait un adolescent. Mon dos est contre la porte et il se tient devant moi. Sans hésiter, je pose mes mains sur son torse et je le sens se détendre. Ses mains aussi viennent sur moi, une sur ma nuque, l'autre sur ma hanche, se déplaçant sur mon dos, ma poitrine, mon cou. Tout mon corps se réveille. Je respire de nouveau après avoir été en apnée. Mon cœur s'emballe.

Son visage est si près du mien, son souffle sur mes lèvres. Je veux qu'il continue de me toucher et que ses bras me serrent, m'étreignent, m'étouffent.

– Embrasse-moi, Sophie… *Dis oui*…

Son nez frôle le mien, mes hormones s'affolent. J'agrippe son t-shirt pour le rapprocher encore plus, et je murmure un *oui*.

Tout le monde devrait être embrassé de cette façon. C'est dingue l'effet qu'il me fait. Il me dévore, cherchant à se rassasier de moi, en vain. Mes mains passent dans son dos, alors qu'il glisse les siennes de ma taille jusqu'à mes cheveux.

Notre baiser est si intense ! Tout est tellement évident quand il est là.

C'est lui, ça a toujours été lui et ça sera toujours lui.

Je cède à la tentation et mes mains remontent sous son t-shirt pour explorer son corps. Des frissons secouent son épiderme. Il gémit contre ma bouche.

Je crois qu'on pourrait le faire ici, maintenant, tellement nous sommes en manque l'un de l'autre.

Le courant prend le dessus et je ne peux plus l'arrêter. Je ne veux pas m'arrêter.

Enfin, jusqu'à ce qu'on entende frapper derrière la porte. La voix de Noah nous ramène sur terre.

– *Guys,* sans vouloir vous interrompre, commence-t-il en se raclant la gorge, ça serait bien de venir bosser un peu, on va bientôt ouvrir.

Scott pose son front sur le mien, cherchant son souffle. Il parvient quand même à répondre et les pas de Noah s'éloignent dans le couloir. Nous restons encore un peu ainsi à profiter de nos dernières secondes d'intimité.

– Est-ce que tu veux t'installer ici ? Noah m'a dit que tu as apporté tes dessins. C'est plus calme, et puis tu pourrais venir me voir de temps en temps… Je viendrai aussi… Ou tu peux monter chez moi si tu préfères, mais je…

Je l'embrasse de nouveau pour le faire taire.

– Je vais rester un peu avec toi, et je monterai quand je serai fatiguée, si ça te va ?

Il m'embrasse le nez.

– Ça me va. Je pourrai même t'apporter à manger et à boire.

– Oh, nourrie, logée, blanchie !

J'ouvre la porte et nous partons dans le couloir, sa main dans la mienne. *Je vais vite m'y habituer.*

– Au fait, tu ne fumes plus ?

– Effectivement, j'ai cru comprendre que ce n'était pas bon pour la santé.

Je ne relève pas l'ironie et poursuis :

– Je voudrais te montrer quelques trucs quand tu auras deux minutes.

– Quelques « trucs » ? Quoi donc ? me demande-t-il, piqué par la curiosité.

– Des dessins, un projet personnel, et une photo de la dernière tempête de neige.

Je prends place sur un tabouret pendant qu'il passe derrière le comptoir.

– J'ai deux secondes pour la photo, et pour le reste, ça attendra ma pause, OK ? Tu parles de la tempête en janvier, c'est ça ? Moi aussi, je suis sorti ce jour-là. Pourtant, je déteste quand il neige. Mais je ne sais pas pourquoi, j'ai eu… besoin de faire un tour.

Je l'écoute attentivement tout en cherchant l'agrandissement que j'ai fait faire de mon fantôme sur le pont de Brooklyn. L'image a la taille d'une feuille standard. Sans un mot, je la lui tends, et guette sa réaction. Ses yeux s'ouvrent en grand devant le cliché, puis ils reviennent sur moi.

– Tu étais là ?

Il a l'air surpris, heureux et triste à la fois, perdu. Tout prend son sens.

– C'est toi, là, c'est ça ?

Il acquiesce. Alors, je lui raconte.

– Je n'ai vu personne sur le pont. C'est en regardant les photos par la suite sur mon ordi que je me suis aperçue qu'il y avait quelqu'un… et je ne sais pas pourquoi… j'ai juste su que c'était toi.

Chapitre 42

Juillet

Passé

Ça fait maintenant un an que nous avons emménagé avec les garçons, et je dois dire que ce fut une année remplie d'émotions. Pour fêter ce premier anniversaire, nous avons décidé d'organiser une petite fête. Elle commence à quatre, mais des personnes se rajoutent au fur et à mesure de la soirée. Des collègues du *diner*, des bureaux de Sarah et de Miles, Bobby et des amis à lui, ainsi que quelques voisins dont je n'ai pas bien retenu les prénoms. Il y a beaucoup trop d'alcool, et pas assez de nourriture. Je sais déjà que nous allons le regretter demain, et peut-être même plus tôt encore.

Sarah et moi avons mis de jolies robes d'été, des ballerines et très peu de maquillage puisqu'il aurait vite coulé avec la chaleur.

Girls Wanna Have Fun de Cindy Lauper résonne dans l'appartement. La chanson est parfaite à cet instant. Sarah se déhanche, m'entraîne avec elle et nous chantons beaucoup trop faux, beaucoup trop fort. Puis retentit *Don't Stop Believin* de Journey et *I Love Rock & Roll* de Joan Jett. Bref, nous sommes partis dans les années 80. Quand arrive *Eternal Flame* des Bangles, Miles me fait danser un slow, me faisant même tourner par moments. Je ris, mais je le trouve bon danseur. Quand arrive ce que je suppose être le milieu de la chanson, il me fait tourner de nouveau et j'atterris dans les bras de Jayden, alors que Miles, lui, récupère Sarah. Le rythme est beaucoup plus calme avec mon nouveau cavalier, comme s'il voulait ralentir le temps, alors que je cherche à l'accélérer. Ses mains sont dans mon dos et je crois sentir ses doigts me caresser, mais j'ai un doute, car honnêtement je suis un peu éméchée. Heureusement que nous sommes chez nous ! Je n'aurais jamais autant bu si nous étions sortis. À la fin de la chanson, Jay se penche pour murmurer quelque chose à mon oreille que je ne comprends pas, car une nouvelle musique retentit, plus rythmée. Sans oublier le bruit des conversations.

– Quoi ?

Il voit bien que je n'ai rien entendu, mais il secoue la tête, puis m'embrasse sur la joue.

– Rien.

Ça devait être une de ses mauvaises blagues ou une remarque sur ma piètre façon de danser. Je passe outre et vais me chercher un verre d'eau. Il faut que je me ressaisisse un peu.

Sarah surgit à côté de moi dès que je dépose mon verre, et elle me presse de venir danser de nouveau. Apparemment, on se reposera plus tard.

À mesure que la nuit avance, les gens s'en vont, si bien que vers quatre heures du matin nous ne sommes plus que tous les quatre sur le canapé du salon, entourés de paquets de chips, de verres en plastique et de bouteilles. Il se dégage une forte odeur d'alcool et de transpiration. Il faut dire que nous avions fermé les fenêtres pour limiter le bruit – et quand même prévenu tous nos voisins ! Je me lève pour ouvrir en grand la fenêtre et découvre les premières couleurs du jour qui se lèvera dans peu de temps. Tout est calme.

Sarah est assise entre Jayden et Miles, et je reprends ma place dans un coin, les jambes étendues sur Miles qui masse mes chevilles et mes jambes nues. Je ne dis rien, car j'ai mal aux pieds, et c'est si agréable. Jayden est tourné vers moi, attentif à ces petits gestes affectueux. Mais Miles prend soin de Sarah et moi de la même façon. Moi qui ai rêvé d'avoir un frère, je me rends compte de ce qui m'a toujours manqué.

– Hey, on doit partir au travail dans à peine trois heures ! dit Sarah à Miles en râlant.

– Chut, le déni est mon ami.

Je pouffe, contente d'avoir prévu le coup, puisque j'ai inversé ma journée de repos avec une collègue pour pouvoir dormir aujourd'hui. Jayden travaillera ce soir, il aura donc lui aussi le temps de se reposer.

En même temps, c'est eux qui ont choisi de faire la fête un jeudi soir…

Je ferme les yeux en continuant d'écouter vaguement ce qu'ils racontent. Je vois des papillons voler dans mon esprit et m'emmener ailleurs. J'essaye de ne pas y penser, de rester avec mes colocs, mais je suis dans un entre-deux. Miles se lève, à moins que ce soient mes jambes qui bougent toutes seules. Ou alors nous n'avons pas bougé ? *C'est la dernière fois que je bois autant.*

– Tu dors ?

Je crois entendre la voix de Jayden, mais je n'ai pas la force de répondre. Mes yeux continuent de suivre un grand papillon bleu, je veux voir où il m'emmène.

– Je pensais vraiment ce que je t'ai dit tout à l'heure, Soph.

Chuuut ! crie mon esprit. Je n'entends pas la suite et je ne veux pas l'entendre. Je suis avec le papillon, tout est calme et paisible là où il va. *Mais de quoi parle Jay ?* Il a l'air si sérieux, pourtant nous n'avons rien dit d'important, il me semble. Je cherche juste à rester avec le papillon.

Et soudain, je découvre un second papillon, tout petit, qui semble craindre de prendre son envol. Mais en voyant le plus grand arriver, le petit se lance dans le vide.

Chapitre 43

Oui

Présent

J'ai terminé mon projet pour Scott, j'espère que ça lui plaira. Je compte lui donner plus tard ce soir, ou demain, en fonction de l'heure qu'il sera quand il rentrera chez lui. J'avais tout apporté pour pouvoir finir ici. Ça faisait bien longtemps que je m'étais plongée dans ma passion jusqu'à ne plus voir le temps passer. Et ça m'avait beaucoup manqué.

Je range le tout dans ma pochette et me lève pour sortir du bureau. Scott est bien passé me voir à plusieurs reprises pour savoir si j'allais bien et m'offrir des choses à grignoter, mais je voulais juste qu'il quitte la pièce, car chaque fois je devais m'arrêter pour tout cacher et reprendre ensuite.

L'air est lourd quand j'arrive dans la salle bien remplie, la musique est plus forte qu'un peu plus tôt et le sol colle légèrement sous mes pieds comme si des verres avaient été renversés. Je me dirige tant bien que mal vers le comptoir du bar. Une serveuse y récupère des verres et s'éloigne vers la table qui a passé la commande, Noah est en pleine préparation, et Scott est au téléphone. Il me sourit en me voyant surgir dans son champ de vision et met fin à sa conversation.

– Je vais y aller, lui dis-je un peu plus fort que voulu pour qu'il m'entende.

– Non, reste, bois un verre avec nous, je te l'offre.

– Je vais être obligée de laisser un bon pourboire pour compenser ! Alors un petit, je suis fatiguée…

Il acquiesce et sort deux verres à shooter. Je ris en voyant ces petits verres qui me rappellent des souvenirs. Il me tend le mien – contenant bien de l'alcool, cette fois –, et laisse ses doigts dessus plus longtemps que nécessaire, avec un sourire en coin.

– Je croyais que tu ne buvais pas pendant le service ?

– Le patron peut faire une exception, me répond-il avec un clin d'œil.

Je lève mon verre.

– À ton bar !

– À tes dessins !

Je ris encore, car mes dessins ne sont guère un succès pour le moment. Mais ça va changer puisque je vais y mettre toute mon énergie.

– À ton bar et à mes dessins, oui !

Nous trinquons et je laisse l'alcool me réchauffer le corps, même si je n'en avais pas besoin.

– Là, je pars pour de vrai ! lui dis-je en posant le verre devant lui.

Le temps que je fasse deux pas, il me tend ses clés. Je ne comptais pas spécialement rester, même s'il me l'avait proposé, je voulais juste l'avoir près de moi quelques heures. Mais puisqu'il insiste, je ne vais pas lui dire non. J'attrape ses clés et nos mains restent l'une dans l'autre. J'adorerais l'embrasser et je vois bien qu'il ne serait pas contre, mais il serait plus raisonnable de remettre ça.

– À tout à l'heure ?

– Je ne te promets pas de t'attendre.

Son pouce effleure le mien et on se détache l'un de l'autre.

Je retourne au bureau récupérer mes affaires, m'éclipse à l'extérieur et grimpe les marches jusqu'à son appartement. Puis je déverrouille la porte et me glisse chez lui. J'ai à la fois l'impression d'être une intruse, et le sentiment d'être chez moi. Sous la lumière tamisée, je dépose ma pochette sur la table basse et sors tous mes dessins de papillons pour les éparpiller devant moi. Cela fait des mois que je ne les avais pas regardés… Parce qu'ils me rappelaient trop la vie que j'aurais pu avoir si je n'avais pas perdu mon bébé, ma tristesse et la culpabilité que je ressens encore parfois. Mais après tout ce temps, je crois que je suis prête non seulement à les revoir, mais aussi à les retravailler si nécessaire, et à les partager.

Avant de commencer, je vais à la cuisine me servir un verre d'eau. Je remarque tout un tas de confiseries sur une étagère. J'ai à peine le temps de m'y attarder que mon portable vibre.

Scott

`Il y a de la crème glacée dans`
`le congélateur. Essaye de m'en laisser.`

Oh, il n'a pas oublié ! Heureuse de constater qu'il a pensé à moi, j'ouvre le congélateur pour trouver mon parfum préféré, rempli de pâte à cookies.

Je me réinstalle par terre avec mon verre, la glace et ma cuillère, tout en écoutant le dernier album de The Franklin Electric. Je relève les manches de mon chandail sans me soucier de ma cicatrice, et après avoir attaché mes cheveux en un chignon au-dessus de ma tête, je reprends mes planches une à une. Je reviens sur l'histoire, rajoute des détails, des mots et des sentiments au crayon de papier. Je ne me relève que pour mettre la glace au frais ! Le temps défile à mesure que je dessine. Mes paupières sont lourdes, je ne sais pas quelle heure il est, car je n'ose pas regarder l'horloge. Je décide de m'allonger et de fermer les yeux quelques instants, pour me reposer un peu en me laissant bercer par la musique qui tourne en boucle.

Quand je les rouvre, je suis toujours sur le canapé, mais je ne suis plus seule. Scott est à côté de moi, avec une de mes planches dans les mains. Je me rassois, encore tout ensommeillée.

– Hey, je ne voulais pas te réveiller… C'est très beau ce que tu as fait, les dessins, ce que ça raconte. C'est doux. Est-ce que… est-ce que tu l'as fait quand…

Je vole à son secours, car sa voix est faible et les mots sont coincés dans sa gorge. Nous n'en avons pas reparlé depuis la dernière fois. Et même si c'est un sujet que je déteste aborder, je ne veux pas qu'il soit tabou entre nous. Au contraire.

– Celui-là, je l'ai dessiné la première fois que je l'ai senti bouger. Même si je n'en étais pas tout à fait sûre. C'était un peu comme de petites bulles dans mon ventre, de légers mouvements, des petits papillons.

Il repose la planche, s'appuie contre le dossier du canapé, et me prend la main. Je me rapproche de lui et pose ma tête sur son épaule.

– Je vais aller porter tout ça à une maison d'édition. Sarah connaît quelqu'un qui avait l'air intéressé, et… je n'étais pas prête avant, mais là, je le suis.

Ses doigts remontent le long de mon bras, traçant des cercles sur ma cicatrice. Ça me donne la chair de poule, mais c'est très agréable. Il faut que je change de sujet avant que l'ambiance soit trop lourde.

– Je t'ai rapporté ta photo, et quelque chose d'autre…

Je me redresse et sa main quitte mon bras. Dans la pochette, je retrouve la photo de son grand-père et lui, la pose sur la table, puis je sors l'agrandissement que j'ai réussi à faire. Ça a été compliqué de retravailler les pixels pour obtenir la taille d'une feuille de papier, mais j'y suis parvenue. J'y ai dessiné un grand papillon dans un coin, presque identique à celui que j'avais fait cette nuit-là, sur la facture. En bas à droite, j'ai rajouté *Yes, S.*, en guise de signature. Pour finir, j'ai acheté un cadre pour qu'il puisse le suspendre dans le bar. Un cadre en bois, légèrement vieilli et patiné en blanc.

Je pince mes lèvres en le lui donnant, un peu stressée de voir sa réaction, car j'y ai mis tout mon cœur et j'espère vraiment que ça lui plaira.

Il reste sans voix. Je n'ose pas dire un mot non plus, et je commence à penser que finalement, ce n'était peut-être pas une si bonne idée que ça. Puis j'aperçois ses yeux, comme s'il se retenait de pleurer, et il articule :

– Merci, c'est… Je n'ai pas les mots tout de suite, pour te dire… Tu crois que je peux l'accrocher dans le bar ?

– Oui, c'était l'idée que j'avais en tête, mais c'est pour toi, tu peux en faire ce que tu veux.

– Je le mettrai au mur, oui. C'est sa place.

Je suis si heureuse. Il repose le cadre, et je passe mon bras sous le sien, effleurant le contour de son tatouage avec mes doigts.

– Tu ne m'as jamais demandé ce qu'il signifiait.

Effectivement, je n'ai pas osé. Je passe sur un morceau de la bouteille, continue sur la plante grimpante, avant de m'arrêter sur ce que je crois être l'ombre d'un papillon. Il est si petit que je ne l'avais pas remarqué avant. Caché, presque invisible, comme l'oiseau et l'abeille, et… ça ne serait pas une petite coccinelle sur une feuille ?

– Je l'ai fait rajouter l'année dernière, m'explique-t-il comme s'il avait accès à mes pensées.

Mon regard revient sur l'ombre du papillon. Je ne dis rien, mais je souris. Ce papillon, c'est moi. Je l'ai donc marqué au point d'être sur sa peau, pour toujours.

– Tu vas me raconter son histoire ?

– J'ai fait faire la bouteille brisée quand ma mère est morte, car c'est comme ça que je me sentais à ce moment-là. Et puis, quand ç'a commencé à aller mieux, j'ai fait rajouter la plante, et ensuite les fleurs. Comme pour atténuer la douleur et reconstruire la bouteille, même si les cicatrices sont toujours là.

L'abeille c'est ma mère, l'oiseau, mon grand-père, et le papillon…

– C'est beau. Et les autres ?

– Lesquels ?

Je réfléchis aux quelques tatouages que j'ai aperçus sur son corps.

– L'as de pique que tu as sur la hanche.

Il est surpris que je me souvienne de celui-ci qui est bien caché. Mais je n'oublierai jamais chacune des parties de son corps.

– C'était un pari stupide avec Noah, commence-t-il.

– Il fallait faire quoi ?

Scott rit avant de me répondre.

– C'est une histoire bête, mais on était jeunes. On était sortis et Noah avait parié un tatouage qu'il récupérerait plus de numéros de téléphone de filles que moi. Il a gagné, et haut la main d'ailleurs. On s'est rendus au salon de tatouage juste après. Au moins, j'ai pu choisir le dessin. Je m'estime chanceux, ça aurait pu être pire. Donc l'as c'est pour les parties de poker qu'on fait encore de temps en temps, et qu'il gagne trop souvent, et ça me rappelle mon enfance.

– J'adore. Si je voulais me faire tatouer, tu viendrais avec moi ?

Scott recule un peu, comme pour savoir si je suis sérieuse, et c'est le cas.

– Tu penses à quoi ? me demande-t-il, intéressé.

– Un tout petit papillon, juste là, lui dis-je en montrant un endroit le long de ma cicatrice.

Un dessin pour un souvenir.

– Je viendrais avec toi.

– C'est un rendez-vous, alors. En passant, je suis étonnée que tu ne m'aies pas parlé un peu plus de Noah.

– Tu as raison. Je gardais des sujets pour plus tard… D'ailleurs, il me tanne pour qu'on fasse une soirée ensemble bientôt, pour te présenter à tout le monde. J'espère juste qu'il sera sympa avec moi et laissera de côté les sujets gênants.

– Oh, mais je m'intéresse à tous les détails ! dis-je pour le taquiner.

Je lui donne un petit bisou sur la joue et me mets debout. Il me rattrape et me fait pivoter vers lui, qui est toujours assis. Je passe mes doigts sur ses sourcils, dans ses cheveux, autour de son visage. Il ferme les yeux, profite de mon contact, sa tête sur mon ventre et ses mains remontant sur mes cuisses, mes fesses, mon dos. Il m'attire un peu plus près de lui. Je ne peux pas partir, je ne veux plus jamais partir.

Je ne pense qu'à sa peau sur la mienne. Ma respiration s'emballe quand ses doigts continuent de jouer avec mon corps. Je crois n'avoir jamais eu autant besoin de quelqu'un, besoin de lui, qui a volé mon cœur il y a deux ans sans jamais me le rendre.

– Je veux m'endormir avec toi ce soir, et savoir que tu seras là quand je me réveillerai. Sophie…

Je le repousse légèrement, juste assez pour pouvoir venir m'asseoir sur lui, une jambe de part et d'autre des siennes.

– *Dis-moi oui.*

– Oui.

Je n'attends pas qu'il fasse le premier geste. Mes mains passent autour de son cou et je l'embrasse tendrement. Je sens ses bras remonter dans mon dos pour me coller contre son torse.

Il me tient si fort, comme s'il craignait que je ne change d'avis. Pourtant, quand il glisse les doigts sous mon chandail, je devine son appréhension. Il attend ma permission pour continuer son exploration.

– Touche-moi, murmuré-je entre ses lèvres.

J'ai peur de briser la magie si je parle plus fort.

Ses mains repoussent mes vêtements. La fraîcheur de son contact me donne un frisson, de même que sa bouche qui parcourt mon cou.

Scott enlève délicatement mon chandail qui glisse au pied du canapé. Je m'apprête à faire de même avec son t-shirt, mais il m'arrête avant qu'un ongle n'effleure sa peau.

– Pas ici. Je te veux dans mon lit, me dit-il en me regardant droit dans les yeux.

Sans attendre, je me redresse et tire sur son col pour l'entraîner vers sa chambre.

Quand on en passe le seuil, Scott cherche à m'embrasser à nouveau, mais je recule juste avant pour le contempler, le laissant frustré.

Sans le lâcher des yeux, je retire mon t-shirt, puis mon pantalon, alors qu'il reste là à m'observer. Sa respiration devient saccadée.

– Je stresse un peu, lui avoué-je.

Parce que ça fait longtemps, parce que c'est important pour moi, pour nous.

Il s'approche et pose une main sur ma hanche, alors que l'autre écarte une mèche de cheveux de mon visage.

– Moi aussi.

– Ça ne se voit pas.

– Et toi non plus.

Je lui retire enfin son t-shirt qu'il fait passer par-dessus sa tête, et ses doigts recouvrent les miens quand ils descendent sur la ceinture de son jean.

Scott étudie chacun de mes mouvements dans la pénombre de la chambre ; seule la lumière du salon est restée allumée.

Nos sous-vêtements sont les derniers à tomber au sol.

Scott va chercher un préservatif avant de revenir à mes côtés. Une fois dans le lit, il attire mon corps contre sa chaleur et il y dépose des dizaines de baisers. Je savoure son souffle sur ma peau. Nos mains se croisent, se caressent, se séparent à nouveau. La température continue de grimper, et tout s'accélère.

– Regarde-moi, me chuchote-t-il, pour que je lise en lui tout ce qu'il ne m'a pas encore dit.

Il est le phare dans ma tempête. Je n'ai plus peur.

À cet instant, je suis chez moi.

Chapitre 44

Septembre, juste avant

Passé

C'est l'enfer. *Comment une si belle journée peut-elle tourner à la catastrophe ainsi ?* Il fait un temps magnifique pour cette fin d'été, le ciel est bleu, le soleil brille, la température est agréable, et pourtant...

Le restaurant était plein de touristes désagréables pour ne pas dire malpolis. Avec la rentrée, les familles sont reparties vivre leur quotidien, et une nouvelle vague de touristes est arrivée. S'ils sont moins nombreux, ils semblent aussi beaucoup moins sympas.

J'ai eu droit à plusieurs verres cassés, un mec m'a draguée de façon très lourde et gênante, j'ai reçu des pourboires ridicules, on m'a laissée débarrasser une table remplie de déchets... De quoi accentuer ma migraine. Et pour couronner le tout, Jayden était de mauvaise humeur, lui aussi. Pourtant, il était à l'écart de la jungle, bien à l'abri derrière son comptoir, et une jolie fille lui a même laissé son numéro ! Franchement, de quoi il peut bien se plaindre !

Mon tablier rejoint le fond de mon casier, puis je change de chaussures. Je dois retrouver Sarah pour un café et manger quelque chose : notre petit rituel une fois par semaine. Mais je suis tellement fatiguée ! Depuis les dix premières minutes de mon service, je ne pense qu'à rentrer. Et à m'endormir devant un film d'amour…

La porte du vestiaire s'ouvre sur Jayden.

– Ça va ? lui demandé-je alors qu'il me lance ce regard assassin qu'il a appris à maîtriser lui aussi.

– Oui.

OK. Ça ne va pas. Mais qu'est-ce qu'il a aujourd'hui ?

– C'est faux, je le vois bien ! Tu vas m'en parler ou faire semblant encore longtemps ?

Ma question est tout à fait légitime et je la lui pose sur un ton que je veux calme et compatissant, mais au fond de moi, j'ai juste envie de le secouer et de lui crier dessus. J'ai dépassé le seuil de ma patience pour la journée, non, pour la semaine, si ce n'est pas plus.

– *Faire semblant ?* T'es sérieuse, Soph ? Tu me saoules !

Il claque la porte de son casier et part. Je reste sans voix, la bouche en « O », sous le choc de sa réaction.

Que vient-il de se passer ?! Depuis la fête de juillet, il prend sur lui pour je ne sais quelle raison que je devrais apparemment connaître !

J'attrape mon sac et je pars dans la frénésie de la ville. Il vaut mieux que j'arrête d'y penser tout de suite, sinon je vais commencer à ruminer, et il faut que j'évite d'ajouter cela dans mon esprit.

Je me dirige vers le café à grands pas alors que mon ventre est noué par les crampes. Il va encore falloir que je rappelle à Sarah que je ne viendrai pas chez Bobby ce soir, même si elle va forcément insister pour aller boire un verre avant. Au moins, je serai couchée avant que Jayden ne rentre de son *shift*, évitant de me faire engueuler une nouvelle fois.

Si je peux, j'en parlerai avec Miles ; il aura forcément quelque chose à me dire quand je lui raconterai tout ça.

Je manque de me faire renverser par un vélo qui traverse au rouge, comme toujours. Les voitures s'entremêlent les unes aux autres, klaxonnant, zigzaguant. Je suis le mouvement, toujours plus rapide, des New-Yorkais à travers la ville. New York. On l'aime ou on la déteste. Elle me fascine depuis la première fois que j'y ai mis les pieds deux ans plus tôt, par ses bruits, sa vitesse, sa grandeur. Et puis, c'est cette fois-là que je l'ai rencontré… Non, je ne peux pas penser à lui, pas maintenant. Son souvenir se glisse progressivement à l'intérieur de moi, contre ma volonté.

Il est temps que cette journée, pourtant si belle, prenne fin.

Chapitre 45
Jusque chez moi

Présent

Malgré son petit sourire en coin, quelque chose me dit qu'il est très sérieux.

– Je t'ai dit qu'on irait jusqu'ici.

– Mais je pensais qu'on prendrait le métro !

– Sophie.

– Scott !

Ce matin, Scott nous a réveillés à une heure « illégale » pour moi, surtout après la petite nuit que nous avons eue, pour me proposer d'aller prendre le petit-déjeuner à l'extérieur. Sur le moment, mon estomac vide m'a ordonné d'accepter, mais je regrette maintenant de ne pas être restée au lit.

On est partis avec l'objectif de se poser près du fleuve et regarder la Skyline, après avoir marché un peu. Là, nous avons entamé la traversée du pont de Brooklyn. La station de métro s'éloigne derrière moi, et Scott accélère le pas.

Je ne sais pas comment il fait pour avoir autant la forme. On dirait qu'il a déjà pris plusieurs cafés et qu'il est prêt à courir un marathon avec son short et son hoodie, sa gourde à la main. Sans oublier qu'il est beaucoup trop beau pour donner l'impression d'être sorti du lit à peine une heure plus tôt.

– On va courir jusqu'à l'autre côté pour aller plus vite.

Quoi ?

– Pardon ? Le métro irait plus vite.

Mon cerveau est encore dans les choux, il n'a pas pu dire *courir,* il sait que je déteste ça.

– Allez, Soph !

Il est sérieux !

– Mais je ne suis pas habillée pour faire du sport ! dis-je en baissant la tête sur ma tenue.

Je porte un legging que j'avais pris en plus de sous-vêtements de rechange, au cas où je resterais cette nuit. Puis il m'a prêté un de ses chandails beaucoup trop grands pour sortir.

– Tu es parfaite comme ça, continue-t-il avec son petit sourire.

– Et mes chaussures, tu sais que c'est l'équipement le plus important si on ne veut pas se blesser ?

– Tes sneakers feront l'affaire pour quelques centaines de mètres.

Le pont doit faire beaucoup plus que *quelques centaines de mètres.* Et il me paraît interminable depuis que Scott veut que je le traverse à la course.

– Ce pont fait au moins cinq kilomètres !

Scott explose de rire alors que je fais de mon mieux pour garder mon sérieux.

– Il n'en fait même pas deux.

– C'est déjà trop. Je risque l'arrêt cardiaque en plein milieu.

– Une chance que je suis là, alors, me répond-il avec un clin d'œil. Je saurai te réanimer. Allez, si tu m'attrapes, je viendrai patiner avec toi cet hiver, me dit-il sur un air de défi.

Il va m'avoir comme ça, mais il ne sait pas ce qu'il vient de faire, le pauvre. Je lui en ferai voir de toutes les couleurs sur des patins. Enfin, si j'arrive à lui mettre la main dessus.

Facile. Je peux le faire.

– Prends garde à ce que tu dis, Scott.

Il se met à trottiner à reculons tout en continuant de m'adresser un sourire victorieux tandis que je me mets à courir. Enfin « courir » est un bien grand mot, car j'irais plus vite en marchant.

– Je te déteste, marmonné-je alors que je suis déjà en train de souffrir.

– Mais non, je sais bien que c'est tout le contraire.

Il me fait un nouveau clin d'œil avec un air sûr de lui. Mais il a raison. J'essaye d'accélérer, et au moment où je tends la main pour le toucher il m'échappe, ce à quoi je m'attendais aussi.

Il doit être plus de sept heures du matin et le soleil se lève progressivement. Heureusement, il fait encore beau aujourd'hui. Nous sommes presque seuls sur le pont qui sera sûrement envahi d'ici quelques heures par les touristes.

Scott accélère, puis il opère un demi-tour et revient vers moi. Chaque fois qu'il se rapproche, je tente de le toucher, et chaque fois il s'écarte en riant. Je sais que je ne l'aurai pas et pourtant je continue d'essayer. Il a beau m'énerver à se sauver ainsi, je ne peux m'empêcher de sourire. Mais je me traîne. Il aurait eu le temps de courir un semi-marathon pendant ma traversée du pont !

– On prend les marches, lui dis-je, à bout de souffle, quand on franchit la ligne *Welcome to Brooklyn*.

Hors de question que je continue. Mes poumons ont dû perdre plusieurs alvéoles qui auront explosé en cours de route.

Il me fait signe de ralentir, mais pour moi ça veut dire marcher, même si j'avais surtout envie de m'écrouler au sol. Il revient vers moi et je saute sur l'occasion pour m'accrocher à son bras.

– Je t'ai eu…

– On s'arrête déjà ? Tiens, bois un coup, m'ordonne-t-il en me passant sa gourde.

Je prends deux grosses gorgées que j'avale beaucoup trop vite.

– Je me vengerai, tu sais, le menacé-je, entre deux respirations saccadées.

Sans aucune crainte, il passe un bras par-dessus mes épaules et embrasse ma tempe pendant que je reprends une gorgée.

– Est-ce qu'il y a un café d'ouvert à cette heure, au moins ? demandé-je sur le ton de la plaisanterie.

– Encore heureux, oui !

On descend les marches pour quitter le pont. Scott me prend la main et je le laisse me guider dans les rues. Bien que j'habite ici depuis un peu plus d'un an, je ne connais pas le quartier aussi bien que lui.

Après avoir pris un café à emporter avec plein de sucre pour moi afin de compenser l'effort surhumain que je viens d'accomplir, ainsi qu'un muffin aux bleuets, on prend la direction de l'East River, puis le Brooklyn Bridge Park et les Piers.

– Ça doit faire un an que je ne suis pas venue par ici, lui dis-je en réalisant la vitesse à laquelle le temps passe.

On marche encore un peu et je retrouve progressivement une respiration normale.

– Tu veux rentrer en métro ou à pied ?

– En métro ! réponds-je presque immédiatement.

– Eh bien, tu me surprends, lance-t-il en riant.

Effectivement, le choix est évident. Pourtant, j'ai l'impression qu'il pourrait me convaincre de me mettre à la course un jour. Mais pas question que je lui avoue.

– On pourrait passer par chez toi récupérer tes affaires pour t'éviter de repartir en arrivant ?

– Scott ! Cherches-tu à me garder quelques heures de plus avant le travail ou à voir le bazar qui règne dans mon appartement ?

– Les deux.

– Très bien, on peut faire ça.

On coupe rapidement par les petites rues en direction de chez moi. Un peu avant, je m'arrête à notre QG de bagels et j'en prends surtout pour Miles, ne sachant pas si Sarah est là ou chez Bobby. Pauvre Miles, tout seul chez nous… À moins qu'il ait choisi ce moment pour ramener une fille à l'appart.

Oh non, il ne manquerait plus qu'on croise une de ses conquêtes à la sortie du lit !

On grimpe les marches et je tourne ma clé dans la serrure avant de laisser Scott rentrer en premier.

– C'est…

– … le bazar, je t'avais prévenu, terminé-je pour lui.

Il y a des cartons de Sarah partout. Je me demande ce qu'ils peuvent bien contenir puisqu'il y a plus de boîtes que d'objets lui appartenant !

J'entends Miles crier :

– Sarah !

– Mais je pars ! réplique-t-elle.

– Oh que si, tu as voulu jouer, et tu as perdu. C'est le temps de payer ta dette.

– Je ne suis pas *encore* à dix !

– Sophie t'a sauvée trois fois.

– Une fois !

– Trois fois.

– OK, deux fois.

– Sarah…

Je me racle la gorge pour leur signaler notre présence, et on voit Sarah arriver en trottinant, vêtue d'une combinaison pyjama en forme de chat. Elle est bien contente de nous voir, mais surtout qu'on la sauve de cette conversation.

– Scott ! Tu n'as pas encore vu l'appartement, dit-elle en le prenant par le bras pour le tirer vers là où se trouvent sa chambre et celle de Miles.

Scott se retourne vers moi en articulant « au secours », mais je me contente de rire. Je retire mes chaussures et rejoins Miles dans le salon, non sans avoir aperçu le désordre qui règne dans la cuisine.

– Non, mais tu as vu !

– Oui… mais ça va te manquer bientôt, dis-je en lui passant le sac rempli de bagels.

– J'en doute. Et je plains Bobby, puisque personne n'a pris la peine de le prévenir. Ça le fera peut-être changer d'avis. Elle range toujours quand il est ici.

Je lève un sourcil.

– Bon, OK, avoue-t-il, elle va me manquer. Un peu.

– Et là… enchaîne Sarah en faisant apparition derrière nous, c'est le salon. Viens, je vais te montrer la salle de bain, parce qu'il n'y a rien à voir dans la cuisine.

Bien que la cuisine donne sur le salon, Scott ne se retourne pas et se laisse entraîner encore une fois.

– Je vais aller le sauver !

Sarah est rapide, je me cogne à elle quand elle sort de la salle de bain, prête à aller vers ma chambre.

– Merci, je vais m'occuper de la suite, lui dis-je en attrapant la main de Scott.

– Ça ne me dérange pas de continuer ! argumente-t-elle dans mon dos. J'insiste, même !

– Va laver ta vaisselle, plutôt !

Je referme rapidement la porte derrière nous en l'entendant souffler au travers.

Scott regarde autour de lui, et je constate que c'est loin d'être rangé ici aussi. Ma table de nuit déborde sous les carnets de croquis, boîtes de fusains et aquarelles. Par terre se trouvent des feuilles blanches bien sèches depuis le temps, ainsi que des pinceaux. Il y a même des taches de peinture sur le parquet. Ma couette à rayures mauve et bleu est au pied du lit, et quelques vêtements cachent mon bureau. Au-dessus, j'ai accroché des photos de nos soirées entre colocataires.

– Tu peux le dire, c'est la pagaille… Pour ma défense, je dois préciser que je n'ai pas passé beaucoup de temps ici dernièrement !

– C'est une chambre qui vit. Tu sais, chez moi, ce n'est pas toujours bien rangé non plus.

Pourtant, jusqu'à maintenant, c'était toujours parfait. On ne doit pas avoir la même définition du mot « désordre ».

Il s'assoit sur mon lit, et je le rejoins. Mon portable sonne dans la poche de mon legging, et je vois le nom du bar s'afficher sur l'écran. Je montre celui-ci à Scott.

– Ça doit être Noah, me répond-il. J'ai laissé mon portable chez moi.

– Allô ? dis-je en décrochant.

– Salut, Sophie ! Tu vas bien ? Dis-moi, est-ce que Scott est avec toi ?

– Salut ! Oui, attends, je te le passe.

Je tends l'objet à Scott. Il s'allonge sur le dos et me tire avec lui. Ma tête se pose sur son torse, et les battements de son cœur se mêlent à la conversation. Je ne saisis pas de quoi ils parlent, si ce n'est que la famille de Noah est au bar en ce moment et que Scott leur passe le bonjour. Puis il raccroche.

– Je vais devoir rentrer. Tu restes là, ou tu viens avec moi ?

J'ouvre la bouche pour lui répondre, mais sa façon de me regarder me laisse muette. Il a l'air bien sérieux tout à coup, comme s'il voulait ajouter quelque chose, mais qu'il se retenait.

– Je prends des affaires de rechange et on y va. En métro, ajouté-je.

Il m'embrasse le bout du nez, et on est repartis.

Chapitre 46

Elle

Présent

Tout est pareil, et pourtant tout est différent.

Le lendemain du jour où j'ai donné l'agrandissement de la photo à Scott, j'ai pris mon courage à deux mains et j'ai téléphoné au contact de Sarah, obtenant un rendez-vous pour aujourd'hui. C'est la sœur d'une des collègues de Sarah, qu'elle a croisée à plusieurs reprises lors de salons qu'elle supervisait.

Je ne savais pas trop à quoi m'attendre, mais j'étais prête. Avec mes planches sous le bras, ainsi que des photos et des illustrations faites au fil des années, je suis allée rencontrer Emily. Celle-ci s'est vite arrêtée sur mon histoire illustrée et m'a demandé : « Pourquoi ce sujet ? » Je ne voulais pas qu'elle me prenne en pitié, je me suis donc efforcée de raconter ce qui m'était arrivé sans pleurer. Et j'y suis parvenue. Je crois que de l'avoir avoué à Scott m'a libérée d'un gros poids et m'a permis de tourner la page, en quelque sorte.

Emily a repris mon projet pour le regarder sous un nouvel angle. Finalement, il y a l'avant et l'après. Et un sens pour chacun. La joie devant les premiers moments de la vie. L'angoisse devant un changement, un nouveau départ. Et ça lui a plu. Elle m'a informée qu'elle profiterait d'une réunion dans la journée pour parler de moi, me promettant de me rappeler juste après, mais sans pour autant m'en dire plus.

Sur ce, j'ai pris le chemin du bar de Scott, passant par la High Line, *Closer* de Tegan et Sara dans les oreilles. J'ai hâte d'arriver pour tout lui raconter.

Sarah va emménager d'ici la fin du mois chez Bobby. Elle n'est pas tout à fait rassurée de me laisser, après tous les rebondissements dans ma vie, mais il est temps pour elle de bouger. Et il faut aussi qu'on se pose la question de l'appartement. Aucun de nous ne sait si Jayden reviendra, mais Miles, lui, souhaite reprendre sa place après les deux prochains mois. À court terme, il ne reste plus que moi.

On doit donc trouver de nouveaux colocataires, plus ou moins temporaires. Je ne pense pas que nous aurons de problèmes pour combler les chambres vides, mais c'est une étape importante pour nous tous.

Miles a reçu des nouvelles de Jayden, qui est en Louisiane actuellement. Il aurait trouvé un petit boulot à La Nouvelle-Orléans en attendant que Miles le rejoigne. Il va bien, c'est le principal, et nous en saurons plus quand Miles sera sur place avec lui – même si je ne suis pas pressée que cela arrive.

Et… *Scott*. Est-ce que je peux dire que tout est parfait ? J'ai presque du mal à le croire, comme si je pouvais sentir quelque chose arriver qui va tout remettre en cause. Mais j'en profite. Lui, moi, nous. Je me sens complète, vivante, à ma place. Nos moments ensemble sont incroyables, c'est le mot juste.

Je ne lui ai toujours pas avoué ce que je ressens pour lui, bien que ce soit évident. Lui non plus ne s'épanche pas même si tout semble clair depuis le début de son côté aussi. Ses yeux et son sourire quand il me voit arriver, comment les décrire ? Je retiens toujours mon souffle en le regardant, et cela libère des milliers de papillons dans mon ventre de me sentir autant désirée et aimée. Sans parler de nos nuits ensemble, de ses baisers qui mettent le feu à ma peau, de son odeur qui me donne le vertige. Avec ses gestes et ses mots, Scott arrive à faire en sorte que je sois détendue suffisamment pour que la douleur de mon corps reste raisonnable. Et on communique. Comme j'aime sentir son corps contre mon dos quand je me réveille, son bras qui me maintient pour éviter que je me sauve. Je savoure chaque seconde qu'on passe ensemble.

Nous verrons bien où tout cela nous mènera, mais j'ai envie d'y croire.

Je quitte la High Line pour me diriger vers Greenwich Village. J'appelle Sarah et laisse un message sur son répondeur pour lui dire que mon entretien avec Emily est plutôt prometteur, que je passe chez Scott avant de rentrer les retrouver, Miles et elle. C'est notre soirée téléréalité, et même si je suis un peu perdue dans les épisodes et les couples de l'histoire, c'est toujours une parfaite occasion de passer du temps avec eux.

Je finis par arriver au bar.

– Salut, Sophie ! Comment vas-tu ?

Noah émerge d'un coin, une caisse sous le bras.

– Étrangement, très bien ! Et toi ?

– Pareil, mais pas certain de dire la même chose à la fermeture !

Je pose mes affaires sur une table et vais l'aider à apporter le reste des caisses. Nous avons bien sympathisé tous les deux.

Noah connaît Scott depuis la petite école, mais ils sont particulièrement proches depuis environ trois ans. Scott l'a recontacté quand il a mis sur pied son projet de bar. Noah me fait beaucoup penser à Miles, mais en plus direct. Il met moins les formes quand il veut dire quelque chose, que ça plaise ou non. J'ai tenté de lui poser plus de questions sur Scott, mais il a été clair sur le fait que certaines choses ne doivent pas être racontées. Ou du moins, pas par lui. Bien que je sois déçue, je respecte beaucoup trop sa loyauté pour insister.

– Scott devrait déjà être ici, tu ne veux pas aller voir chez lui ce qu'il fabrique ? Cependant, ce n'est pas une raison pour le ralentir encore plus, hein ? Je vais finir par lui demander une prime de dédommagement !

Je ris et sors aussitôt. À mesure que je grimpe les marches, j'entends quelqu'un parler, une femme. Elle s'exprime d'une voix ferme et semble en colère. J'espère ne pas la croiser ! Malheureusement, je constate qu'elle est devant chez Scott, et que c'est à *lui* qu'elle parle de cette façon.

Mon cœur bat à tout rompre, je ne sais pas quoi faire : avancer, rester cachée ou partir ? C'est une conversation privée. Même si nous sommes en couple – *sommes-nous vraiment un couple ?* –, je ne peux pas écouter aux portes !

– Je sais que c'est *elle*, Scott, tu me crois stupide à ce point-là ?!

OK, changement de plan, je vais rester. Je me glisse dans les marches de l'étage suivant. J'ai aperçu son dos et ses courts cheveux blonds. Elle avait l'air de porter une jupe crayon et un chemisier blanc, mais je ne me suis pas arrêtée pour regarder plus longtemps.

Se pourrait-il que ce soit son ex ?

– Je ne t'ai rien caché, et puis pourquoi tu appelles au bar ? Si tu as besoin de me parler, tu peux appeler directement sur mon portable, tu le sais bien.

Il n'a pas l'air fâché, contrairement à elle. Je ne distingue pas d'émotion particulière dans sa voix, d'ailleurs. Il est juste… impassible. C'est à la fois rassurant et effrayant.

– Je voulais te laisser de l'espace, le temps que tu te ressaisisses, que tu reviennes aussi. Je ne pensais pas que tu étais sérieux, que tu annulerais tout !

– Est-ce qu'on peut en parler ce soir, comme c'était prévu ? J'ai des choses à faire et je suis déjà en retard.

– Ne me fais pas faux bond, Scott, tu me dois bien ça.

– Est-ce que c'est déjà arrivé ?

J'entends la porte se fermer, et des bruits de talons dans le couloir qui approchent. Je remonte encore quelques marches pour éviter d'être vue. Elle descend et je pars à sa suite. Pas que je veuille lui parler, au contraire, mais il est hors de question que Scott me trouve ici s'il sort dans une minute ou deux.

Je ne sais pas trop comment interpréter la conversation que je viens de surprendre, et je ne devrais probablement pas interpréter quoi que ce soit, mais c'est plus fort que moi, comme toujours. Voit-il toujours Esther ? Lui parle-t-il encore ? Qu'est-ce qu'ils peuvent bien avoir à régler tous les deux ?

Stop, arrête tout de suite.

Mais je croyais que c'était fini ! C'est à Scott que je devrais poser toutes ces questions, pourtant je n'ai pas le courage de le faire dans l'immédiat.

J'attends qu'elle soit hors de vue dans la rue avant de retourner à l'intérieur du bar. Je crois que je vais rentrer tout de suite, finalement. Je ne peux pas questionner Scott dans l'immédiat et je doute qu'il m'en parle de lui-même, ce qui va m'irriter. Car ce sera la preuve que je ne sais pas tout.

– Noah ? Il va descendre, mais je vais y aller, j'ai promis à Sarah de rentrer rapidement.

– Quoi ? Pour vrai ?

– Oui, désolée, on se revoit bientôt. Bye.

Je reprends mes affaires et lui fais un signe de la main en me sauvant avant qu'il n'ait le temps de protester davantage. Car je prends la fuite, littéralement. Scott va arriver, je dois partir. Si je réfléchis une seconde de plus, il sera trop tard.

Je sors et tourne vite au premier coin de rue, sans me retourner.

Chapitre 47

Le réveil
(Scott)

Passé

Elle est partie. Je n'en reviens pas, je ne réalise pas. Comment ai-je pu ne pas l'entendre partir ? Pourquoi ?

Je me rassois sur le canapé, encore secoué. J'ai mal à la tête, je suis épuisé physiquement, mais surtout émotionnellement.

Cette nuit a été… bien plus que ce qu'elle devait être. Ce qu'elle m'a fait vivre, son sourire, sa voix, ses mots, ses gestes, tout son être... Ce qu'elle a fait naître chez moi… Tout ce dont je ne pensais pas avoir besoin. Et je me trouve vraiment bête de ressentir tout ça.

Ce n'est pas la première fois que je retrouve une fille à la fin d'un service. Mais quand ça arrive, je m'arrange pour que ce soit là où elle loge. De cette façon, je peux m'éclipser facilement.

Personne ne vient chez moi.

Je la revois apparaître avec ses mèches de cheveux passant devant son visage, puis s'installer sur le tabouret du bar. Lorsque son amie est venue me voir pour me demander si j'étais sérieux quand j'ai proposé de prendre un verre avec elle plus tard, j'étais surpris et ravi. Je n'aime pas courir après les filles, mais je cherchais une façon de l'aborder, *elle*.

Je n'avais pas du tout anticipé cette conversation à cœur ouvert que nous avons eue après, ni à quel point je voudrais la revoir par la suite.

Je me lève pour aller à la salle de bain me passer de l'eau sur le visage. Je croise mon regard dans le miroir quand je redresse la tête. *Comment j'ai pu être aussi heureux il y a quelques heures à peine, et me retrouver si désemparé maintenant ?* Peut-elle avoir un pouvoir sur moi en si peu de temps ? À moins que je n'aie rêvé ? Aurais-je pu tout imaginer ? Non, bien sûr que non.

Je m'habille précipitamment. J'ai besoin d'air. Sa présence est encore trop forte ici, j'arrive même à sentir son parfum fleuri sur mon t-shirt de la veille. Une fois dehors, je prends une profonde inspiration et laisse l'air emplir mes poumons. J'expire lentement et je me sens déjà mieux.

Quelle heure est-il ? Je ne dois pas perdre trop de temps à y repenser non plus. J'ai promis à Angie que j'emmènerais Sloane au zoo de Central Park pour voir les pandas roux. C'est son nouvel animal préféré depuis qu'elle a regardé le film d'animation où il y avait un spécimen géant en vedette. Je revois son expression quand elle disait à Noah qu'elle aimerait avoir un énorme panda, en insistant bien sur la taille de celui-ci.

– Tu sais, en réalité, ils sont beaucoup plus petits, à peu près comme ça, a-t-il tenté de lui expliquer en montrant leur dimension avec ses mains.

– Non ! Grands !

– Eh oui, ils sont petits.

Angie a trouvé une astuce pour clore le sujet quand Sloane s'est mise à pleurer. J'espère seulement qu'elle ne sera pas triste quand elle découvrira qu'il avait raison.

Il faut que je fume. Je glisse les mains dans les poches de ma veste à la recherche de mon paquet de cigarettes, mais c'est une petite feuille que je ressors : la facture. Il est là, le papillon qu'elle a dessiné. Si vrai, si réel.

Tout a vraiment existé.

Je passe mon pouce au bas du papier, là où je l'ai déchiré. J'ai écrit mon numéro dessus, dans l'espoir qu'elle me contacte. J'ai fait ça vite quand on allait quitter le bar, ne sachant pas comment on allait finir la nuit, parce que je voulais la revoir quoi qu'il arrive. Une judicieuse idée.

Mais je me dis aussi que si elle est partie comme elle l'a fait, elle n'appellera jamais.

Je continue de fixer le papillon, ses ailes, le bleu.

Je n'arrive pas à l'expliquer. C'est juste *elle*.

Chapitre 48

Nouveau départ

Présent

– Tu es déjà là ?

Miles sort de la salle de bain en survêtement, les cheveux encore humides, alors que je viens de me laisser tomber sur mon lit.

– Tu ne devais pas aller voir Scott ?

– Oui, mais… il y a eu un truc bizarre dont je n'aurais pas dû être témoin, et j'ai préféré partir avant d'en savoir plus.

– Tu en as trop dit, je t'écoute.

Il entre dans ma chambre et se pose sur le lit à mes côtés.

– Je crois que c'est une conversation qui mérite un verre de vin, dis-je.

On entend la porte s'ouvrir et se fermer, alors que je finis ma phrase. Sarah arrive à son tour dans ma chambre, habillée d'un joli tailleur bleu pastel.

– J'ai cru entendre quelqu'un parler de vin ou j'ai rêvé ? Je croyais que tu avais passé une belle journée ! C'est bien ce que disait ton message, non ? Qu'est-ce qui s'est passé entre-temps ?

– Trop de questions Sarah ! Il faut aller chercher les verres, dit Miles en se levant.

Je le suis pendant que Sarah proteste pour la forme, tout en enlevant sa veste et ses talons. On s'installe dans la cuisine, Miles nous tend un verre plein à chacune et se sort une bière. Quand nous sommes bien assis tous les trois, je commence à leur raconter la conversation que j'ai surprise plus tôt.

– C'est louche…

– Pourquoi tu crois ça, Sarah ? Franchement, il a peut-être juste une ex plutôt collante qui n'a pas tourné la page. Faut arrêter de vous faire des films comme ça.

– Justement, Miles ! Ce sont les pires, ces filles-là, tu ne sais pas de quoi elles sont capables.

– Arrête un peu, si elle avait voulu foutre le bordel, elle serait allée directement au bar.

– Qui te dit qu'elle n'y est pas déjà allée ? On n'était juste pas là pour en être témoins. Il y a peut-être eu des plaintes dans ce quartier dans les quinze derniers jours !

Miles explose de rire face à la remarque de Sarah qui lui tape la cuisse pour qu'il se taise, car elle est bien sérieuse.

– On n'est pas à la télé, là.

– Non, mais les emmerdeuses existent en vrai aussi. C'est connu, les filles sont bien plus méchantes que les garçons. Tu te souviens comment c'était au secondaire ? À l'âge adulte, c'est pareil, c'est juste plus subtil.

Je bois mon verre beaucoup trop vite en les écoutant débattre sur le sujet, tout en me demandant si j'ai bien réagi tout à l'heure. Pourvu que l'alcool fasse effet rapidement et que j'arrête enfin de réfléchir.

– Est-ce qu'il a essayé de te joindre ? me demande Miles pour mettre fin au débat avec Sarah. Parce que Noah a bien dû lui dire que tu étais là plus tôt.

C'est vrai, je n'y ai même pas pensé. Mon téléphone est en mode silencieux. Je me lève pour aller le chercher dans mon sac. Effectivement, j'ai trois appels de Scott, plus deux messages.

Scott

Pourquoi tu es partie ?

Scott

Sophie rappelle-moi s'il te plaît,
je ne sais pas ce que tu crois avoir vu
ou entendu, mais laisse-moi t'expliquer.

Je note aussi un appel en absence d'Emily, qui a laissé un message sur mon répondeur. Miles et Sarah sont dans mon dos, criant des « Alors ? ». Je leur fais signe de se taire de la main pendant que j'accède à ma boîte vocale.

« Bonjour, Sophie, je te rappelle à la suite de ma réunion où j'ai pu présenter tes illustrations. On a un album qui doit paraître bientôt dont l'illustrateur s'est décommandé, et on pense que ton style pourrait correspondre à ce que l'auteur recherche. Pourrais-tu me rappeler pour qu'on discute de la suite ? Merci, à très vite ! »

Je fixe mon téléphone, trop heureuse pour pouvoir parler. Je reviens à moi quand Sarah me secoue les épaules.

– Sophie !

– Oui, pardon.

Je lève les yeux de mon téléphone et les regarde à tour de rôle.

– C'était Emily, pour mes dessins. Il faut que je la rappelle.

– OK.

Je suis encore un peu sous le choc, et Sarah ne sait donc pas si c'est une bonne ou une mauvaise nouvelle. Mais c'est de toute évidence une bonne chose !

Je vais m'isoler dans ma chambre et compose le numéro d'Emily. Ravie de m'entendre, elle m'explique le projet. L'auteur habite à Boston et il faudrait que je le rencontre afin qu'il puisse voir mes planches en vrai puisqu'il est plutôt pointilleux, et aussi parce que je ne travaille pas en numérique. Je vais donc devoir y aller quelques jours avec certaines de mes planches, et s'il accepte de travailler avec moi, signer le contrat et tout le reste.

J'essaye de mémoriser toutes les informations, mais elle me rassure en me disant qu'elle va me faire un courriel avec le récapitulatif et le cachet proposé. Je dois y être après-demain si c'est possible pour moi, car ils sont déjà en retard sur le projet dont la parution est prévue dans six mois.

Je me rappelle soudain que mon cousin, qui habitait Cambridge il y a quelques années, s'est récemment installé à Boston. Je devrais donc pouvoir me débrouiller pour y rester un peu, à peu de frais, si jamais je réponds aux critères.

– Parfait, merci. Et… mon projet à moi ?

– Les premières impressions sont excellentes, je le soumettrai officiellement au comité de lecture, et on te reviendra avec une réponse dans les prochaines semaines.

Une fois notre conversation terminée, je suis sur un nuage. J'ai du mal à y croire. Ça y est ? J'ai réussi ? Mes dessins vont prendre vie ? J'essaye de ne pas m'emballer, mais c'est difficile.

Je sors de la chambre, un peu perdue. Sarah et Miles sont toujours dans le couloir à m'attendre, guettant ma réaction pour savoir comment réagir.

– Mes dessins… je crois que mes dessins vont être publiés…

Sarah me saute dans les bras en poussant de petits cris, pendant que Miles lance un *Wow !* Puis je crois qu'on éclate de rire. Et je leur dis tout.

– Je suis tellement fière de toi, Sophiiiiiie ! Oh, mon Dieu, c'est énorme ! Attends, mais Scott ?

Comment Sarah peut-elle casser l'ambiance comme ça ?

On s'arrête et je fixe de nouveau mon téléphone.

– Il faut que j'aille à Boston pour rencontrer l'auteur. Je dois partir demain ou après-demain au plus tard, et… je ne sais pas quand je vais revenir. Ça dépendra si j'ai le contrat, je suppose. Je vais recevoir les informations tout à l'heure…

– Rappelle-le, Cookie…

Miles a raison, il faut que je le fasse maintenant. Il pose sa main sur mon épaule, et repart vers la cuisine en traînant Sarah avec lui.

Je cherche son numéro, et comme s'il l'avait senti, il me rappelle à ce moment-là. Son nom s'affiche sur mon écran. *Scott.*

– Allô… ?

– Oh, Sophie ! Je n'arrête pas d'essayer de te joindre.

– Je sais, j'avais coupé la sonnerie de mon portable, je viens seulement de le sortir…

– Est-ce qu'on peut parler d'Esther ?

Nous y sommes. Au moins, il ne nie pas, ne tourne pas autour du pot, il va droit au but.

– Scott…

– Sophie, s'il te plaît.

– Je dois partir quelques jours… Je voulais te parler de mon entretien en venant tout à l'heure.

– Ton rendez-vous de ce matin s'est bien passé, alors.

– Oui.

Silence. Je sais qu'il est toujours en ligne, j'entends sa respiration dans le combiné.

– Est-ce qu'on peut se voir ?

– Tu travailles, et je suis trop fatiguée pour refaire le trajet.

– Je vais venir.

– Scott, tu vas finir à je ne sais quelle heure de la nuit, je dormirai…

Nouveau silence, mais il se déplace, j'entends de plus en plus de bruit derrière lui, de la musique. Il est dans le bar. Puis des klaxons, il est dans la rue.

– Non. Il est hors de question que tu te sauves encore.

– Tu ne peux pas laisser Noah tout gérer tout seul, Scott. Écoute-moi, je crois…

– J'arrive.

La communication coupe. Il m'a raccroché au nez.

Je reste dans le couloir, bouche bée. Je voudrais le rappeler, mais je sais qu'il ne décrochera pas. Une partie de moi est rassurée de savoir qu'il veut parler, et une autre souhaite rester dans le déni, voire revenir quelques heures plus tôt.

Sarah passe la tête dans le couloir, puis celle de Miles surgit par-dessus la sienne. Si je n'avais pas les émotions sens dessus dessous, je pourrais rire de les voir comme ça.

– Il arrive…

Chapitre 49

Entre-deux

(Scott)

Passé

Son prénom tourne en boucle dans ma tête jusqu'à ce que j'arrive au bar. *Sophie.* J'ai pris mon temps alors que j'aurais dû me dépêcher. Le café acheté en chemin a fini dans la poubelle après seulement deux gorgées. Je ne sais toujours pas comment je me sens.

– T'en fais une tronche !

Je viens à peine de fermer la porte du bar derrière moi et Noah m'accueille ainsi. Je vais poser mes affaires dans mon bureau sans lui répondre, puis je reviens en salle. Il n'a pas bougé, et attend que je parle.

– C'est Esther qui te rend comme ça ?

Esther. Je l'avais complètement oubliée. Qu'est-ce que je vais lui dire ?

Je ne peux pas tout remettre en cause parce que j'ai croisé Sophie au coin d'une rue ! Ça serait irresponsable de ma part. Esther compte sur moi, sur nous. Et on a un avenir tout tracé, d'après elle ! Mais ces cinq minutes avec Sophie m'ont chamboulé. Plus qu'Esther en plusieurs mois. Ça fait déjà quelques semaines qu'on se voit moins et elle a bien compris que ça n'allait pas fort. Pourtant, avec son horaire surchargé, ça ne l'avait pas dérangée jusque-là. Elle est assistante juridique et passe le plus clair de son temps au cabinet, la tête dans les dossiers et jurisprudences.

Noah semble vite réaliser que ce n'est pas Esther qui me préoccupe.

– *Noonnnn !* Non ? Sérieux ?

Voilà, il a compris. Il n'y a qu'une personne qui peut me rendre comme ça, apparemment. Et Noah me l'a fait remarquer il n'y a pas longtemps quand il cherchait encore une raison pour que je quitte Esther : quelqu'un qui me fasse sentir vivant. Il m'a rappelé à quoi je ressemblais les jours suivant ma nuit avec Sophie, quand j'espérais encore qu'elle m'écrive, avant de me rendre à l'évidence.

Je n'ai jamais attendu pour Esther.

– Oui.

– Mais comment… ?

– Je n'en sais rien. Elle est juste… apparue. Là, comme ça, au milieu de mon chemin.

– J'y crois pas ! Ça va ?

Oui ? Non ? Pour toute réponse, j'expire bruyamment. Je ne peux pas tout remettre en question après l'avoir croisée cinq minutes. Pourtant c'est déjà ce que je suis en train de faire.

Il ne me demande rien d'autre, et je l'en remercie.

– Au fait, Angie a téléphoné. Elle va déposer Sloane ici demain matin avant la garderie.

Je hoche la tête sans répondre, car je me souviens très bien des jours où elle est là. Je me concentre pour tout mettre en place avant l'ouverture. J'entends Roxanne qui arrive, puis Charles, les serveurs de ce soir. Je revois deux ou trois choses avec eux quand j'entends mon portable sonner. Je suis nerveux à l'idée de voir si c'est elle.

Dès que j'en ai l'occasion, je vais m'isoler dans le couloir, et sors l'appareil de ma poche.

Elle a écrit.

Je relis le message. Trois fois. Dix fois. Je retourne en salle, retenant mon sourire.

– Ah, tu es toujours accro ! me dit Noah en me donnant un petit coup sur l'épaule.

Il a raison. Ma vie est sur le point d'être retournée à l'envers.

Chapitre 50

Sa vérité

Présent

J'entends frapper. Il est là. Je pensais qu'il aurait oublié l'adresse ou changé d'avis.

C'est Miles qui ouvre la porte, le laissant entrer. Ses yeux me trouvent instantanément. Il fait quelques pas puis attend là en me regardant.

– Bon, on va faire un tour, à plus tard ! nous dit Miles en attrapant Sarah par le bras pour la tirer vers la porte.

J'entends celle-ci murmurer un « Quoi ? » surpris. Sarah me lance un dernier regard pour me donner du courage et ils sortent.

Scott ne m'a pas quittée des yeux, il attend que je parle ou d'être plus calme… Les secondes s'étirent. Je suis sur le point de me lancer, même si je ne sais pas trop ce qui sortira de ma bouche, mais il prend la parole avant moi.

– Tu as vu Esther.

– Oui.

Je mets mes bras autour de moi, comme pour me faire un câlin et me protéger.

Nous y voilà, toutes les questions que je me posais à propos de cette femme vont pouvoir trouver leurs réponses, même si je ne suis pas certaine de vouloir les connaître, finalement. Quelle ironie !

– Tu ne me demandes rien sur ce que tu as entendu ? À moins qu'elle t'ait parlé directement ?

– Non. Je préfère t'écouter d'abord.

Nous restons debout l'un en face de l'autre. Je ne veux pas m'asseoir ni m'approcher de lui pour l'instant. Je le sens, je vais avoir mal, et s'il est trop près de moi, je ne pourrai pas réfléchir correctement.

– Nous étions fiancés, elle et moi.

C'est une blague !

Son regard me dissuade de l'interrompre. Je me pince les lèvres pour éviter de dire quelque chose que je pourrais regretter et le laisse continuer.

– On ne vivait pas ensemble, je n'étais pas prêt. Et je ne voulais pas qu'elle emménage chez moi. On devait trouver un nouveau logement après le mariage…

Il marque une pause, je sens que ses pensées sont décousues et qu'il cherche à faire le tri dans les informations qu'il veut me donner.

– Ça marchait plutôt bien entre nous, c'était calme et prévisible. Je ne m'attendais pas à revivre des sentiments aussi intenses que ce qu'on a vécu, toi et moi. Elle... elle voulait se marier, avoir sa famille et sa carrière, alors on avait décidé de le faire. Mais tu es réapparue, et elle l'a compris aussi, car je lui avais parlé de toi. Un peu. Tu connais la suite, j'ai préféré tout arrêter.

Il s'interrompt, semble chercher son souffle, à moins qu'il mette de l'ordre dans ses idées.

– J'ai fini d'annuler les derniers prestataires aujourd'hui et on devait se voir ce soir pour répartir les remboursements. Mais elle s'est pointée plus tôt et ça a mal tourné. Je t'avoue qu'elle pensait que c'était une phase, que ça passerait, et elle ne comprend toujours pas. Je dois encore la revoir pour régler tout ça.

Un mariage, l'engagement d'une vie. J'ai envie de rire, alors que je suis sous le choc. J'étais loin d'avoir imaginé tout cela. *Il voulait se marier avec elle !* Il attend une réaction de ma part, mais franchement, je n'arrive plus à penser de façon rationnelle. J'essaye de respirer calmement et de choisir mes mots avec précaution. *J'ai brisé un couple !* Pas seulement un mariage, mais aussi une potentielle famille avec de futurs enfants. Tout ce que je ne pourrai probablement pas lui donner.

– Pourquoi tu ne me l'as jamais dit ? Pourquoi tu ne m'as pas davantage parlé d'elle avant ?

– Tout simplement pour éviter ce qui est en train de se passer. Je savais que tu essayerais de te sauver. Et si tu voulais savoir quelque chose, il te suffisait de demander. Je t'aurais toujours répondu la vérité. Le problème c'est que tu ne me fais pas confiance, car tu ne te fais pas confiance.

Mon Dieu, il a raison, je n'ai plus confiance en moi depuis bien longtemps. Depuis que ma vie a basculé un jour de neige.

– Scott… Tu crois me connaître, mais au fond, non. Et moi, je pensais que tu étais seulement en couple, non pas que tu allais te marier! Je crois qu'on devrait…

Faire une pause, se laisser du temps.

– Non. Tu vois, tu te sers du mariage comme excuse pour fuir, *encore*!

Son ton est sec et contraste avec son regard tendre.

– Ne change pas de sujet, il n'est pas question de moi ici. Tu devais, non, tu dois forcément avoir des sentiments pour cette femme si tu imaginais passer ta vie avec elle il y a quelques semaines encore! Si tu voulais fonder une famille. Une *famille*, Scott.

– Oh non! Tu vas m'écouter, Sophie. À la seconde où je t'ai revue, c'était fini avec Esther, et ça n'avait d'ailleurs jamais vraiment commencé. Je n'ai jamais arrêté de penser à toi. Dès que je t'ai rencontrée, j'ai senti que tu pourrais être ma moitié, mon âme sœur, appelle ça comme tu veux. Je te rappelle que tu m'as fait des confidences qui me rapprochent encore plus de toi. Je sais que tu préfères rester dans le confort de ton appartement plutôt que sortir ; que Sarah est comme une sœur pour toi, que tu ne veux que son bonheur même si ça te rend triste de la voir partir ; que tu plisses le nez quand tu n'es pas d'accord, pour éviter de dire quelque chose de blessant ; que tu serres ton bras quand tu vois un bébé avec ses parents parce que tu as mal ; que tu serres les poings avant de respirer calmement lorsque ta douleur est intense. Et quand je pose mes mains sur toi, tout ton corps se réveille, tu reprends vie. Tu me fais exactement le même effet. Je sais que tu avais une peur bleue de te lancer en tant qu'illustratrice, car tu avais besoin de temps, mais ça y est ! Et tu crains que je t'abandonne pour une autre avec qui je pourrais avoir des enfants, ou quelqu'un de plus jeune, si je devais reproduire le schéma de tes parents. Mais je t'aime, Sophie, depuis le premier instant, et si tu as besoin de partir pour le boulot, mais aussi pour réfléchir, alors pars. Je ne bouge pas, tu peux prendre le temps qu'il te faudra. Maintenant que je sais que tu existes, que tu n'étais pas un rêve, je t'attendrai.

Je suis sans voix. Tous ses mots résonnent en moi, ils sont tout ce que j'ai toujours voulu entendre, et même plus. Il est tellement beau, si sûr de lui, et honnête. Il a raison sur toute la ligne. J'ai peur. Peur d'être heureuse, peur de souffrir, peur de nous, peur de ne pas suffire.

Il s'approche enfin de moi. Je veux qu'il me touche, qu'il m'embrasse, qu'il m'étreigne. Il dépose un baiser sur mon front et glisse ses bras autour de ma taille. Un câlin pour tout ce que je ne suis pas capable de dire.

– Laisse-moi être ton refuge, Sophie, comme j'ai envie que tu le sois pour moi.

Comme j'aimerais qu'il soit la personne qui m'aimera quoi qu'il arrive. Je voudrais pouvoir lui dire.

En fait, je n'imagine pas pouvoir être tout ça pour quelqu'un si je ne suis *que* moi. Moi qui suis si vide.

Il faut que je me fasse confiance pour avancer.

Contrairement à tout à l'heure, voilà que le temps accélère. Scott va repartir et je souffre déjà de son absence. Je ferme les yeux pour ressentir au mieux ses mains, ses lèvres, sa chaleur. Pour respirer son odeur, absorber au maximum son amour.

Puis c'est fini, il se détache de moi, tourne les talons et quitte l'appartement en refermant lentement la porte derrière lui. Je reste là, sans bouger, tétanisée alors que je voudrais lui courir après, le rattraper, lui dire que je l'aime.

De nouveau, j'ai mal.

Je suis seule.

J'ai froid.

Chapitre 51

Une soirée pour avancer

(Scott)

Passé

Sophie fait signe à un taxi qui passe, et monte dedans sans se retourner, alors que je ne peux pas détacher mes yeux du point jaune qui finit par disparaître au coin d'une rue. Elle me manque déjà. J'aurais dû faire en sorte de prolonger la soirée. Mais j'ai compris qu'elle ne veut pas s'imposer.

Je sors mes écouteurs. Vite, faire jouer de la musique pour éviter de trop penser. *That Night* des Brummies se lance. *Non, très mauvaise idée*, je mets ma *playlist Get Up !* quand un message arrive sur mon écran. *Esther.* On a beau l'avoir évoquée en début de soirée, elle m'était sortie de la tête.

J'ouvre notre conversation. Aïe. J'ai beaucoup de messages non lus. En même temps, je ne lui ai pas donné de nouvelles depuis hier après-midi, lorsque j'ai retrouvé Sophie. J'affiche les derniers.

Esther
J'imagine que je te verrai au bar puisque tu n'as pas pris le temps de me répondre.

Esther
Où es-tu Scott ?

Esther
Noah ne veut rien me dire.

Esther
Tu me caches quelque chose, je l'ai bien vu à sa tête.

Esther
Je te préviens, je ne bougerai pas d'ici.

Je ne vais pas pouvoir lui échapper ce soir.

Au fond, elle n'a pas tort, j'abuse et je pourrais au moins lui répondre.

Un message de Noah arrive alors que j'allais ranger mon portable.

Noah
Pitié, je ne te fais jamais chier, mais là, il est temps que tu débarques. Elle est clouée devant moi depuis des heures. DES HEURES. Au moins, écris-lui ASAP.

Merde.

Moi
Désolé pour ça, je suis là dans 15.

Noah
Plutôt 10.

Je passe à Esther…

Moi
Je serai bientôt là.

Esther
Tu n'as pas intérêt à me faire patienter une heure.

J'arrive une bonne dizaine de minutes plus tard. Dès que je passe la porte, je croise le regard de Noah qui semble au bout du rouleau. Esther se retourne et se lève du tabouret en lissant sa jupe. Puis elle traverse la salle à moitié remplie pour me rejoindre.

– Faut qu'on parle.

Elle me tire dehors par le bras. Je déteste sa façon de me réprimander. Que je le mérite ou non. À trente-quatre ans, j'ai passé l'âge.

– Tu étais où ? Ou plutôt avec qui ?

Au moins, elle ne passe pas par quatre chemins. Je me déplace un peu pour laisser un couple entrer dans le bar.

– Franchement, Esther.

– Quoi ? Tu te moques de moi ! Tu me laisses deux jours sans nouvelles et tu n'étais pas là ce soir, je ne suis pas stupide.

Je ne réponds pas qu'elle m'a souvent délaissé aussi, car elle le sait bien. Et je ne lui reprochais pas sa conduite. Mais ce soir, elle est furieuse. Elle ne crie pas, mais elle est froide, tout son petit corps est crispé.

– Avec qui étais-tu, Scott ?

– OK, calme-toi, s'il te plaît. J'ai croisé une amie que je n'avais pas vue depuis longtemps.

Règle numéro un, ne jamais mentir, mais donner le moins de détails possible.

Elle souffle et hoche la tête, les mains sur les hanches.

– Bien sûr. Et cette amie s'appelle comment ?

– Sophie…

– C'est elle, n'est-ce pas ?

Je lève un sourcil, surpris par ses mots.

– Ne me regarde pas comme ça, reprend-elle. Tu n'as jamais été capable de me raconter de façon cohérente pourquoi ce bar s'appelle Say Yes S. C'est Sophie, le S, non ? Tu m'as fait croire que c'était pour Sloane, mais c'était pour cette fille-là ?

Ça m'a plu tout de suite quand je l'ai rencontrée, sa perspicacité, son esprit de déduction. Esther a débarqué au bar avec un groupe de collègues un soir de l'hiver dernier, vêtue d'un élégant tailleur avec chemisier blanc, quelques boutons ouverts sur sa poitrine. Ils se sont assis à une table, et après m'avoir lancé plusieurs sourires, elle est venue me parler.

À ce moment-là, Sophie me trottait encore dans la tête, mais il fallait qu'elle en sorte. Et Esther était là, plutôt jolie et sûre d'elle. Elle me draguait ouvertement. Je lui ai offert une consommation et elle a laissé son numéro sur un sous-verre.

– Quand tu voudras passer à autre chose, m'a-t-elle dit en me le tendant entre deux doigts.

Je l'ai appelée le lendemain, et tout est allé très vite. Elle était tout l'inverse de Sophie, ce que j'aimais, même si ça m'agaçait en même temps.

Quelques mois plus tard, elle a pris les choses en main, comme à son habitude.

– Je vais avoir trente-cinq ans, Scott, je veux me marier cette année, et on verra pour les enfants l'année prochaine, d'accord ?

– C'est ce que tu veux ?

– C'est ce que je veux, oui.

– OK, alors.

Et c'était fait. Elle suivait son plan, et ça m'allait. C'était simple, elle prenait les décisions et je les acceptais, car elles étaient réfléchies et avaient du sens. Pourquoi lutter contre le courant ?

La vie à deux, c'est quand même mieux.

Maintenant qu'elle est en face de moi, je m'en veux de l'avoir fait espérer sans jamais tout lui donner en retour. Avec Esther, la vie est simple et facile, mais sans passion, et ce n'est pas ce que je veux. Je sais qu'elle tient à notre couple, à ce qu'on représente au regard des autres. Mais je n'ai jamais senti son admiration pour moi. Madame est trop occupée par ses multiples dossiers juridiques. À ses yeux, je resterai probablement toujours le beau gosse et barman de service.

Avec ou sans Sophie pour la suite, ce n'est pas avec Esther que je serai heureux. Si je suis honnête avec moi-même, il faut que je le sois avec elle aussi.

– Oui, c'est elle.

– Je ne peux pas t'épouser si tu penses à une autre femme que moi !

– Je suis d'accord. On devrait arrêter.

Elle respire un grand coup pour se calmer. Devant mon comportement, elle pourrait avoir le culot de m'en coller une que j'aurais méritée. Mais il n'est plus possible de revenir en arrière. Esther était la solution à ma solitude. Or j'ai le droit d'aimer, d'être aimé. Et je pense savoir où aller à présent.

– Prends le temps de réfléchir à ce que tu veux, Scott, et fais-moi signe quand tu auras les idées plus claires.

Elle tourne les talons et s'en va. C'était dur et en même temps si facile. Peut-être trop.

Il est temps de rejoindre Noah, car on va bientôt fermer. S'occuper d'Esther n'était pas dans ses tâches.

– Tu m'en dois une !

– Je sais. Merci.

– Alors, tu vas me raconter ?

– C'est fini avec Esther.

– Quoi, comme ça ? Eh bien ! D'un autre côté, il était temps ! Désolé, mais tu sais ce que je pense de votre relation. Et alors, Sophie ?

– J'en sais rien du tout…

Il me donne une tape dans le dos et s'éloigne vers une table.

Noah n'a jamais aimé Esther. Il faut dire qu'elle le prenait parfois de haut. Ça ne passait pas entre eux.

Je ne pense plus qu'à une chose : il faut que je revoie Sophie. Elle m'a parlé du restaurant où elle travaille. Je sors mon portable et cherche l'adresse sur Google.

Voilà où je la retrouverai peut-être demain. Et puis on verra bien.

Chapitre 52

S.

Présent

Ma valise est prête, j'ai mes papiers, ma grande pochette avec mes planches et mon matériel. Je suis sur le point de monter dans un Uber en direction de la gare Centrale où je prendrai un train pour Boston.

Après le départ de Scott, Sarah et Miles ont fini par rentrer. Dès leur retour, je leur ai raconté tant bien que mal ce qu'il s'était passé. Ils m'ont écoutée sans dire un mot, car ils savaient que le temps n'était pas aux conseils, mais plutôt à la compréhension et au réconfort. Et j'ai pleuré. Pour changer. Puis j'ai repensé à :

Scott, que j'aime et qui est prêt à m'attendre ;

Jayden, qui est parti sans me dire au revoir et sans me préciser si je le reverrai un jour ;

Sarah, qui a toujours été là pour moi, mais qui va déménager;

Miles, qui aura aussi quitté l'appartement lorsque je rentrerai.

Sarah m'a prise dans ses bras et s'est mise à pleurer à son tour. Quant à Miles, il s'est éclipsé pour nous laisser un peu d'intimité, a-t-il dit, mais je pense que l'émotion le gagnait aussi. Nous sommes devenus une famille, et même si nous devons désormais nous séparer, les liens qui nous unissent vont demeurer.

Dès le lendemain matin, je recevais toutes les informations de la maison d'édition et j'ai aussitôt donné ma démission au resto. Je n'imaginais pas pouvoir obtenir un congé sans solde dans un délai aussi court. Certes, le propriétaire était contrarié, mais satisfait de mon bon service jusqu'à présent, il a proposé de me réembaucher à mon retour s'il avait toujours besoin de renfort. Ce qui est fort probable avec la fin d'année qui approche.

J'ai ensuite prévenu mes parents, qui étaient fous de joie pour moi, et téléphoné à Chase, le neveu de ma mère qui habite à Boston. Celui-ci m'a confirmé qu'il m'hébergerait avec plaisir le temps que je voudrais. Il a un bureau avec un futon qui sert de chambre d'amis, et il m'a suffisamment vendu Boston pour que j'aie envie de visiter la ville!

Le plus dur a été de laisser Miles et Sarah. Miles va se retrouver tout seul pendant quelques jours jusqu'à son départ, mais il a déjà déniché deux personnes de confiance pour veiller sur notre appartement pendant notre absence. Heureusement, son oncle n'est pas très regardant et lui fait confiance.

Et ma Sarah ! Mon absence va lui permettre de faire le saut dans sa nouvelle vie sans avoir à se préoccuper de moi. C'est ce que je lui ai rappelé quand elle est venue sauter dans mon lit avant d'aller travailler, me faisant promettre de lui téléphoner tous les jours et de revenir le plus vite possible.

Je ferme mon manteau en laine et rejoins le Uber. Mais au moment de fermer la portière, j'ai une idée.

Je demande à ajouter un arrêt sur notre trajet.

Un arrêt au bar.

La bonne mauvaise idée.

S'il est là, je ne sais pas encore ce que je lui dirai ni ce que je ferai. Et s'il est absent, je resterai dans le même état que maintenant : un peu perdue, mais prête pour la suite.

Je ne peux pas partir sans avoir essayé.

Je n'arrive toujours pas à croire qu'il allait se marier. S'il a omis de me parler de ce « détail », se peut-il qu'il me cache autre chose ?

La voiture finit par ralentir devant le bar. Je descends en précisant que j'en ai pour cinq minutes. Le chauffeur s'en fiche un peu, du moment que je paye et que je laisse un bon pourboire.

Je marche jusqu'à la porte sans savoir si je peux rentrer comme je l'ai fait les autres fois. C'est sûrement fermé, car je ne vois aucune lumière à l'intérieur.

Alors je frappe trois grands coups. Si personne ne vient m'ouvrir d'ici dix secondes, c'est le signe que je dois faire demi-tour.

Dix, neuf, huit, sept…

J'entends des bruits m'indiquant la présence de quelqu'un. Finalement, la porte s'ouvre sur une personne beaucoup plus petite que celle que j'imaginais.

Une fillette aux grands yeux bleus et aux longs cheveux châtain clair me regarde et attend visiblement que je m'exprime. Seulement, ma voix a disparu quelque part entre le Uber et ici, avec tout mon courage. Comment je peux être intimidée par une petite fille qui doit avoir quoi, quatre ans ? C'est plus fort que moi, chaque fois que je vois des enfants, mon ventre se serre pour me rappeler ce que j'ai perdu.

– Tu ne sais pas parler ?

Mon Dieu, sa voix est beaucoup trop mignonne pour que je reste de marbre.

– Euh, oui, salut.

– Salut.

Et elle attend encore en me dévisageant de ses yeux ronds, sa main sur la poignée. Elle porte un legging noir et un chandail en maille orange beaucoup trop grand pour elle, qui lui ferait presque une robe.

– Tu t'appelles comment ? lui demandé-je, oubliant la raison de ma venue.

– Sloane, j'ai quatre ans et cinq mois. C'est presque quatre ans *et demi* ! Et toi, comment tu t'appelles ?

– Sophie.

– Oh, Sophie ! C'est vrai que tu es belle ! Sssssssophie. Ton nom commence comme le mien ! me répond-elle avec le sourire en me faisant signe d'entrer avec sa petite main.

Elle recule un peu et je fais deux pas vers l'intérieur. Puis sa main prend la mienne pour me tirer vers le comptoir sur ma droite, tandis que je pense encore à ce qu'elle vient de dire. Comme si elle avait déjà entendu parler de moi… Et je comprends alors ce qu'elle veut me montrer. Le néon. Le nom du bar. Le S.

– Papa dit que le S est pour moi, parce que je dis toujours oui !

Même son rire tout mignon n'atténue pas tout ce que je ressens.

Papa ? Papa ?!

– Sloane, mais à qui tu parles ?

Roxanne arrive du couloir et affiche un air surpris en me voyant.

– Oh, désolée, on est fermés, me dit-elle avant de revenir vers la fillette. Sloane, combien de fois on t'a dit qu'il ne fallait pas ouvrir ? Si ton père le sait, on va se faire disputer toutes les deux !

Roxanne s'est baissée pour se mettre à la hauteur de Sloane tout en lui faisant signe que non avec son index pour la gronder gentiment.

– Mais c'est Sophie ! répond-elle en tendant la main vers moi comme si on était des copines de longue date. Elle connaît papa et tonton, hein, Sophie ?

Roxanne et Sloane tournent la tête vers moi en attendant ma réponse. Je ne sais pas si Roxanne se souvient de moi, mais j'espère que non. *Qu'est-ce que je fais là ? Il est grand temps de mettre les voiles.*

– Je…

Bravo ma grande, continue comme ça, c'est super. Sarah va m'étriper quand elle apprendra que je suis venue ici.

– Je pensais avoir plus de temps, mais je dois y aller. Pas la peine de prévenir le papa que je suis venue surtout. Je repasserai.

– Quoi ? Mais on allait boire un chocolat ! me dit Sloane d'un air étonné.

C'est fou à quel point les petits sont des boules d'émotions. Ils les expriment sans craindre le regard des autres et disent tout ce qui leur passe par la tête. En tout cas, on dirait bien que c'est le cas de Sloane.

– Non, on n'allait pas boire de chocolat, la corrige Roxanne.

– Oui.

– Non.

– Euh, je vais devoir vous laisser, dis-je. J'ai un train à prendre et mon taxi attend dehors.

Je fais deux pas en arrière en gardant mon regard sur les yeux bleus de la petite Sloane. Peut-être que rien de tout ce que j'imagine n'est réel, et pourtant. Je n'ose même pas formuler les mots dans ma tête de peur de *le* voir surgir. Oh non, il ne manquerait plus que ça. Il faut que je parte avant qu'il arrive.

– Au revoir, Sloane. Au revoir, Roxanne.

– Bye, Sophie, me répond la fillette alors que je sors du bar en prenant soin de refermer la porte.

Qu'est-ce qu'il vient de se passer ?

Je me réinstalle sur le siège de mon Uber en fixant le vide.

– Gare Centrale ?

– Gare Centrale.

Chapitre 53

Un poing et un verre
(Scott)

Passé

Je suis tout retourné après la soirée d'hier. Sophie, le bébé, l'accident. J'ai très peu dormi. Mon cerveau l'imaginait chaque fois que je fermais les yeux. Elle enceinte, la voiture, l'hôpital. Je n'étais pas là, mais il y a bien une version parmi toutes celles qui circulent dans mon esprit qui doit se rapprocher de la vérité. Ça m'a déchiré de la voir aussi désemparée, mais surtout de savoir qu'elle se sent coupable. J'aimerais pouvoir prendre sa douleur et le poids qu'elle traîne.

Elle n'est pas passée me saluer en partant ce matin, tout comme elle ne m'a pas écrit aujourd'hui. Je voudrais savoir comment elle se sent, mais je préfère attendre qu'elle me recontacte.

J'ai à peine le temps de mettre les pieds hors du bureau que Noah me saute dessus.

– Qu'est-ce que tu as ? Ne me dis pas que c'est à cause d'Esther.

Plus les jours passent, plus il est évident que j'ai pris la bonne décision en mettant fin à ma relation avec Esther. Je dois bientôt la voir pour régler nos comptes, et elle sera sur la défensive, car elle s'attendait à ce que je revienne vers elle si je me fie aux nombreux messages qu'elle m'envoie toujours. Mais elle s'en remettra.

Noah n'a pas le temps de prononcer un mot de plus, car un homme surgit de nulle part. Je reconnais le colocataire de Sophie.

– Esther, hein ?

Pourquoi aujourd'hui ? Il ne pouvait pas attendre un jour de plus et me laisser un peu de répit ?

Jayden bouscule légèrement Noah pour se mettre devant lui. Il semble en état d'ébriété. Mon ami m'interroge du regard. Je me contente de serrer les dents et de réfléchir rapidement.

D'un signe de tête, je fais comprendre à Noah que je vais gérer la situation, en espérant qu'il va prévenir Sophie pour moi, puisqu'il a son numéro.

Comme Jayden semble chercher une nouvelle confrontation, je préfère que nous nous parlions en privé. Je retourne vers mon bureau et il me suit.

– Je sais que tu ne peux pas me voir en peinture, alors vas-y, lâche-toi. Je suis sûr que tu ne penses qu'à ça, lui dis-je dès que j'ai refermé la porte.

Aussitôt, je sens son poing s'abattre sur ma mâchoire avant de le voir arriver. Je passe une main sur ma lèvre et remarque qu'elle saigne. Il n'a pas fait semblant, et ça fait mal. J'espère qu'il se sent mieux à présent, car c'est bien le seul coup que j'accepterai.

Il secoue sa main, ses doigts ont pris un choc au passage et semblent lui faire mal. Tant mieux.

– Je t'en prie, à ton tour ! me provoque-t-il en ouvrant les bras pour me défier.

Sans attendre qu'il change d'avis, je lui colle mon poing dans la figure. Moi aussi, j'ai des choses à évacuer après ces dernières vingt-quatre heures.

La douleur physique, ça aide parfois à faire passer d'autres souffrances. J'espère que ça va remettre les pendules à l'heure entre nous.

Jayden ferme les yeux et souffle un grand coup. Il ne devait pas s'attendre à ce que ce soit aussi douloureux. De mon côté, mes phalanges brûlent, tout comme ma mâchoire, mais ça ne m'apaise pas vraiment.

Jayden reste silencieux, mais ne semble pas vouloir continuer de se battre. Je m'éloigne pour sortir une bouteille de whisky et des verres de mon placard. On aura au moins besoin de ça pour se calmer. Jayden prend une des deux places devant le bureau alors que je m'assois dans mon fauteuil. Je lui verse un petit verre que je lui tends et qu'il ne perd pas de temps à boire. Il lève aussitôt son verre pour que je le remplisse à nouveau, avant de remplir le mien.

Il veut trinquer et déclare :

– À Sophie.

Puis il prend une gorgée, et je l'imite sans répondre. S'il cherche à mettre le feu, je ne vais pas lui donner le combustible pour autant.

C'est le moment que choisit Noah pour entrer sans frapper. Il nous regarde tour à tour sans dire un mot, et ressort. Mais il ne tarde pas à revenir avec deux sacs de glace qu'il lance sur le bureau avant de repartir en m'adressant un clin d'œil. Je comprends qu'il a appelé Sophie. Il va finir par l'avoir, son augmentation, et il l'aura bien méritée.

Jayden pose la glace sur sa joue sans se faire prier, je fais de même sur ma mâchoire. Ça soulage autant que ça brûle. Je prends une nouvelle gorgée de whisky, et il fait pareil.

– Jolie fille, fait-il avec un signe de tête vers le cadre sur mon bureau.

C'est une photo prise à l'ouverture officielle du bar. Sloane n'arrêtait pas de courir, toute contente de voir le lieu terminé après des mois de travaux. Sa mère devait passer la chercher et Roxanne la surveillait pendant qu'on terminait deux ou trois choses avec Noah, mais elle n'arrivait pas à la contrôler. Alors je l'ai aidée à grimper sur le comptoir, entre Noah et moi, et nous avons pris cette photo, tout en lui promettant de l'imprimer pour sa chambre. L'idée lui a plu tout de suite, et il n'y a qu'à voir son large sourire pour comprendre qu'elle était heureuse.

Je ne sais pas ce qu'il cherche à me dire par là, mais j'attrape la photo et la range dans le tiroir à ma droite, là où je mets les dessins de Sloane.

Avec un petit rire amer, Jayden secoue la tête et se sert lui-même un autre verre.

– C'est ton dernier, l'avertis-je.

– Si tu le dis.

Je me ressers aussi pour la dernière fois.

– Je ne comprends pas ce qu'elle te trouve…

Je fais mine de n'avoir rien entendu.

– … mais elle ne m'a jamais raconté votre histoire non plus.

Heureusement, tiens ! Il ne manquerait plus que ça. Mais dans les brumes de mon esprit, je reste conscient qu'il en sait probablement plus que moi sur Sophie.

– J'aurais tellement voulu qu'elle t'oublie, mais non.

Je continue de me taire pour éviter de lui donner une autre raison de s'énerver. Sophie ne devrait plus tarder.

– Si tu la traites mal, tu peux être sûr que je te retrouverai.

Ce n'est pas une menace, mais une promesse.

Chapitre 54

Novembre, Boston

Présent

Voilà un peu plus d'un mois que j'ai quitté New York. Tout est allé si vite !

J'ai beaucoup hésité à écrire à Scott depuis mon arrivée ici. Sarah m'a convaincue d'attendre que je rentre, et m'a dit qu'elle passerait au bar d'ici là. Je ne sais pas si elle l'a fait, puisqu'elle ne m'en a pas glissé un mot, mais je ne lui en ai pas reparlé non plus. Tout comme je ne lui ai pas raconté ma rencontre avec Sloane.

Rester dans le déni le plus longtemps possible pour mieux vivre au jour le jour. J'applique la méthode de Miles, *le déni est mon ami*, qui ne s'avère pas si efficace, car je retourne ce moment dans ma tête dans tous les sens. Scott ne m'a jamais parlé d'elle, et il n'y avait aucune trace de cette enfant chez lui ni au bar, me semble-t-il. Ou peut-être que si ? J'éclaircirai ça plus tard.

De son côté, Miles a bien retrouvé Jayden. Si ce dernier ne m'écrit toujours pas directement, Miles envoie des nouvelles tous les jours sur la conversation groupée où nous échangeons tous les quatre, et Jay y publie des photos. Ils sont rendus tout près de Nashville où ils aimeraient rester quelque temps si la ville leur plaît.

Jusqu'à présent, ces semaines à Boston ont été incroyables. En arrivant, j'ai retrouvé Chase qui travaillait de chez lui ce jour-là pour pouvoir m'accueillir. Il me fait beaucoup penser au frère de ma mère, par son physique imposant, mais aussi son caractère sociable et chaleureux.

Puis, c'est toute stressée que j'ai rencontré l'auteur Simon Dane. Dans la trentaine, de grande taille, il a des cheveux ondulés et bruns tirant vers le gris et porte de petites lunettes qui lui donnent des airs de professeur. Après les présentations et salutations d'usage, il a gardé son expression neutre et un ton froid pendant de longues minutes. Mes papillons n'avaient pas grand-chose à voir avec les personnages qu'il avait imaginés, mais Emily avait insisté sur ma polyvalence et sur le fait que cet élément pouvait s'intégrer au thème du livre. Après un certain temps de concentration sur mes planches, Simon a semblé changer d'avis. Il a sorti son texte et m'a demandé de le lire. C'est une histoire sur la persévérance destinée aux enfants. Pour leur rappeler qu'il faut parfois beaucoup de temps, de travail et de volonté pour arriver à faire quelque chose, et surtout, qu'il ne faut pas abandonner. Or, cela s'appliquait aussi bien à la chenille qui doit créer sa chrysalide, afin de devenir un papillon beau et fort ensuite.

Lorsque Simon m'a regardée, j'ai su que c'était bon. Il m'a dit quels dessins il préférait, ce qu'il recherchait et je lui ai fait des propositions pour le reste. On a téléphoné à Emily pour la prévenir de notre accord, puis je me suis mise au travail sans perdre de temps. J'aurais pu rentrer à New York, mais Simon préférait voir les planches au fur et à mesure, et comme je travaille sur papier…

Chase, célibataire et sans enfants, a gentiment réitéré son offre de m'héberger aussi longtemps que j'en avais besoin.

Plus les jours passaient, plus je me sentais à l'aise et protégée, ainsi entourée de tous mes papillons auxquels se sont ajoutés de nouveaux personnages dans leur univers. J'étais dans ma bulle, et dans leur monde. J'ai même trouvé un endroit où faire du yoga et de la méditation quand j'ai besoin de me détendre ou que le stress cause la douleur physique.

Les week-ends, j'ai parcouru Boston de long en large, en profitant pour découvrir les quartiers, les cafés, l'histoire locale. Je ne m'attendais pas à aimer autant cette ville, cette nouvelle vie. Même si

New York me manque. Et que Scott me manque encore plus. J'ai aussi passé beaucoup de temps à dessiner pour moi, laissant l'inspiration m'emporter.

Simon et moi travaillions ensemble en fin de journée, puis nous sortions manger un morceau ou boire un verre, parfois avec Chase et des amis à lui aussi. Simon a bien tenté de flirter avec moi, mais j'ai décliné ses avances et il n'a pas insisté. J'ai constaté qu'il flirte un peu avec toutes les femmes autour de lui, sans pour autant chercher quelque chose de sérieux.

Récemment, j'ai patiné sur la patinoire du Boston Common ! Comment ne pas retomber encore plus en amour avec cette ville ? J'en ai fait la publicité à ma mère et mon père, que j'ai eus plusieurs fois au téléphone, et ils comptent bien venir y faire un tour. Puis Sarah est venue me rejoindre pour le week-end de l'Halloween. Dès qu'elle a mis le pied en ville, nous avons arpenté les différents quartiers de Boston pour admirer les décorations. Il y avait des dragons grandeur nature qui sortaient de certaines fenêtres, des maisons hantées, des squelettes escaladant des bâtiments et toutes sortes de citrouilles un peu partout au milieu d'un éclairage funèbre. New York aussi est décorée à cette période de l'année, mais le côté historique de Boston ajoute un charme de plus. C'était incroyable de voir la ville de cette façon. Nous avons même loué une voiture pour aller passer un après-midi à Salem. C'était comme être transportées dans le film *Hocus Pocus*.

Ce soir-là, juste avant qu'elle prenne son train, je lui ai posé la question qui me préoccupait et que j'avais évitée jusque-là :

– Alors, est-ce que… est-ce que tu l'as vu ? Avant de venir ici ?

– Scott ? Oui, juste avant de partir, même. Bobby et lui s'entendent plutôt bien, en fait, et il adore aller à ce bar.

J'ai hoché la tête sans lui demander quoi que ce soit d'autre, sans parler de la petite Sloane.

– Ça va aller, Soph. Je te le promets. On a juste hâte que tu rentres.

J'étais rassurée.

Ça va aller.

Une fois Sarah repartie, j'ai repris le travail avec Simon. Quand on a eu fini, j'ai numérisé toutes mes planches. On les a présentées à Emily, qui a eu l'air très emballée. Le montage de *L'envol* allait pouvoir commencer !

Maintenant, j'ai le choix. Rentrer à New York et finaliser le projet à distance, tout en faisant au besoin de courts séjours à Boston, car Simon aime travailler sur les épreuves papier. Ou je peux m'installer ici et construire une nouvelle vie. Rester est très tentant. J'ai eu un coup de cœur pour Boston, pour ses quartiers, ses librairies, ses cafés, son histoire et son architecture. Mais la décision est déjà toute prise. New York, c'est chez moi.

Il fait si beau aujourd'hui, même si un manteau est nécessaire. Je sors de Beacon Hill, le quartier que je préfère, en passant une dernière fois par le Boston Common, sa patinoire puis le jardin public pour rejoindre Back Bay East où se trouve l'appartement de Chase. Je n'en reviens toujours pas d'avoir été logée ici. C'est tellement beau ! Je rallonge ma route pour aller jusqu'à Levain Bakery pour m'acheter un cookie. Un petit goût de New York dans la bouche pour le trajet.

Rendue à l'appartement, je prends ma valise, laisse les clés de Chase dans la boîte aux lettres et j'avance vers la rue. Je m'imprègne une dernière fois de l'ambiance de la ville avant que le taxi ne se gare devant moi. Il est temps de rentrer. Mon cœur est à New York, il ne l'a jamais quittée.

Chapitre 55

Ladybug

(Scott)

Passé

Je raccroche au nez de Sophie avant qu'elle me redise de ne pas venir.

J'aperçois Angie devant le bâtiment, avec Noah. Je m'approche d'eux et ils arrêtent de parler en me voyant.

– Je vais à Brooklyn, dis-je à Noah. Roxanne et Charles sont tous les deux là, Carly devrait arriver dans quinze minutes.

– OK, je vais retourner au bar en t'attendant. Tu me le revaudras, tu sais.

– Je sais.

– Salut, Scott, lance Angie.

– Pardon, salut, j'ai la tête ailleurs.

– Je vois ça. Est-ce que ça te dérange si je couche Sloane chez toi ?

– Tu sais bien que non, mais elle est où ? demandé-je, sachant très bien qu'elle est cachée derrière sa mère.

– Làààààà, me crie la petite boule d'énergie en sautant devant moi.

Je l'attrape au vol et la prends dans mes bras en la faisant tourner. Ça la fait rire chaque fois. Ses mains passent autour de mon cou et je me sens tout de suite beaucoup mieux.

– Salut, Ladybug S., lui dis-je, après lui avoir fait un gros bisou sur sa joue toute potelée.

– Salut, S.

Elle me répond toujours la même chose. C'est devenu notre petite routine à tous les deux dès qu'elle s'est mise à reconnaître certaines lettres de l'alphabet. Ma petite coccinelle.

– Tu vas aller faire dodo ?

– Ohhhh… Je suis obligée ?

– C'est mieux si tu veux bien grandir.

– Tu viens me dire bonne nuit ?

– Plus tard, je dois y aller.

– Pourquoi ?

– Tu es bien curieuse.

– Bah oui ! répond-elle en ouvrant grand ses yeux.

Cette gamine me fera toujours rire, c'est bien le portrait de sa mère. Douce, attentive et drôle, elle ne cesse jamais de poser des questions. Je me demande comment Sophie réagira le jour où elle la rencontrera.

– Je vais dire à une fille que je l'aime, dis-je tout simplement.

Je n'ai pas de secret pour elle, même si elle ne comprend pas encore tout ce qu'on lui raconte.

– C'est vrai ? C'est qui ? Elle est jolie comment ?

– C'est vrai. Elle s'appelle Sophie, et elle est jolie là, là et là.

Je pointe tour à tour son cœur, le dessus de sa tête, puis son petit nez avant d'ajouter :

– Elle est aussi belle à l'intérieur qu'à l'extérieur.

– Waaa, tout ça !

– Tout ça, oui.

– Sophie, c'est avec un S.

– Oui, ma puce.

– Trop cool.

– Sloane, on va dormir, chaton, lui rappelle doucement Angie.

– D'accooooord, répond-elle sur un ton résigné. Bonne nuit, S. Je t'aime.

– Bonne nuit, Ladybug S. Je t'aime aussi.

Chapitre 56

Retour au début

Présent

Je ne suis même pas repassée par l'appartement, où il y a de nouveaux locataires temporaires. Il va bien falloir que j'aille les rencontrer, ne serait-ce que parce que toutes mes affaires y sont. Seulement, j'appréhende de me retrouver chez moi après tout ce temps, et avec des gens que je ne connais pas.

En sortant de la gare, j'ai pris un Uber, et j'ai donné l'adresse du SayYes S. C'était plus fort que moi, je devais voir Scott en premier pour qu'il réponde enfin à mes questions. Entre Esther et Sloane, je me demande toujours si j'ai ma place.

Alors me voilà devant le bar, avec ma pochette à dessins sur l'épaule et ma valise à la main. Il est environ vingt-deux heures, il fait froid et il s'est mis à pleuvoir. Je suis trempée et je sens l'eau qui s'infiltre dans mes sneakers. Il va falloir que je me décide à entrer ou à retourner chez moi, car je vais finir par attraper une pneumonie à rester plantée là.

Allez, Sophie…

Mais non, je ne bouge pas. J'ai peur. Il a beau avoir dit qu'il m'attendrait, je crains d'être de trop. Je ne lui ai pas écrit ni téléphoné une seule fois depuis que je suis partie. J'ai bien commencé des messages parfois, et puis j'effaçais tout. S'il me laissait de l'espace, je devais faire la même chose pour lui.

Je continue de fixer le bar. Il y a du monde à l'intérieur bien que je ne distingue pas grand-chose avec la buée qui s'est formée sur les fenêtres. De la musique légère s'en échappe, ainsi que le bruit des conversations. Je crois que je commence à trembler avec le stress, et j'ai vraiment froid. Il faut que je prenne une décision. Mais la vie décide pour moi.

La porte du bar s'ouvre et Scott apparaît, en t-shirt blanc et en jean. Il court vers moi comme pour échapper à la pluie.

– Sophie ! Tu vas être malade, viens.

Sa voix est calme et empressée. La pluie coule déjà sur ses cheveux, puis sur son visage. Son t-shirt commence à prendre l'eau et je devine son corps dessous, la forme de ses muscles. Je relève la tête quand il prend ma valise et se dirige vers la porte de l'immeuble qui mène à son appartement. Je reste un temps à le regarder, je me sens spectatrice d'une scène dont je ne fais pas partie. Il se retourne et je finis par le suivre.

Nous grimpons les marches en silence, il ouvre, et nous entrons. L'eau qui me recouvre coule sur le sol et je ne peux m'empêcher de penser qu'il faudrait l'essuyer avant que ça ne rentre dans le parquet. Scott pose ma valise. Je ne suis pas encore tout à fait consciente de ce qu'il vient de se passer. Les informations arrivent par bribes dans mon cerveau. Il est là. Je suis chez lui. *Mon chez-moi*. Mais pas vraiment, pas encore.

– Donne-moi ton manteau, il faut te sécher, tu es gelée.

– Non, ça va…

Ma voix est étranglée, j'ai de la difficulté à parler, mais je crois que c'est surtout dû à l'émotion.

– Tu plaisantes, tes lèvres sont bleues !

Je lève la main pour l'arrêter, alors qu'il s'apprêtait à défaire un bouton de mon manteau.

– Non, s'il te plaît, je préfère le garder si je dois partir.

– Tu veux partir ? demande-t-il, surpris, les yeux remplis de questions.

– Non, bien sûr que non… mais après tout ce temps, je comprendrais, si… si tu ne veux plus me voir. Et puis il y a Esther, et je sais pour Sloane.

Il secoue la tête et me retire mon manteau sans que je proteste.

– Viens là, il faut que tu te réchauffes.

Il me prend la main et m'entraîne vers la salle de bain. Ses doigts sur ma peau, son contact… je reprends vie. *Mon Dieu qu'il m'a manqué !*

– Prends une douche, je vais te chercher des vêtements.

Nos mains se séparent, la porte se referme. J'arrête de réfléchir et je me déshabille. Je me rends compte que je claque des dents, et j'ai peur en découvrant mon visage dans le miroir. Je suis blanche comme un linge, moi qui ai toujours le teint un peu mat. Mes lèvres sont effectivement bleues, et j'ai l'air de ne pas avoir dormi depuis plusieurs jours. Pourtant, ce n'est pas le cas. Au contraire, je me suis bien reposée pendant mon séjour à Boston.

Je file sous la douche, ferme les yeux, laisse l'eau brûlante couler sur moi. Je pourrais rester ici des heures, mais je veux sortir rapidement. Quand je pousse le rideau, je remarque les vêtements pliés sur le rebord du lavabo, près de ceux que je portais plus tôt. Je n'ai pas entendu Scott entrer. Il aurait pu ouvrir ma valise pour sortir une tenue à moi, mais non. Je ne peux m'empêcher de les sentir avant de les enfiler. Son parfum. Je suis vraiment rentrée.

Les cheveux encore humides, habillée d'un jogging que j'ai dû tourner à la taille et d'un hoodie un peu trop grand pour moi, je sors enfin de la salle de bain. Scott m'attend dans le couloir. Son visage est détendu. Je ne veux plus vivre sans lui.

Et s'il a une ex dans le coin avec qui il partage la garde de Sloane, on va bien pouvoir réussir à s'organiser. Elle est toute mignonne, je n'aurai peut-être aucun mal à m'occuper d'elle. Même si c'est l'enfant d'une autre… et qu'elle me rappellera sans cesse l'enfant que je devais avoir et que je n'aurai jamais. Pour nous, je peux faire ça.

Je décide de rompre le silence, mon cœur bat aussi vite que si je passais un examen oral. J'ai l'impression de jouer ma vie, ici, maintenant.

– Esther…

– Elle est partie. Pour de bon.

Je suis soulagée, mais il reste une autre question.

– Et Sloane…

– Elle m'a raconté que tu étais passée, me répond-il en souriant.

Évidemment, on ne peut pas faire confiance à une enfant de quatre ans et demi pour garder un secret.

– Une vraie pipelette, c'est bien la fille de son père, si tu veux mon avis.

Il attend une réaction de ma part, et je comprends soudain.

– C'est la fille de Noah ?

– De Noah et d'Angelica. Ils sont séparés et se partagent la garde.

Cette Angelica doit avoir de beaux yeux bleus, elle aussi. Et Sloane doit beaucoup lui ressembler, car je n'ai pas reconnu de traits de Noah au premier regard. Mais j'étais peut-être trop focalisée sur ce que je craignais.

– Elle est comme ma nièce.

– Tu aurais dû m'en parler.

– Et on va en parler, comme de tout le reste.

Oui, mais là, je veux juste qu'il me prenne dans ses bras.

– Scott, est-ce que je peux rester ?

Ma voix est faible. Je pince les lèvres à la fin de ma phrase, retenant mon souffle. Il ferme les yeux quelques secondes, puis se rapproche. Ses bras se referment autour de moi, son front se pose sur le mien. C'est si bon d'être enfin avec lui. Ses mains glissent jusqu'à mon visage, écartant les quelques mèches de mes cheveux mouillés qui sont collées à mes joues.

– Oui, Sophie, oui.

Je n'attends pas qu'il le fasse, je l'embrasse la première. Si j'avais encore froid, la température de mon corps vient de grimper de plusieurs degrés.

– Je suis désolée de t'avoir laissé encore une fois.

– Non, tu devais partir. Je ne t'en veux pas. Et tu es de retour. J'ai hâte que tu me racontes tout.

Je l'embrasse de nouveau.

Nous sommes maintenant dans sa chambre. À quel moment nous sommes-nous déplacés ? Je me laisse tomber sur le matelas, lui à ma suite. Il me serre encore dans ses bras, et je ne veux plus jamais qu'il me lâche.

– Je ne partirai plus.

Une de ses mains remonte dans mes cheveux, c'est si agréable. Le courant circule de nouveau à l'intérieur de moi, entre nos deux peaux.

– Je t'aime, Scott. Depuis cette nuit-là. Une part de moi est restée avec toi tout ce temps.

Il me regarde sans ciller.

– Tu ne partiras plus ?

– Non.

– Tu m'aimes ?

– Tellement.

À chacune de mes réponses, il expire lentement, mais son rythme cardiaque accélère. Je passe mes doigts sur son ventre, son torse, ses épaules. Il me fait tourner et je me retrouve entre le matelas et lui, ses yeux toujours dans les miens.

– Je t'aime, Sophie, depuis que tu t'es assise en face de moi ce soir-là. Une *New York minute*, c'est tout ce qu'il m'aura fallu.

La *New York minute*, l'unité de temps locale que chacun mesure à sa façon. Certains disent qu'il s'agit de cinq secondes, d'autres plutôt de quinze, ou encore que c'est le laps de temps entre le moment où un feu passe au vert et celui où une voiture klaxonne.

Pour moi, c'est désormais le temps qu'il faut dans cette ville pour tomber amoureux.

Et sur ces mots, il m'embrasse de plus en plus ardemment. Ma tête tourne lorsque je m'agrippe à lui, les mains sous son chandail. Je sens son envie aussi forte que la mienne. Son pantalon part à travers la pièce retrouver le reste de nos vêtements. Sa peau est plus chaude comme si la fièvre s'emparait de nous. Ses mains sont partout sur moi. Je veux savourer son contact, je veux me consumer sans fin.

Je suis comblée.

Il est là.

Je suis chez moi.

Épilogue
(Scott)

Deux ans se sont écoulés depuis que Sophie est réapparue dans ma vie au beau milieu d'une rue bondée. Je me souviens de son visage inquiet, perdu, jusqu'à ce que ses yeux croisent les miens. Tout était toujours là. J'avais retrouvé ma moitié.

Après son retour de Boston, elle a très peu quitté mon appartement. Et je ne voulais pas qu'elle reparte. Le plus souvent, on s'enfermait jusqu'en début d'après-midi, puis on descendait au bar où elle nous aidait dans nos tâches quotidiennes, et parfois même pour le service. Elle n'est donc pas retournée travailler au restaurant, contrairement à ce qu'elle imaginait.

Pour notre premier hiver ensemble, j'ai bien fini par accepter de chausser… des patins ! Chacun son truc, et la glace n'est pas le mien. Nous avons aussi fêté son anniversaire au chalet avec ses parents; c'était la première fois que je partais aussi loin de New York. On a passé notre temps à marcher et à jouer dans la neige, à regarder les couchers de soleil sur le lac gelé, à boire des chocolats et vins chauds devant les feux de foyer et à faire des jeux de société. Toute une ambiance qui pourrait me faire aimer l'hiver. Ses parents semblaient ravis de m'accueillir; s'ils ont toujours des choses à se faire pardonner auprès de Sophie, j'ai bien vu que leur relation s'était améliorée. Je les apprécie déjà, et j'espère ne pas me tromper en pensant qu'eux aussi.

Le premier livre pour enfants illustré par Sophie est aussi paru cet hiver-là. J'étais si fier d'elle quand nous avons vu *L'envol* en vitrine dans la librairie proche de l'appartement. C'était un grand jour pour elle. Nous sommes aussitôt entrés, et après avoir parlé avec le gérant, elle a pu écrire un petit mot dans certains des ouvrages. Des dédicaces aux lecteurs anonymes et autant de messages d'espoir. Le livre a eu, et a toujours un beau succès, et voilà qu'elle vient d'en sortir un second, qu'elle signe comme illustratrice avec le même auteur, que j'ai pu rencontrer. Son éditrice, qui a d'autres projets pour elle, lui a confirmé que sa propre histoire de papillons serait publiée en début d'année. Le rêve de Sophie a pris vie.

Comme elle était tout le temps chez moi, j'ai fini par prendre les choses en main. Un matin, alors qu'elle était encore dans le lit, je lui ai annoncé :

– Je reviens dans une heure avec Miles et toutes tes affaires !

Abasourdie, elle n'a rien répondu, mais un magnifique sourire a illuminé son visage. Nous vivons officiellement ensemble depuis ce jour-là. Mon bureau est aussi devenu son atelier, et j'aime être envahi par son bazar coloré.

Miles, lui, était bien satisfait de son voyage, mais il était encore plus heureux de rentrer. Après s'être retrouvés, Jayden et lui ont vécu ensemble plein d'aventures dont on entend encore parler. Puis ils sont repassés par Nashville où Jayden a finalement posé ses valises. C'est peu de temps après qu'il a appelé Sophie. Elle était si soulagée qu'il lui donne signe de vie ! Ils ont réussi à discuter, et à se pardonner. Jay prévoit même revenir quelques jours en ville avec sa copine, qu'il aimerait nous présenter.

Bien installée avec Bobby, Sarah veille toujours autant sur Sophie, même si je suis là pour m'assurer de son bonheur au quotidien – et c'est parfait ainsi. Bobby et elle viennent régulièrement nous voir au bar, c'est devenu un nouveau rituel. Miles a fini par se joindre à eux, avec Kim, l'amie de Sarah qui a emménagé à New York récemment. Elle a rejoint la colocation de Miles, et ils seraient déjà plus que colocataires d'après les gestes et regards qu'ils échangent. Le séducteur serait-il en train de se ranger ?

En ce qui concerne Sloane, elle vient encore s'assoupir chez nous certains soirs pendant que Noah finit de travailler. Angelica passe plus de temps avec eux et ils essayent progressivement de redevenir une famille unie tous les trois.

Je craignais que ce soit difficile pour Sophie de voir la petite autour d'elle, mais je constate qu'elle adore s'en occuper, et Sloane l'a accueillie à bras ouverts dans notre club très restreint des S.

Je sais qu'au fond d'elle-même, Sophie aimerait avoir des enfants. J'ai vite abordé le sujet et nous nous sommes mis d'accord pour essayer la fécondation in vitro quand nous serons prêts. Dans le cas où ce serait un échec, nous envisageons déjà l'adoption. Entre-temps, un miracle peut toujours se produire, qui sait.

Ces deux dernières années ont passé à une vitesse folle, et aujourd'hui, nous sommes de retour là où tout a commencé. Sophie, Kim, Camilla – la copine de Jayden – et Sarah sont rassemblées au *rooftop* pour l'anniversaire de cette dernière. Même heure, même endroit, quatre années plus tard. Sarah a insisté pour faire une soirée entre filles, mais Sophie est la seule à ne pas être au courant que nous, les hommes, sommes là aussi, hors de vue pour l'instant.

Sophie porte sa petite robe noire comme ce soir-là, ses cheveux sont un peu plus longs ; elle est encore plus belle et rayonnante que la première fois.

Je vois les filles qui la poussent vers le bar pour qu'elle aille passer une nouvelle commande. Elle n'en a pas envie, elle est fatiguée, elle veut rentrer me retrouver. Mais elle ne lutte pas contre l'avis général et se lève pour marcher en direction du bar, se pose sur un tabouret et attend. Personne n'arrivera pour la servir avant moi, je m'en suis assuré.

Je suis stressé, non pas parce que je crains sa réponse, mais parce que je veux me souvenir de cet instant pour toujours. J'ai revêtu la même tenue que les autres serveurs pour me fondre dans la masse. Sarah lève les pouces dans ma direction, m'indiquant que tout est OK. Elle n'est pas discrète, mais je ne peux pas lui en vouloir, elle est juste très enthousiaste et heureuse pour nous.

C'est le moment.

Je glisse une dernière fois la main dans ma poche – *elle est bien là* –, et je m'avance derrière le bar. Sophie a le visage dans ses mains, comme ce jour-là.

– Qu'est-ce que je te sers ?

Elle relève la tête pour voir si c'est bien moi et son sourire est si sincère qu'il apaise tout mon être. Ma moitié, mon évidence. Je savoure ces quelques secondes hors du temps.

Et comme la première fois, j'espère qu'elle me dira *oui*.

Playlist

When the End Comes – Andrew Belle
Welcome To New York (Taylor's Version) – Taylor Swift
Complainer – Cold War Kids
After Midnight – The Brummies
Les lois de l'attraction (feat. Kyo) – Madame Monsieur
Dreamer (feat. Trevor Guthrie) – Axwell ^ Ingrosso
Same – Griffin Peterson
I Gotta Feeling – Black Eyed Peas
LOVE AGAIN – The Kid LAROI
If You Want Love – NF
Why You Gotta Be – The Franklin Electric
Closer – Tegan and Sara
If Only – Maria Taylor
Boardwalk – Vance Joy
The Chain – Fleetwood Mac
Startover - ROSIE
About you – The 1975
Jealousy – Sarah Reeves
REACT (Acoustic) – Switch Disco & Ella Henderson
Lights On – Colony House
Ocean Eyes – Billie Eilish

Remerciements

Je me souviens encore de ma mère qui me disait « C'est moi qui t'ai acheté tout ça ? » quand elle me voyait ranger mes piles de livres dans ma chambre d'enfance. Tous les mois, en rentrant du travail, elle passait à la librairie me trouver de nouveaux trésors. Alors, maman, merci pour ce temps passé à choisir des histoires que j'ai encore aujourd'hui – dans lesquelles je me suis plongée pendant des heures la nuit au lieu de dormir, même si j'avais école le lendemain –, et qui ont fait que j'aime autant lire et écrire aujourd'hui.

Merci à toute l'équipe de Hugo Québec, sans qui ce livre n'existerait pas.

Un grand merci à mon éditrice, Sandrine. Tu m'as accordé du temps avant même que ce projet existe, puis chapitre par chapitre, et lecture après lecture. Ton travail a été fantastique et je suis très fière du résultat !

Sur Instagram, merci à tous ceux qui ont répondu à mes questions sur l'endométriose en toute authenticité.

Mon mari, toi qui as construit la bibliothèque de mes rêves, merci d'être présent au quotidien pour que je puisse continuer de lire et écrire.

Merci à mes amies qui ont lu la première version de cette histoire. Caroline, merci de m'avoir encouragée à envoyer le manuscrit à des maisons d'édition, tu as été la première à y croire.

Et pour finir, à toi qui tiens mon histoire entre tes mains, merci d'être venu te perdre dans mes pages.